별들의 감옥

별들의 감옥

1쇄 발행일 | 2020년 01월 20일
2쇄 발행일 | 2020년 03월 20일

지은이 | 고경숙
펴낸이 | 정화숙
펴낸곳 | 개미

출판등록 | 제313 - 2001 - 61호 1992. 2. 18
주소 | (04175) 서울시 마포구 마포대로 12, B-108호(마포동, 한신빌딩)
전화 | (02)704 - 2546
팩스 | (02)714 - 2365
E-mail | lily12140@hanmail.net

ⓒ 고경숙, 2020
ISBN 979 - 11 - 90168 - 07 - 6 03810

값 15,000원

별들의 감옥

고경숙 소설집

개미

40대에 문단에 발을 얹은 후 문학지에 발표했던 작품들 중 10편과 미발표작 1편을 첫 소설집으로 묶었다.

작년 여름 남편의 44년 만의 무죄판결을 내 귀로 듣고 법정을 나오면서 비로소 나도 이제 내 몫을 살아도 되겠구나 생각했다. 당자만이 아니라 집안 전체가, 그야말로 사돈의 팔촌까지 반세기 가까운 오랜 세월을 유죄의 그늘에서 살아왔던 것 같다.

그 질긴 수난은 내 반생의 영혼 속에 굵은 대못처럼 박혀서 아픈 흔적을 남기고 있다. 그 대못들은 단순히 내 표피를 짓물러뜨리기만 한 것이 아니고, 30대 이후의 내 뼈와 근육 일부로 육화되어 나를 지탱했던 원심력이면서 내 문학에 드리운 암영이기도 했기에 함부로 들추기가 늘 주저되곤 했다. 피붙이들도 지인들도 차라리 몰라주기를 바랐던 나의 치기였을지도 모르고, 우리를 핍박한 이들을 아직 가슴속 저 깊은 곳에서 용서할 수 없었기 때문일지도 모른다. 그 참혹하고 부당한 굴레를 단 한 번뿐인 인생 막바지에서 겨우 벗을 수 있었던 게 생각할수록 원통하다.

기울어진 마당을 대책 없이 함께 달려오면서도 우리에겐 읽기와 쓰기의 희열이 있었다. 그게 없었다면 아마 그 가혹한 시절을 견뎌내기 어려웠을 것이다. 어쨌든 고꾸라지지 않고 쉼 없이 읽고 쓰면서 팔순을 바라보는 지점에 그와 나란히 도착한 것이 기쁠 뿐이다. 아직도 험악하기 그지없는 세상이라 남은 시간도 바라는 그림대로 사는 것이 가능할까 의심스럽지만 호출되지 않는 이 평온을 우선 다행스러워하며, 이젠 나도 얼마 남지 않은 사는 날들을 오직 쓰기에 바치고 싶다.

2020년 1월
고경숙

소설가의 말

차례

어머니의 천국

검은 차창에 백발을 가지런히 빗어 내린 노모의 얼굴이 자꾸만 맴돌고 있었다. 김천에서 기차를 잡아타기까지 조급했던 마음과는 달리 서울이 가까워올수록 가슴은 무겁게 가라앉고 있었다.

어머니의 외로운 임종을 상상해 보지 않았던 것은 아니었다. 그러나 아내의 전화를 받고부터 줄곧 윤수는 어머니의 임종이 새삼스러운 두려움으로 다가오는 것을 느꼈다. 어제 새벽녘이었다. 꿈에 난데없이 노모가 물색 옷을 곱게 입고 나타나 그의 손목을 잡아끄는 것이 아닌가. 지난봄 묘터를 다녀올 때 입었던 그 비단 치마 저고리 차림이었다.

"아범아 날 업어라……"

"아니 어딜 가시게요?"

"어디긴 어디냐. 묻힐 데를 가려구 그런다."

"지난봄에 다녀오셨잖아요. 또 거긴 뭣하시게요?"

"이번엔 정말 가려구 그런다. 어서 날 업어라."

"네에? 어머님 그건 안됩니……다."

윤수가 펄쩍 뛰며 등을 돌려버리자 노모는 주저앉아 홀짝홀짝 울기 시작했다. 그 우는 모습이 천상 어디서 본 듯한 모습이었다. 눈물이 질펀한 두 볼이 쪼글쪼글 늙은 팔순 노인의 얼굴이어야 할 텐데 통통한 새댁의 모습이었다. 자세히 보니 그것은 어머니의 젊었을 적 얼굴이었다.

무던히도 눈물이 많던 어머니였다. 어린 날 윤수가 마당가에서 뛰어 놀다 기척이 없는 어머니를 찾아 방문을 열어 보면 어머니는 곧잘 그런 모습으로 울고 있곤 했었다. 달려들어 어머니의 손목을 콱 잡았다고 생각했는데 꿈이었다.

꿈을 깨고도 한참을 윤수의 뇌리에는 꿈에 본 어머니의 모습이 떠나지 않았다. 며칠 전 서울로 전화를 걸었을 때 아내가 했던 말이 마음에 걸려 견딜 수가 없었다.

"일간 서둘러 올라 오셔야겠어요. 웬일인지 어머님이 자꾸 찾으셔요."

"그렇찮아도 준공기일 넘길까봐 본사 젊은 놈들이 전화질인데 지금부터 보름간은 초상이 난다 해두 못 가. 임자가 잘 말씀드리라구. 준일이 녀석을 좀 불러 앉혀 놓든지. 식사하시는 건 어때?"

"통 자시질 않으셔요. 잠깐이라도 오셨다 가시면……"

"이 여편네야. 난들 여기가 무에 좋아서 이러구 있는 줄 알어? 무슨 일 있으면 연락하라구."

우악스레 아내의 입을 막아는 놓았지만 윤수인들 마음 편할 까닭이 없었다. 노모는 고령이었다. 현장이 김천역에서도 시외버스로 시간 반이나 달려야 하는 거리이고 보면 웬만큼 서둘러도 자칫 임종을 놓칠 우려가 있었다. 아내의 조바심을 모르는 건 아니었지만 그런 일에도 거친 말이 나올 만큼 현장 사정이 급박했던 것이다. 공사를 제대로 하라는 건지 말라는 건지 본사에서는 세 차례씩이나 공기단축 통지를 내려보내 놓고 있었다. 현장 사정이야 어찌 되든 책상머리에서 계산기나 두드려대는 소갈머리 없는 자들의 짓이었다.

노모를 늙은 아내에게 맡겨 놓고 남쪽 끝으로 내려 올 때부터 윤수는 치미는 울화에 돌덩이를 매달아야 했다. 창업 동지나 다름없는 신 회장이 죽고부터 섭섭한 일이 한두 가지가 아니었다. 큰아들 손으로 넘어간 회사에는 낯익은 얼굴들이 하나 둘 빠져나가 버리고, 이제 본사에 가까스로 남아 있는 늙은이는 김 상무 하나였다. 말이 상무지 그 역시 실가지에 매달려 있는 가오리연 신세여서 언제 퇴물 취급을 받을지 모르는 일이었다.

꿈자리에 마음이 뒤숭숭해진 윤수가 하룻길이라도 서울을 다녀와야겠다고 막 작정을 한 참이었는데 그만 저녁나절에 소식이 오고야 말았다.

수화기 저편에서 아내의 울음 섞인 목소리가 청승맞게 울리고 있었다.

"빨리 올라 오셔야겠어요. 병환이 워낙 위중하셔서…… 아무래도……"

"뭐야, 언제부터 그렇게 되셨어? 의사는 불렀어?"

"네. 지금 석이 어멈이랑 준일이두 어머님 옆을 지키고 있어요. 어머닌 당신만 찾구 계시니 어떡 허죠?"

                              어머니의 천국

"알았어. 나 밤 차루 올라가."

급히 각 공구의 십장들을 불러 들여 며칠 현장을 비울지 모르니 긴장들을 풀진 말라고, 신신당부를 해놓고 윤수는 겨우 밤 기차에 올랐던 것이다.

늦가을 밤의 열차 안은 썰렁했다. 워낙 젊어서부터 함부로 굴린 몸뚱이라 요즘은 잠자리에 누워서도 뼈마디가 욱신거리고 무릎이 저렸다. 등허리로 찬바람이 도는 그 나이에 집을 떠난 벽지 근무는 누가 보더라도 무리였다. 객차 등받이에 느긋하게 몸을 기대고 있는 윤수였지만 잠이 올 리 없었다. 덮어 두었던 아픈 기억들만이 한꺼번에 가슴을 후비고 들었다.

여름내 벌집 쑤신 듯이 나라 안을 함빡 뒤집어 놓았던 이산가족 찾기 방송이 처음 시작되었을 때만 해도 윤수는 그저 이삼일 저러다 말겠지, 어머니 앞에서 애써 태연하려 들었다. 그러면서도 그는 어머니 눈치를 살펴야 했다. 그때까지만 해도 윤수는 어머니가 아무것도 모르려니 생각했었다.

그 사내의 손길이 진작 어머니에게까지 뻗쳐 있었던 것을 윤수는 까맣게 모르고 있었기 때문이었다.

사람의 오장육부를 훑어내는 듯한 이산가족찾기 방송이 열흘째 접어들던 날 밤 어머니는 윤수를 불러 앉혔다.

"아범 내 소원 좀 들어주게."

"뭡니까, 어머님."

"우리 여의도엘 가세. 아직 거기 갈 기운은 있네. 어딘가에 애들이 명 보전하고 있으면 오지는 못해도 우릴 보기야 하지 않겠나. 텔레비전에도 나올 테고…… 그러니 여기다 애들 이름을 큼직하게

써주게. 반평생을 그 녀석들 보자고 모질게 살아온 이 늙은이 소원
좀 들어주게."

"어머니……"

가슴이 철렁 내려앉은 윤수는 다음 말을 잇지 못했다.

"이 어밀 말리려는 겐가. 안되네. 날 말릴 생각을랑 말어. 혼자서
라두 가겠네. 언제 죽을지 모르는 늙은 몸, 언제까지 이러구 기다
리라는 겐가……?"

노기를 띤 어머니의 음성을 윤수는 눈을 감은 채 듣고 있었다. 그
런 윤수를 향해 뜻밖에도 어머니는 말했다.

"아범 속을 내 다 알고 있네. 아범이 입 꾹 다물고 있어도 내 다
들었어. 누가 뭐래도 이 어미 하는 일 말릴 생각 말게. 윤호가 넘어
왔다질 않던가. 그 애가 필경 남쪽에 살아 있으면서도 잡혀갈까 겁
이 나서 이 어미에게 얼씬을 않는 게야. 그러니 내가 얼굴이나마
보여주려는 것이네."

방바닥을 짚은 채 말을 잇는 어머니의 부릅뜬 두 눈에 눈물이 고
였다. 커다랗게 열려진 윤수의 두 눈에도 뜨거운 눈물이 흘렀다.

"그럼 그 사내가 어머니도 불러 갔었단 말입니까?"

어머니는 대답 대신 고개를 주억거리기만 했다.

두 동생의 소식을 처음 들은 것은 환도하고도 십여 년이 지난 후
였다.

그 무렵 윤수는 한 동네 친구와 미아리 부근에 조그만 토건회사
를 차리고 있었다. 일제 말기 건설회사 사동 노릇에서 시작하여 일
인 등 너머로 배운 토목기술로 반파되다시피 한 수복 후의 서울에
서 다섯 식구 생계를 꾸렸다. 윤수보다는 형세가 나았던 배꼽친구

의 도움으로 떠돌이를 면하게 된 그로서는 십여 년 만에 처음으로 동업회사랍시고 안정된 생활을 시작한 셈이었다. 말이 회사지 지금으로 치면 웬만한 구멍가게만도 못한 두어 평 사무실에 전화 한 대를 놓고 집수리를 도급 맡는 것이 고작이었다.

어느 날 웬 사내가 윤수에게 전화를 걸어왔다. 할 이야기가 있으니 만나자는 것이었다. 사람을 불러내려면 이쪽에서도 만날 의사가 있고 봐야 하는 법인데, 사내는 이쪽에서야 그럴 의사가 있건 말건 개의할 바 아니라는 듯이 반 명령조로 만날 장소를 설명하곤 전화를 끊어 버렸다.

그 만날 장소라는 게 또 이상했다. 진고개의 즐비한 상점들 사이를 요리조리 헤집고 두 바퀴나 돌아 찾아낸 낡은 왜식건물 2층이었는데, 겉으론 〈평화물산〉이라고 쓴 간판까지 붙어 있었지만 텅 빈 사무실에 있는 것이라곤 널찍한 책상에 의자 나부랭이 몇 개가 있을 뿐이었다.

딱히 다른 사무원들이 있는 듯도 싶지 않았다.

안으로 들어서자 유리창으로 상가 쪽을 내다보고 섰던 낯선 사내 하나가 기다렸다는 듯이 그를 맞았다.

"당신, 오윤수요?"

갓 마흔쯤으로 보이는 그 중년의 낯선 사내는 뜻밖에도 좀 헤퍼 보이는, 둥글넙적한 흔해 빠진 인상이었는데, 사투리 억양이 없는 토박이 서울 말씨로 거만하게 윤수에게 의자를 권했다.

"우리 좀 앉읍시다. 얘기가 길어질 거요."

여기저기 불려다니는 데는 이골이 난 윤수였다. 그 낯선 사내를 대면하는 순간 윤수는 단번에 이게 예삿일이 아니구나 하는 것을

별들의 감옥

알아차렸다. 노르스름한 머리털을 닮은 갈색 눈동자가 그의 전신을 매섭게 훑고 지나갈 때마다 까닭 모르게 으스스해지면서 도무지 두렵기만 했다. 사내가 입을 열기 전부터 윤수는 어쩐지 마음 한구석에 덮어두었던 상처가 찜찜하게 되살아나는 느낌이었다. 윤수가 엉거주춤 맞은편 의자에 엉덩이를 붙였을 때 사내가 물었다.

"내가 왜 당신을 만나자고 했는지 짐작이 가시오? 전혀 모르겠다는 거요? 휴전되고 10년이 지나고 보니 당신 모자도 불려 다닐 만큼 불려 다녔겠지. 이제 뭐 면역이라도 된 거요? 당신 거제도에서 나왔다지?"

"아 그거요. 네 맞습니다. 반공포로 석방 때 나왔지요. 선생은 또 그것 때문에 절 조사하려는 건가요?"

그 문제라면 윤수는 항상 각오가 돼 있기는 했다. 두 동생에 관한 그건 자신도 모르는 일이며(그건 사실이었다), 거제도 일이라면 신물이 날 만큼 미주알고주알 해명할 기회가 많았던 까닭이었다.

"아니 천만에요. 나 아니고도 그 얘긴 많이 물었을 거 아뇨. 당신한테 오윤태, 오윤호 두 동생이 있더군? 난 당신보다 오히려 그 동생들 쪽에 흥미를 가지고 있소. 소식을 좀 압니까?"

윤수가 걱정했던 대로 사내는 두 동생의 월북 경위를 묻기 위해 그를 불러들인 것이 분명했다. 그는 정신이 번쩍 났다.

"소, 소식이라니요?"

사내는 무엇 하나 놓치지 않겠다는 듯이 쌍꺼풀 없는 자그만 갈색 눈을 윤수의 이맛전에 꽂았다.

"아니 이 양반이 여기가 어디라고 거짓말부터 하는 거요. 바른말 못하겠소? 오윤호가 찾아온 게 언제요?"

어머니의 천국

"윤……윤호가 찾아오다니요? 그랬으면 얼마나 좋겠습니까? 그 애들 생사라도 알았드면…… 어떻게 그, 그런 말씀을……"

"정말 당신 이럴 거요?"

사내가 손바닥으로 책상을 치면서 악을 썼다. 윤수는 도무지 영문을 몰랐다. 그렇다면 윤호는 살아 있다는 것인가? 그저 가슴이 와들와들 떨려 올 뿐이었다. 윤호가 살았다면 그럼 왜 윤태 이야기는 없는가. 윤태는 죽었다는 건가. 그것부터 궁금했다.

"아무래도 당신 손을 좀 봐야 바른 말이 나오겠군? 이 봐요, 오윤수 씨 시침 뗄 생각은 거두시오. 고분고분하게 말하면 구태여 당신을 어렵게 하지 않으려고 이리로 불렀소. 사람이 호의를 베풀면 받을 줄도 알아야지 왜 그 모양이요?"

헤픈 듯이 둥그렇게 벌어진 사내의 턱 날에 남을 짓이기는 것 같은 쌀쌀한 웃음이 떠올랐다.

"모, 모릅니다. 얼씬거리기라도 했으면 제가 뭘 숨기겠습니까? 전 그 애들이 어떻게 됐는지도 모릅니다. 제가 돌아와 보니 애들이 떠나고 없었습니다. 그 후 종무소식인 걸요."

"그럼 왜 찾아보지도 않는 거요?"

"그건 저…… 저를 조사하던 분들 이야기를 들어보니 월, 월북했다구요. 그래서 아예 남쪽엔 있으려니 생각도 못 했거든요. 어머님은 시방도 이사도 안 가고 기두리고 계십니다만, 여직 소식이 없으니 죽었거나 살았어도 북에……"

"그럼 동생들 사상을 전혀 몰랐다 이거요? 당신 기록을 보니 기술자로 월북했다가 도주하여 서울에 잠입 중 유엔군에 체포된 걸로 돼 있더군. 당신은 강제로 끌려갔다고 하지만, 혹시 오윤태의

별들의 감옥

권유로 그리 된 거 아니요?"

"그건 절대 아닙니다."

"아니라는 증거도 없지 않소?"

"그 애가 뭘 하는지 그땐 알 도리가 없었어요. 그 앤 학비를 번다고 노상 나가 지냈어요. 집에 들러도 워낙 책벌레라서 식구들과 얘기가 없었어요. 선생, 믿어 주십쇼."

사내의 작은 눈은 시종 윤수의 하는 양을 사진이라도 찍을 것처럼 쏘아보고 있었다.

"당신을 믿고 안 믿고는 이제부터 당신의 행동에 달려 있소. 잘 들으시오. 당신을 여기 오게 한 건 중요한 부탁이 있어서요. 우선 내 얘기를 잘 듣고 누구에게도 이야기를 옮겨서는 안 돼요. 당신 어머니에게는 물론, 처에게도 말이요. 혼자만 알고 있어야 하오. 우리 정보에 의하면 막내 오윤호가 남쪽에 넘어와 있소. 만약 오윤호가 사람을 보내거나 나타나면 지체 말고 이리로 연락하시오. 흔히 가족의 권유로 자수한다고 하지만 그건 말처럼 쉽지 않소. 권유는 우리가 하겠소. 당신은 우리에게 연락만 띄워 주고 반갑게 맞이해 주면 되는 거요. 내가 말한 대로만 하면 당신네 가족의 안전은 보장해 주겠소. 이제 아시겠소?"

윤수는 자기의 귀를 의심했다. 그날 사내가 들려준 이야기 중에서 더욱 놀라운 것은 북에 윤태가 살아 있다는 것이었다. 그것도 저쪽에서 꽤 우두머리가 되어 있다는 거였다. 사내의 말로는 윤호는 지금 특수교육을 받고 연고자가 있는 이남에 파견되었다는 것이었다.

윤수는 벌어진 입을 다물지 못했다. 두 아우들의 모습이 번갈아

　　　　　　　　　　　　　　어머니의 천국

눈앞을 오락가락할 뿐 사내의 말이 얼마나 신빙성 있는 것인가를 다그쳐 물어볼 염조차 못 낸 채 우두커니 앉아 있기만 했다. 두 다리가 후들거리면서 전신이 얼어붙는 느낌이었다. 넋을 놓고 있는 그에게 사내의 진득진득한 음성이 다시 울려왔다.

"한 가지 더 기억해 둘 것이 있소. 당신 어머니 말이오. 전쟁 중에 당신 어머니가 뭘 했는지 알고 있소? 우리가 볼 땐 아주 의심스럽기 짝 없단 말이오. 왜 피난을 가지 않았소?"

"어머닌 저희들을 기다리시느라고…… 행여나 집 나간 애들이라도 올까 하고……"

"인민군들이 아들 기다리라고 살려 줬다 이거요?"

"폭격으로 돌아가실 뻔한 적도 많았다고 들었습니다만 천행으로 목숨을 보전하신 거지요. 그게 뭐 죄 될 거야……"

"이봐요, 난 아직 죄라곤 안 했소. 그냥 적군에게도 꽤 협조적이었을 것 같아 마음에 걸린단 말이오. 사상이 이상한 것 아니오?"

"그게 아니고…… 어머닌 워낙 마음이 고운 분이셨어요. 그저 배고픈 이들에게 밥을 지어주신 겁니다. 정말 그것뿐입니다. 맹세합니다."

"빨갱이들에게도 말이오? 그 밥을 먹고 기운을 차린 놈들이 아군을 마구 죽였을 텐데두 말이오?"

"우, 우리 어머님은 아우들 생각에…… 모두 아우들 같았던…… 거죠. 어머님은……"

"그건 앞으로 우리가 판단할 문제요. 아무튼 당신 어머니를 조심하시오. 항상 노인들이 골치란 말이오."

그때 사내 앞에서 얼굴에 핏기가 가시던 기억을 훗날 떠올릴 때

별들의 감옥

마다 윤수는 몸을 부르르 떨곤 했다. 어둑신한 진고개를 터벅터벅 내려오면서 그는 끊임없이 사내가 하던 말들을 되뇌었었다. 애들이 살아 있다, 죽은 줄로만 알았던 윤태와 윤호가 살아 있다. 살아 있다……

세월이 흘러 갔다.

전쟁 후에 태어난 아들 준일도 어엿한 고교생이 되었다. 사내의 이야기와는 달리 윤호는 나타나지 않았다. 몇 해가 지나자 한 달이 멀다 하고 윤수를 불러들이던 사내 쪽에서 소식을 뚝 끊어 버렸다. 윤호로부터의 연락을 은근히 넘겨짚으며 캐묻던 사내가 소식을 끊자 윤수도 처음엔 사내의 이야기가 황당한 거짓이었다는 쪽으로 믿고 잊어버리고 싶었다. 이따금 그는 자기가 엉뚱한 꿈을 꾼 것이 아닌가 생각했다. 그러나 그러면 그럴수록 윤수의 궁금증은 커져 갔다. 별안간 소식을 끊어버리는 사내의 행적은 무엇을 의미할까. 갑자기 윤호가 나타난다면 어쩔 것인가. 심장이 타는 듯한 긴장 속에 하루하루를 지내던 윤수는 과거의 몇 갑절이나 되는 초조감에 휩싸이게 되었다.

여러 해가 지난 어느 초겨울 날 견디다 못한 윤수는 마침내 그 사내를 찾아 나섰다. 진고개의 〈평화물산〉은 간판조차 사라지고 없었다. 전에 연락하라고 적어준 전화를 수소문한 끝에 윤수를 만나 준 사내는 의외로 귀찮다는 듯이 쌀쌀하게 굴었다.

"우리 쪽에서 연락이 안 가는 걸 서운하게 생각 마시오. 아마 당분간 우릴 만날 일은 없을 거요. 말하기 뭣 하오만 그때완 사정이 달라졌소. 오윤호는 안 올 거요."

"저어…… 그럼 전에 하신 말씀은 사실이 아니었단 말씀인가

어머니의 천국

요?"

"사실이 아닌 걸 가지고 함부로 그런 얘기를 우리가 했을 것 같소? 사정이 바뀌었다니까요. 그렇게만 알고 계시오. 혹시 북의 오윤태가 소식을 전해 오거든 지체없이 연락하시오. 오윤태가 또 첩자를 보내올지도 모르지. 그런 일이 있을 땐 대한민국 국민으로서 당신이 어떻게 해야 한다는 걸 모르지는 않겠지?"

"제 동생 윤호말입니다…… 혹시…… 어떻게 됐습니까? 아직도 여기 있나요?"

"이 양반이 아직도 내 말을 못 알아듣는군. 오윤호는 여기 없소. 나머진 당신 상상에 맡겨요!"

"그럼 다시 넘어가기라도?"

"당신 좋을 대로 생각하시오."

고개를 창으로 꺾은 채 사내는 담배를 피워 물었다.

"선생, 한 가지만 알려주십쇼. 녀석이 자꾸 꿈에 보이는군요. 대체 죽었는지, 살았는지 그것만이라두요…… 입을 찢어두 누구에게 발설은 않겠습니다. 제발……"

머리를 조아리는 윤수에게 사내가 씹어 뱉듯이 말했다.

"글쎄 오윤호 수사는 삼 년 전에 종결됐소. 다시 넘어 갔거나 하는 정도로는 종결이 안 돼지…… 나도 확실한 건 몰라요. 오윤호가 다시는 나타날 염려가 없어져서가 아닌가 생각되는데…… 나도 그 이상은 아는 게 없소."

"아, 그 애가, 그 애가 죽은 거군요."

죽였군요? 사실은 이렇게 물어보고 싶었다. 윤수는 가슴 밑에서 쿵 담장이 무너지는 듯한 굉음을 들은 것 같았다. 제 발로 다시 넘

별들의 감옥

어 간 것이 아니라 종결! 대체 어디로 증발이라도 했단 말인가. 누구의 손에 객귀가 되어 어느 하늘을 떠돌기라도 하는 것일까. 그후 윤수는 제 가슴에 비수를 찔러 넣은 그 사내를 더는 만나지 못했다.

　어머니의 말을 듣는 순간, 윤수는 아무에게도 심지어 노모에게도 함구해야 한다던 사내의 엄포를 품고 혼자 가슴 졸였던 세월들이 얼마나 어리석었는지를 비로소 깨달았다. 가없은 노인의 명줄을 옭아맸다 풀었다 쥐도 새도 모르게 분탕질을 했을 사내의 처사가 노엽고 괘씸했다. 아니 서글펐다.

　윤수를 불러들이던 그해 겨울, 사내가 어머니를 진고개로 불러갔었던 것이다. 윤호를 생포하겠다는 집념으로 모자를 감시하던 사내는 윤수만으로는 불안했던 것일까. 어머니를 믿지 못해서였을 것이다. 대체 어디서부터 어디까지가 진실이었을까. 노모의 주름살이 아무도 모르게 깊어지고 살이 타는 아픔에 사위어 가던 것을 윤수는 몰랐다. 그렇지만 어머니는 그 뒤 윤호가 어찌 되었는지만은 모르고 있는 것이 분명했다.

　"윤호 녀석이 어밀 찾지 않기를 그땐 빌었어. 그래도 그땐 기운이 좋을 때였지. 이젠 달라. 아범, 이제 난 다 살았네. 그냥 한번 바라보기만 해도 한이 없으련만 야속하기만 하이. 생전에 대면 못할 바에야 저희들도 이 어미 묻히기 전에 바라보고라도 싶을 게 아닌가. 삼십 년 넘게 이사도 못 가게 하고 기두려 온 어미를 여태 안 찾아온 애들이 그런다구 오겠나. 그냥 날 보여주려구 그러이. 보여만......"

　　　　　　　　　　　　　　　　　　　어머니의 천국

말끝을 못 맺고 흐느끼는 어머니를 마주하며 윤수는 더 이상 입을 열지 못했다. 사내에게서 마지막 들은 이야기만은 어머니에게 전할 수가 없었다. 윤수는 어머니가 펴주는 광목에 큼직하게 두 아우의 이름을 썼다. 이튿날 어머니는 그것을 펴들고 광장 한 끝에 자리를 잡았다. 몇 차례인가 TV 카메라가 북새통을 이룬 만남의 광장 한구석에 '오윤태 오윤호 어머니와 형이 살아 있다'고 쓴 커다란 광목을 매달고 참선하듯 앉은 노모의 모습을 훑고 지나갔다.

어머니는 온 여름을 거기서 보냈다. 오로지 두 아들에게 보여줄 마지막 모습을 위해서 모든 남은 기력을 어머니는 써버렸다. 그해 가을이 깊어지면서 어머니는 폐인이 되다시피 하여 말을 잃었다. 바지런을 떨던 손놀림도 다 접어놓고, 명절 밑에 들어온 맞춤 바느질로 밤을 새우는 며느리도 본둥만둥 거들어주는 법이 없었다. 그토록 애지중지하던 손녀 준혜가 석이 녀석을 데리고 친정 나들이를 와도 머리 한번 쓰다듬어주지 않았다. 방송이 끝나면서 나뭇등걸처럼 쓰러져 자리에 누운 노인은 그 뒤 여태 몸을 추스르지 못했다.

"애들을 만나기 전엔 난 안 죽는다!"

늘 하던 그 입버릇까지도 잊어버린 채였다.

문득 도착을 알리는 차내 방송이 울렸다. 차창 밖으로 짙은 어둠을 머금은 역사 모퉁이가 눈에 들어왔다. 승객들의 뒤를 따라 윤수는 아직 가로등이 켜진 역 광장을 가로질러 총총히 걸음을 옮겼다. 쌀쌀한 새벽 한기가 그를 엄습했다.

새로 뚫린 대로 면에 바짝 코를 대고 있는 낡은 대문을 들어섰다.

별들의 감옥

지난봄 새 길이 뚫리는 바람에 앞마당이 삼분지 일이나 끊겨나가 대문을 안으로 옮겨 달아야 했다. 흡사 안채가 거리 한복판에 나앉은 꼴이다. 전쟁 때 반 너머 부서졌던 것을 고쳐 세워 삼십 년 넘게 살아온 집이었다. 어머니는 두 동생이 행여 찾아올 것을 기대하며 한사코 이 집을 떠나려 하지 않았다. 대신 궁할 때마다 어머니는 이 집문서로 돈을 융통하곤 했었다. 그러나 꼭 되찾아온 것도 어머니였다. 어머니는 이 집을 목숨처럼 아꼈다. 근처에는 이제 이런 고옥이 한 채도 없다. 반들반들 윤이 날 정도로 검게 변한 나무 대문은 아직도 '바느질집'이라고 쓴 팻말을 붙이고 있다. 오랫동안 어머니를 찾아오던 단골들을 지금은 아내가 맡고 있었다.

초인종을 누르자 부석부석한 눈매에 눈물이 그렁그렁한 준혜가 맨 먼저 달려나왔다. 반이 끊긴 안마당은 다섯 걸음도 못 가서 안채 댓돌로 이어졌다. 치맛귀로 눈물을 훔치는 아내를 따라 윤수는 안방으로 들어섰다

아랫목 부윰한 형광등 불빛 아래 반듯이 누운 어머니가 보였다. 그 곁에 두 팔로 방바닥을 짚은 채 눈을 감고 있던 준일이 퍼뜩 눈을 떴다. 밤새 한숨도 눈을 못 붙였던 모양이었다.

허물어지듯이 어머니의 머리맡에 무릎을 꿇은 윤수는 이미 죽음이 내려앉기 시작한 노인의 얼굴을 황급히 더듬었다.

"어머님!"

그가 노인의 어깨를 흔들자 노인은 스르르 감은 눈을 떴다. 초점을 잃은 눈동자가 아들을 올려다보았다. 입만 달싹일 뿐 말이 되어 나오지는 않았다. 이부자리 밖으로 비어져 나온 가느다란 노인의 팔목을 윤수는 떨리는 손으로 거머쥐었다. 깡마르고 작은 그 손을

　　　　　　　　　　　　　어머니의 천국

그는 가만히 쓸어내렸다.

　벌써 삼십 년이 넘었다. 이 가냘픈 손으로 떠 넣어 주는 미음을 받아먹으며 그해 윤수는 다락방에서 봄을 기다렸었다. 6·25를 윤수는 참으로 별나게 겪었다. 수복을 불과 한 달 앞두고 토목기술자로 징집되어 혜산진까지 끌려갔던 윤수는 자기들을 줄곧 인솔해 온 부대가 바로 눈앞에서 처참하게 스러지는 것을 보았다. 겨울이 닥치면서 거듭되는 퇴각 명령에 전열을 흐트러뜨린 그들은 무기도 식량도 거덜이 난 채 처참하게 죽어갔다. 함께 떠났던 기술자 대부분이 미군 기총 소사를 피해 들어간 참호 속에 차곡차곡 포개진 채 죽었다.

　밤이 되자 그 시체 더미의 정적 속에서 조용히 꿈틀거리는 목숨들이 있었다. 누가 승자인지 패자인지 식별할 수조차 없는 살육의 오지에서 목숨이 붙은 생존자들 몇이 낮이면 숨고 밤이면 산비탈을 기어내리는 두더쥐 남행을 계속했다.

　무엇보다도 참기 어려운 고통은 추위와 배고픔이었다. 늦여름 집을 떠난 뒤 곧장 습관이 된 배고픔이었지만 그것은 공포보다도 더한 시련이었다. 그들 대부분은 여름에 떠날 때 걸친 홑옷 위에 인민군에게서 얻은 옷들을 걸치고 있었기 때문에 아군의 사격을 받기 십상이었다. 혹독한 추위 속에서였지만 차라리 벗어버려야 그나마 안전했다. 산골 빈집에서 주워 입은 홑옷 차림으로 그들은 산비탈을 넘고 넘었다. 그 와중에서도 눈만 감으면 서울에 두고 온 식구들이 어른거렸다. 하얗게 앞니가 돋은 딸 준혜와 아내는 살아 있을까. 두 동생은 어머니를 잘 모시고 있을까⋯⋯

　생존자들은 자꾸 줄어갔다. 눈 덮인 산골짜기엔 총 맞아 죽고 허기져서 죽은 시체들이 여기저기 나뒹굴었다. 사지가 끊겨나간 시체의 배낭에서 운수 좋게 먹을 것을 찾을 때도 있었지만, 며칠씩 물 한 모금 없이 눈을 씹으며 지탱해야 했다. 다시 아군들이 밀리기 시작했다. 산자락에 움추린 그들은 전황을 몰랐다. 밤낮으로 산을 벌겋게 태우던 포격이 뜸해지면 전세가 바뀌는구나 짐작할 뿐이었다. 한 발자국이라도 가족과 가까운 곳에서 죽겠다는 집념밖에는 아무것도 그를 버텨주지 못했다. 짐승만도 못한 몰골로 여름 입성을 걸친 채 산을 내려온 윤수는 텅 비어버린 서울 거리를 보자 기가 막혔다. 빈 거리를 숨바꼭질하듯 헤집어 미아리 집 마당에 들어섰을 때는 한밤중이었다. 빈집으로 알았던 불 꺼진 안채에서 달려나온 사람이 어머니임을 안 윤수는 그대로 너부죽이 쓰러져 혼절하고 말았다.

며칠 밤낮을 간간이 헛소리만 할 뿐 혼수상태로 보낸 윤수의 곁에서 어머니는 눈을 못 붙이고 울었다.

놀랍게도 어머니는 아내와 어린것을 피난길에 떠나보낸 뒤 홀로 남아 집을 지키고 있었다. 윤수는 그때 아우들의 이야기를 비로소 어머니에게서 들었다.

"네가 떠나고 한 보름 지나서다. 학교에 가 본다며 나간 애들이 여태 안 오는구나. 큰아버지가 나중 소문을 듣고 학교 마당까지 따라갔었다만 윤태가 막무가내로 말을 안 듣더라는구나. 그때 간 애들은 모두 북으로 가서 군인이 되었다고들 하더라만…… 나는 당장이라도 애들이 들어설 것만 같아 기두렸지 뭐냐. 너처럼 명이 붙어 이렇게라도 돌아왔드면……"

장독대와 건넌방 귀퉁이가 폭격에 주저앉는 전쟁판을 버텨 낸 어

어머니의 천국

머니가 윤수는 그때만큼 커 보인 적이 없었다. 사지에 어머니를 남겨두고 뿔뿔이 흩어진 아우들과 자신이 그때만큼 부끄럽게 느껴진 적도 없었다.

"양키 놈들이 젊은것들을 그냥 두지 않는다구들 하더구나. 동네 처녀 아이들이 겁을 내서 머리를 다 깎았다. 애 어멈두 사내 행색을 하느라구 머릴 자르구 갔어. 한사코 마다하는 걸 사둔 어른이 억지로 데리구 갔다. 설마 늙은것이야 어쩌겠냐만 그래두 무서워 양키들 얼씬거릴 땐 저 다락 구석에 숨어서 며칠씩 굶어가며 지냈지 뭐냐."

어머니에게 두려운 건 폭탄과 말이 통하지 않는 이국인들이었다.

어머니에겐 국군도 인민군도 없었다.

"총알이 무섭지. 아 우리말을 하는 군인들이야 뭬 무섭냐. 배고프다면 밥 해주고 터진 옷은 꿰매 줬어. 가엾은 것들…… 우리 애들도 어디서 굶지나 않는지……"

어머니의 눈에는 모두가 윤태였고 윤호였다. 어머니는 따뜻한 주먹밥을 들려주고 몸조심하라고 일렀다. 어머니는 지극정성을 다해서 그들을 보살펴주며 낯선 산간을 헤매고 있을 집 떠난 자식들도 누군가에게 그렇게 따뜻한 보살핌을 받을 수 있기를 빌었다고 했다. 어머니는 그해 겨울이 지나도록 윤수를 다락에 감추었다. 어머니가 그렇게 남아서 기다려 주지 않았던들 자기는 결코 살아남을 수 없었을 것이라고 윤수는 지금도 생각하고 있다.

불규칙한 노인의 숨소리가 방안을 가득 채웠다. 힘겨운 듯 두 눈을 꼭 감고 숨을 토해 내는 노인의 머리맡에는 여전히 낡은 사진틀 하나가 걸려 있다. 어릴 적부터 수십 번도 더 바라본, 그 빛바랜 사진 한 폭을 윤수는 물끄러미 바라보았다.

어느 명절날이었을 것이다. 아버지는 무늬 있는 마고자를 입고 있다. 뒤로 상고머리를 한 소학생 윤수와 까까중머리의 윤태가 섰고, 아버지 옆에 앉은 쪽진 어머니 품에 어린 윤호는 안겼다. 아직 새댁인 어머니의 볼은 먹음직한 눈깔사탕이라도 물린 것처럼 동그랗게 부풀어 있다. 사랑하는 사람들 속에 둘러싸인 어머니의 모습은 더할 수 없이 행복해 보였다.

아침마다 잠자리에서 일어나 머리를 빗고 어머니는 이 사진 앞에 합장하곤 했다.

"아버엄……"
"어머니 저예요. 윤숩니다. 말씀하세요."
"날…… 안아……"
노인은 상체를 움직이려고 애쓰면서 허공을 향해 팔을 올렸다. 윤수가 팔랑개비 같은 노인의 상체를 안았다.

그는 안타까운 듯이 노인의 입술에 귀를 가져다 댔다.

노인의 두 눈이 활짝 열렸다. 순간 믿을 수 없을 만큼 정갈스레 열린 눈동자가 다가왔다. 팔은 열심히 무엇인가를 손짓으로 가리키고 있었다. 윤수는 손짓을 따라 베개 밑으로 한 손을 디밀어 보았다. 손바닥만한 부드러운 뭉치가 잡혀 나왔다. 그 작은 헝겊은 창호지에 곱게 싸여 있었다.

"어머님, 뭡니까 이게……"
"윤호를…… 줄려구……"
노인의 입술로 끊어질 듯 가녀린 음성이 새어 나왔다.

어머니의 천국

얼핏 보면 바느질할 때 쓰는 비단 골무였다. 자세히 보니 비단으로 보이는 작고 붉은 헝겊에 앞뒤로 촘촘이 정교한 부처의 형상이 수놓아져 있다. 부적이었다. 그 늦여름 윤수가 집을 나설 때도 어머니가 허리춤에 이런 것을 넣어 주었다.

"우리 윤……호가 안……오길 자알 했어……"

"그럼요, 어머님."

대답하는 윤수의 목이 메었다. 그는 아프도록 입술을 깨물었다. 악 물린 입술 사이로 억, 억, 오열이 새어 나왔다. 노인의 턱이 떨리기 시작했다. 아무도 들어서는 안된다는 듯이 윤수의 귓가에 입술을 댄 노인이 속삭였다.

"유……운호가 오……면 달아나라구……해."

노인의 입술은 그렇게 발음한 것 같았다. 어머니의 한 손은 윤호에게 줄 부적을 꼭 움켜쥐고 있었다.

힘없이 고개를 끄덕이는 윤수의 볼을 타고 더운 눈물이 흘러내렸다. 턱짓으로 시작된 경련이 노인의 온몸을 파도치게 했다. 눈으로는 애타게 누군가를 찾고 있었다. 준일이 무릎걸음으로 노인 곁으로 다가갔다. 준일이 내미는 손을 노인은 앙세게 움켜쥐었다.

"하알미허구 허던 야……약속……"

노인의 입안에서 뭔가 다음 말이 뱅글뱅글 도는 듯하다. 그러나 자꾸만 입천장에 혀를 부딪칠 뿐 발음이 되지를 않는다.

윤수가 노인의 귀에 입을 대고 소리쳤다.

"어머님. 그 약속은, 준일이가, 준일이가 꼭 지켜드릴 겁니다."

말을 알아들었는지 노인은 안심한 듯 고개를 끄덕여 보였다. 입가에는 어렴풋이 웃음기마저 떠올랐다. 주억거리던 고갯짓이 멈춰

지면서 노인은 아들의 팔에 머리를 얹은 채 두 눈을 감았다.

지난봄 묘터에서도 어머니는 윤수에게 다그쳤었다. 무명 버선을 몇 번이고 기워가며 신던 어머니였지만 어머니는 넓다란 묘터를 바랐다. 윤수의 형세에는 걸맞지 않는 사치인데도 어머니는 어린 애처럼 막무가내였다.

"아범, 우릴 여기 다 모이게 해주게."

안 입고 안 쓰던 바느질삯까지 뭉쳐 터를 잡은 어머니는 망우리 그늘에 묻힌 아버지의 무덤부터 옮겨 왔다.

그 후 틈만 나면 준일이더러 이 묘터를 보러가자고 조르던 어머니였다.

"이담에 여기 할아버지 할머니 아래 네 애비를 쓰는 거야. 여긴 네 큰삼춘 쓸 자리다. 여기 오른쪽은 작은삼춘 알지? 꼭 윤태 윤호 삼춘 찾아야 헌다. 할민 말이다, 여기서 죄다 만날 게야, 죄다."

부축하는 손자 녀석에게 어머니는 다짐하곤 했다.

눈을 감고 잠이 든 노인은 다시 깨어나지 못했다. 가쁜 숨을 내쉬던 숨결도 잦아들었다. 쉬익, 쉭, 멈췄던 숨결이 다시 일어나는 듯하더니 갑자기 가슴께가 무섭게 솟구치면서 기구에서 바람이 빠져나갈 때처럼 노인의 상체가 축 늘어졌다.

"할머니! 약속 지킬게!"

준일이 참았던 울음을 토해냈다. 천장을 향해 똑바로 부릅뜬 노인의 동공을 아내가 쓸어내렸다. 윤수는 노인의 윗몸을 으스러지게 껴안고 그 마른 가슴에 가만히 얼굴을 묻었다.

푸른 배낭을 멘 남자

"엄마 저어기."

뜰로 내려서자 아이가 졸랐다. 어미의 마음은 아랑곳없이 아이는 늦가을 볕에 붉어진 밤톨만큼씩 한 대추를 따고 싶어 안달했다. 고무공처럼 탱탱한 아이의 몸이 어미의 팔을 빠져나가느라고 용을 썼다. 대추나무 아래로 걸음을 옮겼다. 좁은 안뜰 한쪽을 비집고 서 있는 은행나무에서 져 내린 노란 낙엽이 너무 고와서 밟기 아까웠다. 잎을 떨군 대추나무 빈가지 뒤로 드리운 시월 하늘은 물속처럼 깊고 푸르렀다.

"저거 따줘."

"할머니 이 노음 해요."

"싫어, 싫어 딸래."

아이는 막무가내다. 마지못해 한 팔로 잔가지를 당겨서 두어 번 흔들었다. 불긋불긋한 대추 예닐곱 개가 우두둑 모녀의 머리 위로

푸른 배낭을 멘 남자

떨어져 흩어졌다. 몇 해 전 시골집을 처분할 때 시어머니 송천댁이 집지기라고 소중하게 옮겨다 심은 대추나무가 억척스레 자라서 이젠 이층 발코니에 서서도 대추를 딸 수 있었다. 작년에는 이웃에 맛보기로 한 바가지씩 주고도 한 소쿠리가 남아 겨우내 대추차를 즐겼었다. 해갈음을 하는지 올해는 작년만 못했다.

"대추낭기는 그저 송아지를 매 놔야 잘 여는 기라. 니 아나? 어메 따라가고자퍼 송아지가 종일 용을 안 쓰나. 이상하대이. 딴 낭기는 안 그런데 대추낭기는 몬 살게 굴어야 소출이 많다카이."

대추 흉년이 드는 해는 꼭 시어머니가 그런 말을 했었다.

아이는 좋아라고 손뼉을 쳤다.

"엄마 일드응!"

마른 잎 사이로 숨어든 탐스런 대추알을 찾아낼 때마다 아이의 작은 입이 알밤 벌어지듯 했다.

안방에서는 시어머니와 차례를 지내러 왔던 시숙모들이 손주들에게 둘러싸여 윷판을 벌였는지 뜰 너머까지 웃음소리가 걸판졌다. 건넌방에서는 사촌들이 아침상을 치운 동서들과 어울려 화투를 치고 있었다.

세영은 키득거리는 완이를 안은 채 대문께로 갔다. 문틈으로 밖을 내다보았다. 아무도 없다. 살며시 대문 빗장을 풀었다. 빠끔히 열린 문 사이로 골목을 살폈다. 다른 날 같으면 동네 조무래기들이 바글대던 대문 앞 골목이 명절 아침인 탓인지 텅 비었다. 그녀는 고양이 걸음으로 대문을 나섰다. 한길까지 걸었다. 골목 바깥을 훑어보느라고 집 근처를 반 바퀴나 돌았지만 아직 이상한 점은 없었다.

"완아, 내려서 걷자."

나설 때는 몰랐는데 두 돌을 지난 아이를 안고 거닐기가 버거웠다. 아이가 쪼르르 앞장서 골목을 달렸다. 잘도 달렸다. 두 손에는 잔뜩 대추를 움켜쥐었는데 벌써 저만큼 앞에 서서 뒤쳐진 어미를 기다리고 있다.

담장 안에 있으면 자꾸 밖에 누군가가 빙 둘러서서 망을 보고 있을 것만 같았다.

나도 많이 약해졌어. 전엔 당차다는 소릴 들었었는데. 아이 낳은 숫자만큼 여자는 마음이 졸아드는 걸까.

현우가 말했었다. 왜 점점 못해지니? 걸핏하면 울먹거리고. 박여사 좀 봐. 딸 사위 다 감옥에 넣고도 남에게 눈물 뵈는 거 못 봤어. 다른 가족들을 오히려 위로하더라구. 완이 아빤 그런 여자가 좋아? 그래. 여자들이 남자 일하는데 짐 되는 거 싫다. 남자들이 일한답시구 여자 짐 되는 건 좋아? 여자가 말꼬리 잡는다고 남편은 질색이었다.

아직 서울을 벗어나지는 못했을 거다. 푸른 배낭을 메고 등산복을 입고 나갔으니까 교외로 나가는 사람들에 묻어 어디로든 서울을 뜰 것이다. 돈을 든든히 지니고 있어야 하는 건데. 별안간 닥친 일이라 여비를 넉넉히 지니지 못하고 떠난 것이 자꾸 마음에 걸렸다. 그렇게 까맣게 몰랐을까. 혼자 하는 일도 아닐 텐데.

배낭을 꾸리는 현우가 몇 번이나 헛손질을 하던 것을 그녀는 놓치지 않고 보았었다. 검은 머리칼이 부수수하게 흩어진 그의 이마에는 땀이 흐르고 있었다. 세영은 그가 카펫 바닥에 아무렇게나 뽑아 던진 낯익은 원서들을 헌 륙색에 바삐 쓸어 넣으면서도 남편의

푸른 배낭을 멘 남자

하는 양을 다 보고 있었다. 그의 무섭게 부릅뜬 눈이 미처 무엇을 물어볼 새도 없이 서재 구석구석을 훑어 내리고 있었다. 다섯 해 전 봄이던가. 그때 집을 나갈 때도 저랬었다. 그 뒤에도 몇 차례씩이나 집을 두고 밖으로 떠돌 때가 있었지만, 이런 일로 남편이 그토록 당황하는 걸 보는 것이 세영으로서는 뜻밖이었다.

추석 차례상을 물리고 오랜만에 들른 사촌들과 둘러앉아 아침상을 받는데 요란스레 전화벨이 울렸었다. 수화기를 쥔 현우의 옆얼굴이 대번에 싸느랗게 식었다. 알았소. 고맙소. 대답은 두 마디 뿐이었다.

세영은 찬물 바가지를 뒤집어쓴 것처럼 가슴이 시려왔다. 현우와 맺어져 세 아이의 어미가 된 구 년여의 세월이 책장 넘기듯이 어느결에 지나갔다. 행복하게 웃었던 일들이 없지 않았지만, 지금 생각나는 건 반년여를 서대문구치소 드나들던 일과 현우가 허둥지둥 배낭을 꾸려들고 집을 나서던 절박한 기억들뿐이다.

첫째 준이를 낳을 때도 남편은 집에 없었다. 전염병처럼 철마다 퍼지는 계엄 공포에도 그는 곧잘 짐을 쌌고, 삼선개헌, 위수령, 유신…… 신문 말미가 술렁일 때마다 그가 집에 없어야 할 까닭은 늘어갔다. 나갔던 차림이 후줄근해질 때쯤엔 틀림없이 돌아오던 남편이 준이가 두 돌을 맞던 겨울에는 달포가 넘도록 소식이 없었다. 그 대신 대문 앞에 웬 낯선 차 한 대가 코를 바싹 붙이고 그 속에 진을 친 점퍼 입은 남자들이 식구들보다 더 목을 빼고 현우를 기다리고 있었다. 보다 못한 세영이 남의 집 대문을 가로막고 왜 여러 날씩 비키지 않느냐고 따졌다. 잠깐 물어볼 일이 있어서 기다리고 있는데, 왜 이렇게 주인이 여러 날째 집을 비우냐고 점퍼들이 오히려 되물었다.

기다리다 못한 그들은 1주일 허탕을 친 끝에 결국 세영을 데리고 갔다. 대문에 세워둔 차에 실려간 곳이 서빙고였다. 현우가 가끔 누구누구가 서빙고 호텔엘 갔대, 남산에 다녀왔대, 하던 소리를 귓결에 듣긴 했어도 세영은 자기가 남편네들 입초시에 오르내리던 그 '호텔'에 가게 될 줄은 꿈에도 몰랐었다.

세영을 실어가는 검정색 지프가 이태원께를 지나 불도 안 켜진 황량한 도로를 한 바퀴 돌더니, 방방마다 대낮처럼 환하게 불을 밝힌 커다란 건물 앞에 멎었다. 흡사 종합병원의 입원실 병동 같았다. 장식 없는 방들이 한 복도 안에 여럿 있었는데, 밤 시간이건만 점퍼 차림의 남자들이 뜀박질하듯 이 방 저 방 분주하게 오가고 있었다.

세영은 그들이 하도 밤새도록 미주알고주알 여러 가지를 물어서 대답하는데 진절머리가 났다. 상대방으로 하여금 취조 목적이 뭔지 모르도록 얼을 빼서 곁다리로 필요한 이야기를 들어보려는 것이 그들의 술책인 것도 같았다. 동이 부옇게 터오도록 초저녁부터 물었던 것을 줄기차게 반복해서 물어댔다. 대답하는 쪽이 아예 지치기를 기다리는지 저희들은 매양 들어올 때마다 교대를 해가며 물었다. 꼬박 열여섯 시간을 그렇게 말씨름으로 보냈지만, 세영은 한마디도 거짓말은 못해 봤다. 수없이 묻기는 하면서도 실은 그들이 뭐든지 더 잘 알고 있었다. 그녀가 모르는 것도 그들은 알고 있었다. 시숙이 6·25때 월북했다는 것도 그때 알았다.

시어머니는 남편과 두 시숙, 맏아들 이렇게 한 집안의 네 장정을

푸른 배낭을 멘 남자

쓸어간 6·25 이야기를 누가 꺼내면 귀부터 막았다. 그건 두 숙모도 마찬가지였다. 텔레비전 연속극을 보다가도 난리 때 이야기가 나오면 돌아앉아 버렸다. 세 동서 모두에게 전쟁은 끔찍한 추억이었다. 현우는 일곱 남매의 둘째 아들이었지만 외아들이나 다름없었다. 맏이인 형은 난리통에 간 곳을 모르고, 현우 위로 있는 세 누이는 모두 출가했다. 아래로 두 남동생이 있었지만 조부의 뜻에 따라 과수가 된 두 숙모 앞으로 각각 입적하여 양자를 갔다.

시어머니도 숙모들도 아들들에게 난리 때의 이야기를 자세하게 들려준 적이 없었다. 현우도 아홉 살 때 마지막 본 열 살이나 위인 형의 행방을 빈약하기 짝이 없는 기억에 의지하여 추측했을 뿐이었다. 아무튼 누구도 자신 있게 없어진 사람들의 생사를 가리지 못했는데 그들은 확고한 월북으로 단정짓고 있었다.

그들은 신기하게도 세영의 친정아버지 사망 연대하며 아버지의 동기간 흩어진 일도 죄다 알고 있었다. 막냇삼촌이 난리 나던 해 배재중학 3학년이었다는 것까지 알았다. 세영이 여섯 살 나던 해였는데, 자전거를 잘 타던 막냇삼촌의 까까중처럼 박박 밀어붙인 머리통하며 이마에 여드름 나던 것까지 세영은 지금껏 훤하게 기억하고 있었다. 곧잘 자전거 뒤에 세영을 태우고 동네 밖 둑길을 돌곤 했는데, 한번은 도랑에 곤두박질을 해서 세영의 얼굴에 생채기를 내고 아버지에게 종아리를 맞던 것도 기억났다. 그해 고려대학을 다니던 형을 따라간 후 돌아오지 않았다는데 그들은 두 삼촌도 모두 월북했다고 우겼다.

여하튼 그들은 누구 월북한 것만은 빠삭하게 꿰고 있었다. 난리에 없어진 사람은 모두 월북으로 치고 보는 것 같기도 했다.

별들의 감옥

설혹 그렇다치더라도 현우나 세영이 코홀리개였던 시절인 사십 년 전의 그 일들이 지금의 그들 부부와 무슨 상관이 있는 것인지 알 수가 없었다. 그들은 안 물어보는 것이 없었다. 하다못해 결혼 식 때 주례를 누가 섰느냐고까지 물었다. 현우가 평소 입버릇처럼 말하던 것이 수사계통 사람들과는 쓸데없는 이야기를 하지 말라는 것이었는데, 알면서 말 안 하고 넘어가기는 정말 어려웠다. 한두 번은 마음 독하게 먹고 얼버무려 보지만, 열 번 스무 번 똑같은 질 문이 거듭되는 데는 우선 짜증이 나고, 다 털어놓고 끝내버리고 싶 은 마음이 대소변 마려운 것보다 더 절박해지던 것이었다. 집에 자 주 오는 친구는 누구냐, 전화를 자주 하는 사람은 없느냐, 한 달에 집에 들여오는 돈은 얼마냐, 용돈을 얼마나 가져가느냐……

묻는 대로 날싹날싹 대답을 하다가도 버럭 역정이 날 만큼 그들 은 집요했다. 낫살이나 먹은 것들이 무슨 할 짓이 없어 생사람을 데려다가 밤잠을 미뤄 놓고 남의 사는 내력을 엉킨 실타래 풀 듯 하는 건지 어처구니가 없었다. 직업에는 귀천이 없다고들 하지만 거기 가서 보니 그것도 빈말이었다.

그 사흘 뒤 두 번째로 서빙고에 갔을 때는 남편도 옆방에 붙들려 와 있었다. 먼젓번과는 달리 세영은 늙은 수사관에게 수없이 따귀 를 맞았다. 경대 위에 놓고 듣던 일제 라디오, 같이 근무하는 직장 동료들이 결혼 선물로 사 준 녹음기, 심지어 서랍 속에 넣어둔 약 혼 기념품 몽블랑 만년필까지 압수해다 놓고 증거품이라고 자인서 를 쓰게 했다. 대학 강단에 어르대는 글쟁이들을 한데 묶어 뭔가 크게 터뜨릴 기세였다. 참다못해 당신들도 집에 자식이 있을 텐데 자식 같은 여자에게 거짓말을 강요하는 직업이 부끄럽지 않느냐고

푸른 배낭을 멘 남자

대들었다가 세영은 따귀를 한 대 더 맞았다.

결국 현우는 세상이 떠들썩하게 간첩 소리를 듣게 되었고, 숫제 어느 TV에서는 검정 띠로 두 눈을 가리운 사진과 함께 글쟁이 몇몇을 간첩 아무개, 아무개로 뉴스에 방영하기까지 했다. 재판이 시작되고 나니 한동안은 오히려 집안이 조용했다. 서빙고에서 따귀를 맞고 분한 마음에 속이 뒤틀렸던지 초저녁에 얻어먹은 콩나물국을 취조 책상에 모두 게워 버렸는데, 나중에 알고 보니 둘째를 배태한 첫 몸앓이었다. 입덧이 가라앉을 무렵 철창을 마주하고 현우와 첫 면회를 했는데, 구레나룻이 거멓게 돋아난 뿌연 얼굴을 들여다보니 우리에 억지로 갇힌 수사자 모양 눈이 부리부리한 것이 오히려 기가 등천해 있었다.

"없는 동안 내 걱정은 말아. 난 지금 수업료도 없는 공짜 공부하느라고 바쁘다구. 여기 내 몫은 내가 잘할 테니까 거긴 거기 몫이나 알아서 잘해. 훌륭한 인생공부가 될 거니깐."

한다는 소리가 그랬다.

훌륭할 것까지는 없을지 몰라도 적어도 세영에게는 서대문구치소가 꽤 현란한 과외공부장이었다. 퇴근 무렵 무악재를 넘기 전에 버스 차창으로 무심히 내다보던 그 긴 담장 안에 그토록 숨넘어가게 애절한 사연과 소중한 생명들이 썩고 있다는 것을 알게 해준 것만도 세영으로선 괜찮은 인생공부였다.

현우는 그 반년 뒤에 출감했다. 시끌벅적하던 검거 발표와는 달리 출감 때는 그렇게 조용할 수가 없었다. 그러나 이백 일 남짓 감옥밥을 먹고 나온 남편은 천지개벽이나 한 듯이 사람이 달라져 왔었다. 그의 말대로 감옥이 사람을 가르치기는 하는 것 같았다.

별들의 감옥

걸핏하면 배낭을 짊어지고 나가는 것만은 예전이나 크게 다르지 않았지만, 먹는 것, 사는 것, 생각하는 것이 생판 남처럼 달라졌었다. 우선 친구들과 신이야 넋이야 밤 가는 줄 모르고 벌이던 술타령이 씻은 듯이 없어졌다. 아침상을 놓고 노모가 몇 차례 채근을 해야 눈을 뜨던 아침잠보가 새벽별이 숨는 이른 아침부터 일어나 운동부터 했다. 눈이 오나 비가 오나 그는 한 번도 새벽 운동을 거르지 않았다. 자기만 그러는 게 아니라 어린 아들에게까지도 시켰다. 아들에 대한 한 그는 엄격한 조련사였다.

신기한 것은 이 뿐이 아니었다. 이밥을 못 먹었다. 한사코 잡곡밥만 먹었다. 쌀에 잡곡을 섞는 게 아니라 잡곡에 쌀을 섞어야 먹었다. 출옥 후 한동안은 오라는 학교도 없어서 밤낮 서재에 앉아 글을 썼는데, 늘 없는 듯이 조용해서 불평이라곤 없었다. 몰라보게 착해졌다. 전에 없이 아이들도 귀여워했다. 그것도 변화라면 변화였다. 큰 녀석이 어릴 때 수두를 앓느라고 모자가 밤을 새워도 밤늦게 서재를 내려온 현우는 아이 한번 들춰보는 일 없이 잠들곤 했었는데.

사실 남편이 유난히 애들에게 집착하던 것이 자연스럽게 느껴지지는 않았다. 워낙 잔정이라곤 없는 사람인데, 현우 자신도 도저히 계산할 수 없었던 어떤 위기가 예감되었던 때문이었을까? 세영은 자기가 자꾸만 방정맞은 망상의 골짜기로 빠져드는 것이 못마땅하였다.

완이 손목을 쥐고 뜰로 들어서던 세영은 댓돌 아래 넋 나간 듯 찬바람을 맞고 섰는 시어머니를 보자 화들짝 놀랐다. 놀란 것은 시어

푸른 배낭을 멘 남자

머니 송천댁도 마찬가지였다. 침침한 눈에도 며느리 눈시울 붉은 것만은 정신이 번쩍나도록 또렷하게 들어왔기 때문이다. 완이가 달려가 치마꼬리를 붙들 때까지도 송천댁은 멍하니 대추나무만 올려다보고 섰다.

송천댁은 한참만에 더듬더듬 물었다.

"명절 아이가. 손들이 한 방 있는데 야 애빈 어디 있노?"

"나갔어요. 어머님."

아무렇지 않은 듯 대답했지만 이상하게 속이 후들후들 떨렸다. 송천댁은 간밤 꿈을 생각하고 있었다. 무슨 사람이 꿈에도 그렇게 애를 먹이는지 몰랐다. 난데없이 현우 아버지가 꿈에 보이던 것이었다.

아침상을 물린 송천댁은 내리 윷 세 판을 졌다. 김칫독에 살얼음이 끼는 정이월 긴 밤에 안마당에 화톳불을 놓고 노는 윷이 제맛인데, 추석날 아침 할 일 없는 세 동서가 노는 윷은 흥이 나지 않았다. 젊었을 때는 웃재, 아랫재 장정들을 제치고 여덟 모도 거뜬히 내서 '윷 잘 노는 송천댁' 소리도 들었건만 흥이 빠지고 나니까 모 한 사리 안 났다.

윷판을 거두고 화투판이 벌어진 건넌방 문을 밀어본 송천댁은 거기도 없는 아들 내외가 있나 싶어서 이층으로 올라갔다. 아무도 없는 마루방 한가운데 낯익은 륙색 두 개가 덩그러니 있는 것을 보는 송천댁은 공연히 가슴이 두근거렸다. 막내라도 안아 볼까 하고 뜰로 내려섰지만 삐딱하게 열린 대문으로 바람만 철렁거릴 뿐 찾는 식구들은 안 보였다. 그때 송천댁의 이맛전을 번개치듯 때리는 것이 있었다. 간밤 꿈이었다. 행여나 하는 마음에서 모시지 않던

제사를 동서들 말도 있고 해서 재작년부터 생일인 이월 열이틀 날로 잡아 제삿밥을 떠놓았었는데, 그날 밤 꿈에 현우 아버지를 보고 처음이었다. 난리 나던 해 서른일곱, 송천댁이 두 살 만이었으니 꿈에 보이는 현우 아버지는 늘 새신랑이었다. 웃재 남정네들이 총 맞는 것을 봤다는데 묻힌 구덩이마다 기웃거렸건만 시신을 찾을 수가 없었다. 꿈에 입은 입성이 흰 옷이면 죽은 사람이라는데 현우 아버지는 늘 백설 같은 옥양목 두루마기 차림이다. 간밤에도 그랬다. 그 꿈 생각이 들자 송천댁은 오소소 소름이 돋았다. 좋은 꿈이 아니었다. 현우 아버지가 말 한 자리 없이 비 오듯 땀만 흘리던 것이다. 옥양목 두루마기 깃고대가 흥건하도록 생땀을 흘리는 남편을 붙잡고, 현우 아버지 와 이라요, 와 이라요, 꿈에도 이 말밖엔 못했다. 집에 일이 생길랑갑다…… 송천댁은 무심코 한 혼잣말에 가슴이 쿵 내려앉는 것 같았다.

"어디 간다카도?"

"저어…… 등산 간다구…… 친척들 보는데 인사하기두 뭣하고 해서 그냥 어머님 못 뵙고 떠났어요."

"또 짐 울러 메고 나갔구마는. 무신 일이고? 쉬이 올 기가?"

"……"

세영은 발끝으로 마른 잔디만 짓이기고 대꾸를 못했다.

안방 밀창 너머로 뜰을 보고 섰는 송천댁은 뼛속이 사무치게 세상 돌아가는 것이 섭섭했다. 무엇보다 아들 소행이 서운했다. 조상이 남긴 논마지기를 아낌없이 팔아대며 공부도 시킬 만큼 시켰다. 제 누이들은 딸 괄시했다고 포원이지만 유난히 공을 많이 들였대

서 이날까지 영화 바란 적도 없었다. 재미지게 살림 사는 것보다 바깥일에 정신을 쏟는 것도 서운했지만 툭하면 배낭을 지고 며칠씩 집을 비우질 않나, 내일모레 칠순을 바라보는 어미 마음을 바람 잘 날 없이 휘젓는 소행이 슬펐다. 남편 복 없는 년이 자식 복 있을까. 입으로는 푸념을 쏟으면서도 송천댁 마음은 끄나풀로 잡아맨 것처럼 불룩한 류색을 두 개나 들고 지하실로 내려간 며느리에게 가 있었다.

낮동안 설치던 아이들은 저녁답에 손들이 가고 조용한 참에 이른 잠이 들었다. 송천댁은 가만가만 지하실로 내려갔다. 연탄광 옆에 며느리의 꽃무늬 치맛자락이 보였다. 인기척에 놀라 돌아보는 세영의 백지장 같은 얼굴이 민망하고 가여웠다.

"야 야 내다. 연탄을 다 들어내고 아주 다신 몬 들어내게 묻어삐리야 안 되겠나?"

"어머님 왜 내려오셨어요! 누가 오면 어째요. 애들이라도 깨면 큰 소동 날 텐데 얼른 올라가세요."

"아이들이사 세상 모리고 잔다. 저 탄을 다 들어내야 할 긴데…… 니 혼자 해내겠나?"

도둑고양이들처럼 속삭이며 실랑이를 치는 고부의 두 눈이 허공에서 마주쳤다. 몹쓸 인사, 지 댁이 고생하는 줄도 모리고…… 송천댁은 지하실을 올라오며 한숨을 쉬었다.

세영은 집게로 한 장 한 장 탄을 들어 옮기고 그 들어낸 자리에 책이 꼭 들어찬 류색 두 개를 놓았다. 엷은 윗옷 위로 들어난 세영의 갸날픈 어깨가 물결치듯 떨고 있다. 전에 대추나무 밑에 책을 묻을 때도 이렇게 떨리지는 않았었다. 끝도 모를 공포가 밀려왔다.

별들의 감옥

저녁 무렵이었다. 송편이랑 채전 나부랭이 명절 음식을 한 봉지씩 싸들고 집을 나서는 숙모들을 한길 건너까지 배웅하고 골목을 들어서던 세영은 하마터면 악 소리를 칠 뻔했다. 누런 파카를 입은 젊은 사내 하나가 대문에 바짝 붙어 섰다가 세영이 골목을 꺾어들자 휙 돌아섰다. 그는 세영 쪽으로 뚜벅뚜벅 마주 걸어왔다. 태연한 척 그 앞을 지나쳤어야 하는데 세영은 그러질 못했다. 달음박질을 쳐서 대문 안으로 들어오고 말았다. 그러고 보니 한길 이 편에도 그런 복색의 사내들이 여럿 있었던 듯싶었다. 대문을 닫아걸고 문틈으로 내다보니 집을 찾는 사람처럼 골목 끝에 붙은 이웃 대문을 기웃대던 그 사내가 아까 있던 자리로 돌아와 있는 것이 아닌가. 오후부터 망을 보고 있는 것이 분명했다.

당장이라도 누가 대문을 두드려댈 것만 같았다. 륙색 위로 탄을 차곡차곡 쌓고 난 세영의 온몸엔 땀이 흥건했다.

며느리를 거기 두고 올라갈 수도 없어 엉거주춤 문지방에 쪼그리고 앉은 송천댁은 땀으로 범벅이 된 세영의 얼굴이 지하실 계단을 올라오자 가슴을 쓸어내렸다. 세영이 송천댁을 부축해서 바깥뜰로 나왔을 때는 일찍 뜬 보름달이 잔디밭 위에 길게 대추나무 그림자를 뉘고 있었다. 환한 달빛이 그때처럼 무서워 보기는 생전 처음이었다.

잠이 쉬이 들지 않아 뒤척이던 세영은 자정이 좀 지나서야 잠이 들었다. 그녀가 눈을 붙인 지 한 시간이나 지났을까. 잠결에 세영은 소스라쳐 눈을 떴다. 문 열라니깐! 지옥사자가 저럴까 싶은 무지막지한 고함소리였다. 쿵쾅쿵쾅 꽈다앙. 철문을 부셔져라 걷어차는 소리가 바로 귀밑에서 들렸다. 세영은 벌떡 일어나 앉았다. 우루루 창문 밑에서 거칠은 발짝 소리. 담을 뛰어넘는 소리가 십여 명은 넘을 듯싶었다. 현관문을 걷어차는 것 같았다. 세영은 잠옷 바람도 잊고 현관 앞으로 뛰어나갔다. 그때 문 위의 쪽유리가 쨍그렁 박살이 나면서 마루 끝에 벗어놓은 신발짝들 위로 유리조각이 쏟아졌다. 유리가 있던 자리에 불쑥 얼굴이 나타났다.

"누……누구세요 도대체……"

"이 총이 보이거든 문부터 열어!"

맨 앞의 사내가 악을 썼다. 깨진 유리 쪽 사이로 쑥 내민 사내의 팔이 세영의 턱밑에 들이댄 것은 권총이었다. 섬찟하게 차가운 총구가 맞닿은 세영의 가파른 턱이 덜덜 떨렸다.

"열,겠,어,요…… 이, 이걸 치워줘요."

문을 열었다. 우루루 장대를 든 남자들 칠팔 명이 쏟아져 들어왔다. 구둣발로 방문을 걷어차고 이 방 저 방으로 내닫는 소리가 콩 튀듯 했다. 무엇을 찢는지 북북 종이 뜯는 소리 끝에 언뜻 노인의 외마디를 들은 것 같았다. 분명 안방 쪽이었다. 그녀는 아드득 어금니를 깨물었다. 한 무리는 이층 계단을 한달음에 뛰어올라갔다. 온 집안에서 연방 쥐 잡을 때처럼 뚝, 딱, 딱, 방망이로 벽을 치는 소리가 동네를 떠갈 듯이 울렸다.

권총을 든 코트 차림의 남자가 다가와 세영의 가슴에 똑바로 권총을 들이대며 물었다.

"장현우 어디 있어?"

"없어요. 왜…… 이러세요?"

"잔말 말아! 어딨냐구!"

별들의 감옥

세영은 정녕 이게 꿈이 아니라는 생각을 했다. 동시에 살아야겠다는 생각도 들었다. 가슴이 터지도록 노여움이 북받쳤으나 참아야 한다고 그녀는 스스로를 단단히 타일렀다.

"댁이 여기 오신 분들 책임자세요? 부탁이에요. 제발 내 말 좀 들어주세요!"

"묻는 거 먼저 대답해!"

"댁에서 찾는 사람은 이 집에 없어요. 어제 나갔는데 안 들어왔어요. 다 찾아보셔도 좋아요. 그러나 부탁예요. 저 방엔 어린것들과 노인뿐예요. 애들 놀라요, 제발 조용히 해주세요. 아무도 댁들을 방해할 사람이 없다구요. 얼마든지 잘 찾아보셔요. 다 협조해 드릴게요."

"지금 그 말 틀림없겠지?"

세영이 애원하듯 고개를 끄덕였다. 여전히 권총을 꼬나 든 남자가 이층을 향해 소리쳤다.

"어이 이 형사 내려와 봐. 이 아주머니가 협조한다니까 좀 얌전히 다루라구. 그리구 아래층두 조심하라구. 애들 시끄럽지 않게 말이야."

그녀가 안방을 향해 돌아섰다. 권총이 재빨리 따라왔다. 불이 환한 안방의 어지러운 모습이 눈에 들어오자 그녀의 얼굴이 처참하게 일그러졌다. 기가 막혔다. 무엇으로 그랬는지 천장은 열십자로 부욱 그어진 채 죽은 짐승의 혓바닥처럼 한 뼘씩이나 도배지가 늘어져 있었고, 먼지가 자욱한 방바닥엔 아이들이 넓적다리를 들어낸 모습으로 용케도 초저녁에 뉘어진 대로 잠에 곯아떨어져 있었다. 그 곁에 누웠을 송천댁은 없었다. 세영의 눈이 튀어나올 듯이

　　　　　　　　　　　　　푸른 배낭을 멘 남자

방을 둘러보았다. 있다. 벽장문 앞에 이불로 얼굴을 푹 싼 채 두 무
릎 사이에 머리를 박은 채 노인은 엎드려 있었다. 사람의 형상이라
기보다 흡사 둥그런 이불 짐 같았다. 세영이 다가가 노인을 싸안고
흔들었다. 노인은 온몸을 와들와들 떨고 있었다. 동그랗게 굳어버
린 물체처럼 노인은 좀처럼 몸을 풀 줄 몰랐다.

"어머님 진정하세요. 겁내지 마세요. 아범은 집에 없잖아요. 걱
정마세요."

며느리의 음성을 알아들었는지 송천댁은 한참만에 부스스 고개
를 들었다. 쭈그럭살 투성이의 얼굴이 눈물로 범벅이 되었는데 코
아래 인중에서 턱으로 한 줄기 선혈이 벌겋게 번져 자리옷 앞섶을
물들이고 있었다.

"어머니 피에요. 어쩌다……!"

세영이 오열을 터뜨리며 옆의 아이 옷을 들어 피를 닦는데 구둣
발로 벽장을 내려오는 사내를 노인이 가리켰다. 순간 사내의 옷자
락을 잽싸게 거머쥔 세영이 악다구니를 쳤다.

"노인이 무슨 죄가 있어! 이 방에서 썩 나가! 안 나가면 당신 죽
여버릴 거야!"

"이 여자가!"

사내가 한 손으로 세영의 팔목을 거칠게 나꿔채더니 그녀를 냅다
마루 쪽으로 내동댕이쳤다. 쓰러진 그녀가 오뚜기처럼 몸을 일으
키는데 사내의 구둣발이 엎어진 여자의 손등을 밟았다. 세영이 눈
이 째지도록 사내를 흘겼다.

"짐승보다 못한 인간!"

권총을 든 남자가 사내를 뜯어냈다.

"박 형사 이건 노약자야 관둬."

사내가 머쓱해서 이층 계단을 올라갔다. 코트 자락 속으로 권총을 집어넣으면서 남자가 한 손으로 세영을 일으켰다.

건넌방도 아수라장이었다. 세영이 빠져나온 이부자리 위로 장롱 서랍 세 칸이 거꾸로 뒤집힌 채 나자빠져 있고, 천장은 이리저리 찢겨 너덜거렸다. 옷장은 제멋대로 열려져서 장대로 마구 쑤셨는지 옷가지가 방안으로 갈갈이 흩어졌다. 그녀는 그 난장판에서 우선 겉옷을 찾아 꿰어 입었다. 서빙고에서 따귀를 맞던 아픈 기억이 불쑥 환영처럼 떠올랐다. 이층에서는 아직도 사람들이 분주하게 움직이는 소리가 어지러웠다. 마룻바닥에 책을 쏟는지 좌르륵좌르륵 마룻장이 울렸다. 그 소음 사이로 계단을 쿵쿵 울리며 사람이 내려오는 소리가 들렸다. 왁살스럽게 건넌방을 열고 들어서는 건 그 권총잡이였다. 널부러진 물건들 틈에 웅크리고 앉은 세영을 향해 그가 말을 뱉었다.

"남편을 빼돌린 데가 어디지? 아까 협조한 댔잖아. 시끄러운 건 싫다며? 말해봐."

"어제 나갔다구 했잖아요. 연락이 없었어요. 댁보다두 그이가 어디 있는지 지금 내가 더 궁금해요."

"잘 들어둬. 장현우는 빨갱이야. 빨갱이의 도주, 은신을 도와주면 어떤 형사처벌을 받는지 모르진 않겠지. 만약 불응하면 당신을 연행할 거야."

"함부로 말하지 말아요. 누굴 빨갱이 운운하는 거예요? 도대체 당신들은 어디서 나온 분들이죠? 아무한테나 야밤에 이렇게 들어

푸른 배낭을 멘 남자

와 부수고 마구 굴어도 되는 건가요? 아무나 수틀리면 빨갱이……"

"이 여자야 입 닥쳐! 아가릴 찢어놓기 전에. 항상 여편네들이 한 술 더 뜬단 말야. 다시 한번 묻겠어. 지금부터 5분 내에 대답을 못 하면 서로 데려가겠어. 후회하지 말라구. 거기 가면 이렇게 점잖게 대해 줄 것 같애? 어린애, 노인 걱정하는 여자가 이럴 땐 왜 그렇게 머리가 안 돌아가. 엉?"

"서에 가든 어딜 가든 모르는 걸 알게 되진 않아요."

"남편이 집을 나간 것이 몇 시였지?"

"먼저 당신들이 어디서 온 누군지 밝혀주세요. 이럴 권리가 당신들한테 있다면 증명서를 보여주세요."

"좋아. 자아 똑똑히 보라구."

그는 세영의 턱밑에 당당하게 빳빳한 신분증을 내밀었다. 00서 정보2과장 문일식. 비닐 카버 안에 찍힌 활자들이 고물고물 그녀의 눈 안으로 기어들었다. 세영이 체념한 듯 말했다.

"그이는 어제 오전 11시에 나갔어요. 어딜 간다는 말은 안 했어요. 뭘 또 말해야 하죠?"

"그 전날은 뭐했지?"

"아침에 나갔다가 저녁 10시쯤 들어왔어요."

"근래 찾아온 사람은?"

"없었어요."

"이봐. 당신 내가 보니 너무 고지식해. 우리 같은 사람에게 그렇게 대드는 게 아니오. 당신네 이익될 게 하나도 없어. 우리도 이게 신성한 직업이오. 서로 좀 정중하게 대화를 합시다. 존중하기 싫으

별들의 감옥

면 존중하는 척이라도 하란 말이오."

마구 굴던 얼굴로 갑자기 그가 경어를 썼다.

"당신 대학까지 나왔드만. 나이도 우리와 엇비슷하고. 이거 학교 다닐 때 미팅을 했는지도 모를 처지요. 사회생활도 십여 년 했다고 들었는데 그만하면 다른 아주머니들하고 달라서 머리가 팍팍 돌아갈 줄 알았소."

포마드를 찍어 부친 이맛전이 반듯하다. 찔러도 피 한 방울 날 것 같지 않은, 좀처럼 표정이 잡히지 않는 얼굴이다. 가끔씩 현우를 찾아오는 젊은 형사들에게서 볼 수 없었던 관록이 풀풀 풍겼다. 화낸 척 할 뿐이지 진짜 화를 내지도 않는다. 어디서 어디까지가 진짜 얼굴인지 참으로 능수능란하였다. 이것이 고참 수사관이라는 거구나. 이 밤에 서의 대공과장이 직접 총기를 들고 들이닥쳐야 할 만큼 큰일이라면 돈 십만 원도 못 갖고 집을 나간 현우가 과연 며칠을 버틸까. 아니 설사 버텨나간다 해도 그것으로 무사할 수 있을까.

"당신은 우리가 함부로 한다지만, 당신 남편이 저지른 일에 비하면 그건 약과지. 그래 지금 어디 있을 것 같소? 당신도 궁금하다지 않았소? 찾아야지. 추측이라도 해봐야 할 것 아니오?"

"추측이라뇨. 이런 일은 상상도 못했어요."

"여자들은 늘 그렇게 시치미를 떼더라구. 끝까지 감당도 못하면서. 그렇다면 좋소. 하는 수 없지. 아마 시골 친척들이 오늘밤 좀 괴로울 거요."

"뭐라구요?"

"왜 그렇게 놀라시오? 누이들이 셋이나 있더군요. 그 누이들이

푸른 배낭을 멘 남자

또 모두 시골에 살더군요. 과수원을 하는 누이가 있다는데 거긴 아직 안 왔다는 연락을 방금 받았소만 여기 없으면 자연히 추측이 가는 곳을 이리저리 가보게 되는 거 아니겠소?"

세영은 차라리 귀를 틀어막고 싶었다. 5년 전 그 일을 치르고 났을 때 막내 시누이가 현우를 붙들고 울며 하던 말이 아직도 귀청에 생생했다.

"니가 맴을 고쳐 묵거라. 니 한 번씩 그럴 때마다 우리 시집 일가붙이들이 내를 우째 보는지 아나? 이번에도 아닌 밤중에 쳐들어와가 고방까지 다 안 뒤짓나. 우리 시엄씨도 아픈 소리 해쌓더라. 사돈네도 인지 망했구마, 하면서 남사스럽다카드라. 니 또 한 분 그라믄 내사 그 시집 몬 산다."

무던하고 착하던 세 시누이의 얼굴이 차례로 떠올랐다. 장대를 든 사내들이 다락, 고방, 외양간까지 푹푹 찌르고 휘젓는 모습이 곧 보이는 것 같아 세영은 눈을 꽉 감았다. 감은 눈꺼풀이 파들파들 떨리더니 끝내 굵은 눈물방울이 볼을 타고 흘러내렸다.

"그래도 갈만한 데가 없다구 시치미뗄 거요?"

세영은 눈을 감은 채 고개를 모로 흔들었다.

"좋소이다. 지금 이 시간부터 장현우가 돌아올 때까지 여기 우리 형사 다섯을 상주시키겠소. 좀 번거롭겠지만 당신이 자초한 거요. 전화도 우리가 받고 대문도 우리가 맡겠소."

세영은 자꾸만 고개를 가로저었다. 남자도 없는 집에 다섯씩이나? 대문을 저희들이 맡아?

전화를 받겠다고? 누구 집인데! 무슨 권리로! 목구멍을 찔러오는 가시 같은 낱말들을 세영은 꿀꺽 삼켰다. 못 견디게 명치께가 아파왔다.

세영은 이층으로 오르는 계단을 힘주어 잡고 한 칸 한 칸 힘들게 계단을 올라갔다. 활짝 열린 서재 문으로 밤새 온 집안을 뒤집던 여덟 명의 사내들이 여전히 구둣발로 일하는 모습이 보였다. 남편이 쓰던 책상 앞에 있는 현우의 등받이 의자에는 아까 신분증을 호기있게 흔들던 과장이란 남자가 비스듬히 기대앉아 구두 신은 발을 책상에 얹은 채 졸고 있었다. 세영은 후둘거리는 몸을 문 옆에 놓인 텅 빈 서가에 의지한 채 물끄러미 그들을 바라보았다. 서재의 벽에 기대어 세운 아홉 개의 서가에 꽂혔던 책들이 밤새 몽땅 뽑혀졌다. 서가는 모두 하나같이 텅텅 비었다. 거기서 뽑혀진 책들은 흡사 넝마처럼 가로세로 멋대로 산더미가 되어 바닥에 널부러져 있었다. 열 평 남짓한 마루방에 아홉 개의 서가를 놓자니 책상, 의자, 카드상자, 이것만으로도 발 디딜 틈이 없었다. 한 줄로만 책을 꽂으려면 서가가 스무 개는 있어야 했다. 두 겹으로 책을 꽂은 서가를 빙빙 돌며 안에 무슨 책이 꽂혔더라? 일일이 들춰야만 했기 때문에 현우는 아예 책들의 위치를 외워버렸다. 그 대신 누가 책을 건드리면 야단이 났다. 만여 권이 넘는 책이건만 같은 서가에서 순서만 바꿔놔도 그는 금방 알았다.

그 현우가 지금 이걸 본다면! 세영은 어린아이처럼 도리질을 했다.

둔덕을 이룬 바닥의 책들 위를 질겅질겅 딛기도 하고, 구둣발로 툭툭 차기도 하면서 여덟 사람이 지금 분주히 찾아내려는 것이 지하실 륙색에 들어 있는 책은 아닌 성싶었다. 그들은 책을 한 권씩

　　　　　　　　　　　　　푸른 배낭을 멘 남자

붙들고 침을 발라가며 낱장을 한 장 한 장 넘겼다. 그렇게 조사가 끝난 책들은 서가 아래쪽에 아무렇게나 던져진 채 쌓여 있었다. 사내들도 지겨운지 세영이 들으라는 듯 욕지거리를 했다.

"이거 밥 먹구 책만 봤나. 내 드러워서. 밤새도록 했는데도 이 모양이니 한 열흘 해야 할까봐."

"남대문입납이지 뭔가. 차라리 자갈밭에서 바늘을 찾으라지. 재빨리 튄 걸 보면 여기다 뭘 남겨 놨겠어? 괜히 우리 같은 놈만 곯는 거지."

책들의 집단 린치. 주인보다 먼저 책들은 밤새도록 그들에게 고문을 당하고 있었다. 세영은 절망스럽게 서재를 둘러보았다. 책상 서랍은 있는대로 뽑혀져서 내용물을 모두 비운 채 엎어져 있었고, 헌책과 원고 뭉치를 넣어두던 벽장의 문짝은 중턱이 부러져 나갔다. 원고 뭉치들은 낱낱이 흩어져서 여기저기 나뒹굴었다. 현우가 그토록 애지중지했던 집기들, 서류, 원고, 책들…… 서재 속의 그 어느 하나도 온전하게 있는 것이 없었다. 세영은 아프게 입술을 깨물었다. 죄 없는 사람을 놓고 이런 짓을 한 너희를 절대로, 절대로 용서하지 않을 거다. 이 세상 끝까지라도 너희들에게 이 짓을 시킨 자들을 응징하고 말 거야, 두고 봐. 세영은 비척거리며 계단을 내려왔다.

"어머님."

세영이 들어온 것을 아는지 모르는지 노인은 윗목에 앉아 벽을 향해 열심히 머리를 조아렸다. 입으로는 끊임없이 무엇인가를 뇌이고 있다. 쪽이 풀어져 허옇게 센 머리 다발이 방바닥까지 늘어진

별들의 감옥

뒷모습이 섬뜩하기까지 했다. 머리만 조아리는 것이 아니다. 두 손을 모아 잡고 온몸으로 간절히 빌고 있다.

오줌이 마려웠는지 준이가 제일 먼저 눈을 떴다. 머리맡에 서 있는 엄마를 보고 좋은지 싱그레 웃었다.

"엄마 여기서 잤어?"

"그래."

"아빠는?"

"아빠 저어…… 시골에."

세영은 얼른 말을 고쳤다.

"아빠 제주도 가셨어."

"와, 제주도? 혼자 놀러 갔어?"

얼떨결에 한 말인데 아이는 그렇게 말을 받았다. 준이의 눈길이 천장으로 가 멎더니 휘둥그렇게 열렸다.

"엄마 천장이 왜 저래?"

준이는 겨우 초등학교 1학년이었다. 어떻게 이 일들은 설명해야 할지 난감했다.

"너 화장실 다녀오고 싶지? 빨리 다녀와 봐. 엄마가 설명해 줄게."

"엄마 어젠 안 그랬단 말야."

"그러니깐 설명해 준다지 않아."

세영의 음성이 높아지는 듯하자 아이는 기가 죽어 방을 나갔다. 아이는 눈을 호동그라니 뜨고 금방 도로 뛰어 들어왔다.

"엄마 이층에 누가 있어."

"그래요. 엄만 다 알고 있어. 다녀와서 말해."

아이는 내키지 않는 듯 미적대며 다시 나갔다. 송천댁이 얼른 세영 앞으로 다가왔다.

"그놈들이 지하실 가드나?"

"쉿…… 어머님."

세영이 질겁을 했다.

"어머님 암말 마세요. 그 사람들 이층에 며칠 있을 것 같애요. 제가 알아서 할 테니까 애들만 잘 건사해주세요. 그리고 어머님 저하고 약속해주세요. 지하실은 잊어버리시구요, 그리구 애들 보는 데서 절대 눈물 보이심 안돼요."

노인은 겁에 질린 듯 고개를 끄덕였지만 눈꼬리가 벌써 젖어왔다. 노인의 주름진 손등을 세영이 가만히 쓸어내렸다.

"어머님은 이보다 더한 일두 다 겪으셨잖아요. 어머님이 꿋꿋하게 계셔야 제가 버텨요. 어머님, 전 다른 날허구 똑같이 출근하구 퇴근하구 그럴 거예요. 우리 주눅들지 말아요. 어머님은 저 없는 동안 애들 지켜주시는 거예요. 그럴 수 있죠?"

눈꼬리에 맺혔던 눈물이 그예 주르르 노인의 볼을 흘러내렸다. 아이가 바지춤을 추스르며 방안으로 들어왔다. 노인이 얼른 돌아앉아 눈물을 닦았다.

"준아 이리 와. 엄마 얘기 잘 들어. 넌 용이, 완이 오빠지? 또 용감하지? 엄마 얘기 듣고도 안 놀라지?"

준이가 고개를 끄덕였다.

"우리가 자고 있는데 도둑이 와서 집을 마구 뒤졌어요. 엄마가 경찰 아저씨를 불러왔기 때문에 도둑놈은 달아났어. 지금 이층에서 아저씨들이 도둑놈이 흩어 놓은 책을 나란히 해주려고 일을 하고 있거든. 아빠가 오면 화를 낼 테니깐 말야."

"엄마 그러면 도둑놈 못 잡았어?"

"응. 그렇지만 혼이 났으니까 다신 안 올 걸."

"그런데 우리 아빠 참 태평이다. 제주도에서 이것도 모르고. 그치 엄마?"

"자 옷 입자. 오늘은 어른들이 바쁘니까 방에서 네가 애들을 데리고 놀아. 알았지? 밖에 나가지 마라."

"난 하나두 겁 안나. 난 완이두 데리구 놀 수 있어 엄마."

"그래 준이 착하다."

닷새가 지났다. 이층 사내들은 이젠 더 찾을 게 없는지 마루방 둘레에 책들을 밀어놓고 카펫 위의 책 무더기를 우물처럼 파고 둥그렇게 둘러앉아 간밤부터 줄곧 화투를 쳤다. 그러다가도 대문에 방울 소리만 울리면 쫓아 내려왔다. 그것을 알기라도 하는 것처럼 여느 때 같으면 더러 들르기도 하고 전화도 걸던 사람들이 소식을 뚝 끊었다. 닷새 동안 찾아온 사람이라곤 어제 들른 장위동 시숙모 한 사람뿐이었다. 시골 형제들이 그날 밤 모두 가택수색을 당하고 겁이 나서 현우네로는 전화를 못하고 장위동으로 연락을 하고 있다고 했다. 맏시누이가 울면서 말하더라고 했다.

"우야다가 우리집이 이리 됐읍니꺼? 우리 어매가 불쌍합니더. 좀 가봐 주이소. 새댁이 직장은 그냥 나가는지, 지는 몸이 성한지……"

두 동서가 부여잡고 골방에서 한 시간을 울다가 돌아갔다. 이층 사내들은 시숙모까지 죄인 취급이었다. 맏동서를 생각해서 장위동서 쑤어온 흑임자죽통까지 열어보고야 들여보내 주었다. 대학교 행정직원인 세영은 기를 쓰고 학교에 나갔다. 먼저 사건 때의 일들을 학교 안 사람뿐만 아니라 출입하는 기관원들까지 죄다 기억하고 있는 터라 다시 근무에 이가 빠지면 무슨 빌미가 될지도 모를 일이었다.

세영이 당차게 출근을 해대자 정보과장은 형사들을 더덕더덕 붙여 보냈다. 그들은 하다못해 찬거리를 사러 시장을 가도 세영을 따라 다녔다. 세영이 학교에 있는 동안은 그 사람들도 수위실에 우두커니 앉았는데, 그래도 근무는 하게 해주는 것이 고마웠다. 이따금은 행정실까지 와서 세영이 자리에 있는지 보고 갔다. 현우 친구들에게 몰래 전화쯤은 할 수 있었지만, 세영은 아무에게도 연락하지 않았다. 현우가 어떤 결정을 내릴 때까지 버텨 갈 작정이었다. 여태 교외에서 어정거릴 현우는 아니다. 그렇다면 서울에 돌아와 있을 것이고, 몇 군데 떠오르는 곳이 있기는 하였다. 그러나 세영은 곰곰이 생각해 보았다. 지금 내가 생각하는 걸 그가 생각 못할 리가 없어. 그는 늘 말했지. 내 몫은 내가 한다, 네 몫은 네가 하는 거야. 노여움에 차서 귀에 넣었던 말이었지만 그녀는 지금이야말로 제 몫을 해낼 때로구나, 정신을 바짝 차렸다.

나흘째 오후 퇴근 준비를 하고 있는데 인사과장이 방으로 찾아왔다. 바로 그저께 일이다. 이야기가 있어 왔다고 해놓고 세영과 마주 앉은 그는 식어가는 인삼차만 찻숟갈로 휘저을 뿐, 입을 열지 못했다. 하는 수 없이 세영이 먼저 입을 떼었다.

"저 때문에 벌써 많이 곤란하셔요?"

"실은 그 문제로 의논이 있어 왔어요. 학교에 나와 있는 기관원들이 말을 많이 하네요. 마침 학생들도 동태가 심상치 않은 때라

미묘해요. 그래 내가 생각한 건데……"

"휴직……인가요?"

인사과장이 손을 내저으며 사람 좋게 웃었다.

"다들 그런 말을 해요. 그런데 윤 선생, 생각해봐요. 휴직은 예규상 무슨 사유가 있어야 되거든요. 본인 일신상 근무가 불가능하다든가…… 그건 아니잖아요. 이런 일 처음도 아니시고 본인은 그냥 잘 나오고 있는데, 내 말뜻 알겠어요?"

"네."

"윤 선생이 내일 날짜로 우선 연가를 신청했으면 해요. 결혼하거나 집에 행사가 있을 때 하는 식으루 말예요."

"고맙군요. 제가 얼마나 신청할 수 있나요?"

"최대한 20일이죠. 그러나 처음엔 열흘만 신청해요. 상황을 봐서 열흘 뒤 한 번 더 연장하구요."

먼저 현우가 검거되었을 때 학교가 발칵 뒤집히듯이 소동을 부렸던 것에 비하면 조용한 수습이었다. 오후에 그날 권총 들고 덤비던 정보2과장이 학교에 다녀갔다는 건 알고 있었다. 인사과장으로선 최선의 배려였을 것이다. 평소에 별로 대면이 없었던 사람인데 군말이 없는 게 고마웠다.

남편이 조용히 젊은 날을 보내고 귀밑머리가 희어지는 노년이 될 것이라는 생각은 처음부터 안 했다. 그는 항상 자기가 질 수 있는 만큼의 화약을 지게 되면 짊어지고 뛰어들겠노라고 말했었다.

"무엇을 위해서지?"

세영은 물었다. 결혼 전이었다. 그가 근무하던 신문사 근처의 어느 찻집이었을 것이다.

"남자가 목숨을 거는 건 딱 하나밖에 없어. 자기가 옳다고 믿는 것."

"현우 씬 그럼 결혼이 하나의 과정이네요. 언제부터 그런 생각을 했어요? 나를 만나기 전부터?"

"훨씬 전이지."

"그런 아버지를 둔 아이를 낳는다, 그건 좀 생각해봐야겠어요. 달아날 궁리를 해야겠는데요. 여가 봐서 산뜻한 글이나 쓰고, 그렇게 이름을 알려놨다가 늙어서 써먹고, 젊을 땐 민완기자, 집에선 평범한 남편, 난 그런 남자 마누라가 될 예정이었거든요."

"좋아. 그럼 이 장현우를 위해 정식으로 궤도수정을 부탁할게."

"그 궤도수정 현우 씨가 할 수는 없나요?"

"절대로. 아마 세영이가 하게 될 걸. 하하."

세영은 그런 어리석은 꿈을 꾸고 있는 남자가 소설책 말고 바로 옆에 시퍼렇게 살아있다는 것이 신기했다. 그 열화 같은 집념이 불러오는 귀결을 이제 와서 몰랐었다고 할 수는 없다. 어떤 대가를 치르고라도 그 남자를 잘 볼 수 있는 거리에서 그가 어떻게 늙어가는지, 정말 어떤 모습으로 화약을 지고 불구덩이로 들어가는지를 지켜보고 싶다고 그녀는 생각했었다. 결국 지금부터의 순서에는 당연히 그런 그녀가 치러야 할 몫이 있을 것이었다. 다만 그 시작이 이렇게 모질게 빨리 다가오리라고는 둘 다 상상하지 못했을 뿐이었다.

그녀는 무릎에 놓인 석간신문을 다시 펴들었다.

지면을 덮는 시커먼 활자가 다시금 눈을 찔렀다.

별들의 감옥

무수하게 많은 이름이 거기 있었다. 39명 검거, 47명 수배 중. 그러나 제목은 해방 이후 최대의 자생 공산 게릴라단을 일망타진 했다고 되어 있었다. 세영은 벌써 몇 번이나 이것을 되읽었다. 백여 명은 좋이 될 듯한 학생, 대학교수, 회사원들이 모두 '자생 게릴라'라니. 그들이 토벌대와 무슨 유격전이라도 벌인 빨치산이라도 되었더란 말인가.

수배자 명단 속에는 휴일이면 가끔 준이와 동갑내기인 아들을 데리고 놀러오던 인호 아빠도 끼어 있었다. 신문사 시절부터 현우와 둘도 없이 친했던 대학 후배다. 걸슬걸슬하고 붙임성 좋던 그 낭만주의자가 '자생 공산게릴라'란다.

한 시간 전, 무심코 석간신문을 펴들었을 때의 경악을 빼 버린다면 남는 건 감동이었다. 세상에서 가장 어리석은 남자, 현우에게 그토록 많은 동지가 있었다니! 혼자가 아니었던 것이다. 그 많은 사람들이 목숨을 걸고 자기들의 꿈을 합쳤다는 사실이 숨 막히게 가슴을 흔들었다. 이름이 무엇이라도 상관없다.

그 자가 말했었지. 네 남편은 빨갱이라고. 바로 닷새 전 일이다. 그녀는 바로 거기에 그 자가 있기라도 한 듯이 커다랗게 고개를 가로저었다. 그렇지 않아. 너희는 그렇게밖에 생각할 줄 몰라. 금을 긋고 묻는다. 찬성할래, 반대할래? 충성할래, 배반할래? 찬성은 흰둥이, 반대는 빨갱이. 전쟁의 포연이 멎고 그 많은 세월이 지나도록 밤낮 그 모양이다. 한 어미가 낳은 두 자식이라도 그렇게 확실히 갈라놓아야만 시원한 건가.

세영은 이번만은 자신 있게 맨 처음 생각의 끈을 풀던 지점으로 돌아왔다. 그녀는 자기가 알고 있는 현우의 파편들을 지난 닷새 동

푸른 배낭을 멘 남자

안 줄곧 짜맞춰보곤 했었다. 현우를 그들의 말처럼 하나의 빛깔로 가둘 수는 없을 것이었다. 그녀는 지난 닷새 그 어느 때보다도 확고하게 결론을 내리려 하고 있었다.

『도이치 이데올로기』, 『경제학 철학 초고』, 『반(反)뒤링론』, 『레닌주의의 기초』, 『자본론』…… 그는 뭐든 다 밤새워 읽었다. 레닌도, 마르크스도, 김일성 전집도, 트로츠키도, 루카치도, 다 읽고 싶어 못 견뎠다. 책 껍데기만 쥐고 있어도 몇 년씩 옥살이를 하는 세상에 살면서 밤새워가며, 밑줄을 쳐가며 그것들을 읽는다. 배낭을 메고 도망질을 다니고, 하도 끌려다녀 이젠 닳아빠진 저 낡은 배낭에 목숨을 위협하는 무서운 책을 숨기느라고 그렇게도 피를 말렸다. 그러면서도 그는 그 읽는 것을 참을 수가 없는 것이다.

우리 속에서 빻아주는 사료를 먹고 배를 살찌우는 돼지가 되라는 건 그에게 죽음보다 못하다. 그는 왜 그것을 목숨을 걸고 읽는가. 그것들을 비판하기 위해서, 또 그것들 속에 자기가 찾는 옳음이 있는가를 확인하기 위해서였을 것이다.

그녀는 신문을 접었다. 자꾸 접었다. 아주 작게, 작게 접어지자 그것을 휴지통에 던져 버렸다. 그리고 창가에 놓인 작은 탁자의 얼룩을 행주로 꼼꼼이 닦기 시작했다.

저녁에 청탁받은 글을 다 쓰고 나면 그는 여기서 차를 한 잔 달래서 마셨었다. 이제 언제 여기 와 앉아서 그렇게 맛나게 차를 마셔줄지 알 수 없다. 5년, 10년, 아니 그보다 더 많은 세월이 그들을 갈라놓을지도.

세영은 창유리에 내리는 늦가을 햇살을 눈이 시리도록 오래오래 내려다보았다.

그녀는 자기들이 시대를 잘못 만났다고 생각했다. 여기가 프랑스라면, 아니 가까운 도쿄라도 된다면…… 남편이나 인호 아빠는 얼마나 둥글둥글하고 사랑받은 아버지일까. 아이들을 데리고 주말마다 배낭을 메고 알프스로 떠날지도 몰라. 읽고 싶은 것들을 국립도서관에서 읽을 테니까 일부러 사고 빌리고 숨겨두지 않아도 되겠지. 좋아하는 사람을 골라 투표하고, 파이프를 물고 뉴스에 나오는 사람들 욕을 하면서 늙어갈 건데. 그러나 세영은 문득 다시 고쳐 생각하기 시작했다.

왜 꼭 그렇게만 생각하지? 프랑스가 그렇게 되기 위해서 얼마나 많은 사람이 배낭을 메고 헤맸겠어. 시대를 거슬러 가는 사람들은 어디나 어느 시대나 있었을 거야. 준이, 용이, 완이들이 늙을 땐 옛이야기가 될지도 몰라. 그때는 아빠와 저 신문에 자욱한 아빠의 친구들을 뜨거운 마음으로 회상할 거다. 꼭 그럴 거야.

탁자의 전화벨이 울렸다.

세영은 재빨리 수화기를 들었다. 이층의 남자들도 수화기를 든다. 현우다. 그도 신문을 읽었을 것이다. 엿새 동안 아래위층에서 그렇게도 기다렸건만 그는 한 번도 전화를 하지 않았었다. 그런데 그가 지금 수화기 속에서 말하고 있는 것이다.

"석간신문 봤어?"

"네, 난 믿어지지가 않아요."

"난 더 이상 피신하지 않을 생각이야. 모두 괜찮아?"

"난 오늘부터 휴가를 하래요. 우린 다 잘 있어요."

"집에 사람들이 와 있지?"

"엿새째예요."

"말해줘. 내가 지금 곧 그리로 출발할 거라구. 아마 30분 안에 도착할 거야."

"……"

"난 말야 결심했어. 마주칠 거야. 이놈들이 턱없이 소설을 쓰고 있거든. 죄 없는 애들까지 덮어씌워 다 죽일 생각인가 봐. 내가 아는 사실들은 그게 아냐. 그냥 모조리 박살을 내버리고 싶은 놈들이야."

"말조심해요. 그 사람들이 듣고 있어요."

"알아. 놈들이 멋대로 불리고 있다는 걸 저희도 모르지 않아."

"완이 아빠……"

전화가 끊겼다. 수화기를 내려놓은 세영은 무너지듯 탁자에 고개를 묻었다. 이층 문이 열리면서 거기 있던 사내들이 우르르 계단을 내려왔다.

세영은 완이를 등에 업었다. 준이가 제 동생 용이의 손목을 꼭 쥔 채 앞서 걷고 있다. 대문이 활짝 열렸다. 그날 밤 왔던 쥐색 코트의 남자가 은행나무 옆에서 안테나를 올린 무전기를 입에 대고 큰소리로 외쳤다. 알겠습니다. 만전을 기하겠습니다. 나머지 사내들은 골목 밖에 세워놓은 차 옆에서 서성거렸다. 때마침 노란빛 영업용 택시 한 대가 골목을 달려와 그들 앞에 와서 멎었다. 세영과 아이들이 달음박질로 달려 나갔다. 사내들이 차를 내린 현우를 빙 둘러쌌다.

"야, 우리 아빠다!"

준이가 용이의 손목을 놓고 사내들 틈을 파고들었다. 현우가 배

별들의 감옥

낭을 바닥에 내려놓더니 허리를 숙여 아이의 어깨를 두 손으로 힘주어 잡았다. 그가 아이의 눈을 찬찬히 마주 보며 말했다.

"아빠가 집에 없으면 우리집에서 제일 힘센 사람이 누구지? 준이 너야."

곧 울음이 터질 듯한 얼굴로 준이 고개를 끄덕였다.

"아빠 없을 동안 네가 할머니랑 동생들을 잘 돌볼 거지? 네가 잘하고 있는지 엄마한테 다 듣게 될 거야. 약속할 수 있지?"

아이는 힘 있게 고개를 끄덕였지만 마침내 울음을 터뜨렸다.

"사내는 우는 게 아냐. 아빨 봐. 아빤 웃잖아."

현우가 아이를 달래는데 쥐색 코트가 다가섰다.

차의 문이 열렸다. 한 팔을 잡힌 채 현우가 세영을 돌아봤다. 차는 벌써 시동을 걸었다.

"아빠께 인사해라."

세영의 등에서 완은 두 눈을 호동그러니 뜨고 아빠를 올려다보더니 천진하게 쎄액 웃었다. 제 오빠가 울자 덩달아 우느라고 용이는 인사도 못했다. 자아식. 현우가 등에 업힌 아이의 꽃잎 같은 손바닥을 가만히 쥐었다 놓으며 물었다.

"어머니는?"

"그냥 안에 계시게 했어요."

현우가 차에 오르자 쥐색 코트가 옆에 탔다. 무전기에 입을 대고 다시 소리치고 있었다. 며칠씩이나 면도를 거른 사내들이 부수수한 얼굴로 하나, 둘 골목을 빠져나갔다. 텅 빈 골목 바닥에 내버려진 채 바람을 맞고 있는 낡고 푸른 배낭을 집어든 세영은 눈물을 참느라고 파아란 가을 하늘을 올려다보았다. 아직 남은 열매를 달

푸른 배낭을 멘 남자

고 있는 대추나무 사이로 2층 창가에 하염없이 서 있는 노인의 모
습이 그 아지랑이 낀 눈에 언뜻 들어왔다.

5박 6일

    캠퍼스 뒤쪽 숲에서 매미들이 게걸스레 울었다. 장맛비는 잠시 그쳤지만 찌푸린 하늘은 당장에라도 쏟아낼 듯 비를 머금었다. 진영은 종종걸음으로 꽉 닫힌 정문 옆 쪽문을 들어섰다. 본관 첨탑에 걸린 시계 분침이 9시에서 10여 분이나 지나 있었다. 책이나 세탁물을 넣어주러 구치소를 들러오다 보면 요즘은 아무리 서둘러도 정시 출근이 어려웠다. 구속 학생이 날마다 늘어나는 바람에 구치소도 대만원이었다.

    휴교령이 내린 대학은 벌써 두 달째 개점휴업 상태를 거듭하다가 여름방학에 들어갔다. 여전히 재학생들의 출입은 금지되고 있었지만, 오늘도 서너 명 학생들이 교문 앞을 서성거렸다. 아마 무슨 증명서라도 떼려고 온 학생들일 것이다.

    본관으로 가는 돌계단을 올라 건물 입구로 향하던 그녀는 그 앞을 가로막은 낯선 검은 지프차가 눈에 들어오자 감전이라도 된 듯 어깨가 굳어왔다. 저런 차에 실려 말로만 듣던 서빙고로 연행되던 기억이 퍼뜩 떠올랐기 때문이다. 방정맞게 하필 그 지긋지긋한 악몽을 떠올리다니…… 뜀박질로 입구를 들어선 그녀는 행정실이 있는 왼쪽 복도를 꺾어 들었다. 방 앞에 웬 신사복 차림 남자의 뒷모습이 보였다. 잽싸게 몸을 돌린 남자가 그녀를 향해 성큼성큼 다가왔다.

"석진영 씨죠?"

미처 대답도 하기 전에 그가 불쑥 그녀 코앞에 종이쪽을 내밀었다.

"뭐예요 이게?"

얼떨결에 종이를 받아든 그녀가 물었다. 손바닥만 한 소환장이었다. 그녀의 이름 아래 칸에 쓴 '학생 소요 관련자'라는 글자가 휙 눈에 들어왔다. 불에 덴 듯이 그녀의 언성이 튕겨졌다.

"내가 왜요?"

"가 보면 다 압니다."

"나하고 상관없는 일예요!"

그녀는 가로막는 남자를 핸드백으로 밀어붙이며 행정실 문을 비집고 들어섰다. 남자가 그녀의 팔뚝을 사정없이 틀어쥐었다. 창가의 그녀 책상을 가로막고 서 있는 두 남자의 발아래 내장이 뽑힌 듯 마구 엎어진 서랍과 서류들이 보였다. 같은 방 직원들이 그 서류 더미 옆에 질린 얼굴로 서 있었다. 연락을 받고 건너왔던지 그녀 책상 위의 수화기를 든 옆방 문형표 과장이 보였다.

그녀 눈에 찍힌 그날 아침의 장면은 거기까지였다. 팔을 잡힌 채 그녀는 짐짝처럼 방 밖으로 끌려 나왔다. 그 낯선 검은 지프차 뒷

     별들의 감옥

좌석 양옆의 건장한 두 남자 사이에 끼어 앉은 그녀는 숨을 몰아쉬며 머릿속으로 갈피를 잡아보려 안간힘을 썼다. 문 과장은 이런 사태를 미리 알고 있었을까? 동료를 무슨 폭도처럼 다루는 사람들을 만류할 생각은커녕 왜냐고 묻지도 못하는 그 어정쩡한 태도가 의아스럽기만 했다.

봉래교를 지난 차가 서대문 쪽으로 접어드는가 싶더니 좌회전을 했다. 차는 빠른 속도로 집총한 두 명의 헌병이 서 있는 문을 지나 널따란 마당으로 들어서고 있었다. 출퇴근 때마다 늘 지나치며 버스 차창으로 내다보던 풍경 중의 하나였지만 옆면으로만 스치던 그 붉은 벽돌 건물이 뭘 하는 곳인지 짐작도 못했었다.

차가 건물 앞에 멈췄을 때 굵은 빗줄기가 그예 화드득 쏟아지기 시작했다.

"거 참 비 한 번 끈질기군. 제길 헐…… 스무 건도 더 남았는데 날마다 비야."

앞자리 사내가 구시렁거렸다. 뒷좌석 그녀 옆의 사내가 내리면서 그녀에게 따라오라고 손짓을 했다. 활짝 열린 건물 현관에도 양옆에 집총한 헌병이 서 있었다. 사내가 목에 매달린 명패를 그들에게 내보이더니 휘적휘적 앞서기 시작했다. 건물 뒤쪽의 통로로 접어들자 오래 밀폐됐던 곳인 듯 눅진한 곰팡내가 풍겼다. 섬뜩한 전율이 가슴을 짓누른다.

한참을 걷자 통로가 뚝 끊기면서 안쪽으로 연결된 뒷 건물 입구가 나타났다. 사내가 육중한 빗장이 걸린 철문 앞에 서 있는 군인에게 종이를 내밀고 그녀를 인계했다. 군복 남자는 종이를 보지도 않고 둔중한 철문의 빗장을 열더니 들어가라고 턱짓을 했다.

어깨를 떨며 철문 안쪽으로 발을 들여놓던 그녀는 전신에 핏기가 가시는 것 같았다. 거기 복도 마룻바닥에 줄을 맞추듯 촘촘히 좌정해 있는 무수한 사람들 ― 둔탁한 철문 소리에 놀라 일제히 고개를 돌린 남자들의 얼굴이 얼른 봐도 백여 개는 넘었다. 살아있는 인체가 아닌 무슨 가면들 같았다. 훅 끼쳐오는 야릇한 냄새와 함께 부릅뜬 시선들이 화살처럼 쏟아졌다.

그들은 창문도 없는 긴 복도 바닥에 가부좌를 틀고 허리를 곧추세운 채 미동도 않고 촘촘히 앉아 있었다. 영락없는 전쟁 포로들의 몰골이었다. 눈들을 부릅떴을 뿐, 잔기침 하나 없이 목석처럼 고요해서 더 기이했다. 그들 앞쪽으로 나란히 달린 좁은 철문들은 모두 닫혀 있었다. 어깨에 장총을 멘 헌병 두엇만이 철문들과 앉아있는 사람들 사이에 남겨진 긴 공간을 집총 자세로 철버덕거리며 왔다 갔다하고 있었다.

젊은 헌병 하나가 맨 앞 닫힌 철문 앞을 손가락으로 가리켰다. 닫힌 문 너머로 안에서 악에 받힌 듯한 남자의 음성이 희미하게 넘어왔다. 내용은 알 수 없지만 귀를 막고 싶을 만큼 처절하게 뭔가 분노 섞인 외마디가 이어졌다 끊어지곤 했다. 얼얼해 오는 정신을 가다듬으며 그녀는 10여 분을 거기에 서 있었다. 갑자기 철문이 열리며 고함소리의 주인공이 문을 박차고 나왔다. 뜻밖에도 그건 요즘 거취가 묘연했던 정동수 교수였다.

"교, 교수님!"

미처 생각할 겨를도 없이 그녀 입에서 외마디가 터져 나왔다. 그녀를 마주 본 정 교수의 눈도 커다랗게 열렸다. 그가 다급하게 뭐라고 입을 열려는데, 젊은 헌병이 그의 어깨를 우악스레 철문 밖으로 떠밀어내며 소리쳤다.

"입다물고 나가요!"

밖으로 밀려난 정 교수가 어깨를 휙 돌리는 찰나, 철문이 철거덕 닫혀 버렸다.

헌병은 방금 정 교수가 나온 방안으로 그녀를 거칠게 떼밀어 넣었다. 문이 닫혔다. 밖으로 면한 벽 높다랗게 딱 손수건만 한 환풍구가 하나 뚫렸을 뿐 사면은 텅 빈 회벽이었다. 시멘트 바닥 가운데 놓인 작은 철제 책상과 의자가 둘. 예전의 서빙고 그대로다. 그때도 이런 방이었다. 천장만 반길쯤 더 높은 것 같았다. 한구석에 꾀죄죄한 매트 한 장이 반으로 접힌 채 세워져 있었다. 여기서 잠도 재울 생각이구나. 경황 중에도 그녀 눈앞을 어린것들의 얼굴이 스쳐갔다. 두 살, 네 살, 일곱 살…… 그 천진스런 모습들이 이상하게 아득히 멀게 느껴졌다. 환풍구로 쏴아쏴아 거센 소나기 소리가 밀려왔다. 복도 쪽에서는 이따금 군화 소리만 저벅거릴 뿐 마치 아무도 없는 것 같았다. 방금 본 광경이 도무지 믿어지지 않았다. 어떻게 그 많은 사람들이 저렇게 조용할 수가 있을까?

세워진 매트를 내려서 그 위에 엉덩이를 붙인 그녀는 눅눅한 벽에 등을 기댄 채 눈을 감았다. 복도에 좌정한 그 많은 남자들 중에 여자는 없었던 것 같다. 환자일까? 바닥에 담요를 펴고 누운 사람도 두어 명 보였었다. 모두 후줄근한 땀내를 풍기고 있는 걸로 보아 벌써 여러 날째인 모양이다. 첫 줄 맨 앞에 앉은 노인은 틀림없는 H교수였다. 그가 쓴 저서를 모조리 사 읽었을 정도로 그녀 내외가 존경하는 인물이라 첫눈에 알아보았다.

조금만 낌새라도 챘더라면 출근할 때 시어머니에게 무슨 핑계라도 대고 왔을 걸. 영문도 모르고 기다릴 텐데…… 이렇게 끌려간 걸 알면 얼마나 놀랄까. 핸드백 속에 속옷 한두 장이라도 미리 챙겼을 텐데 그녀는 전혀 낌새를 채지 못했었다. 달랑 한 겹 여름옷을 걸친 채여서 어떻게 버틸지도 걱정이었다. 생리라도 터진다면? 손을 꼽아보니 날짜가 아슬아슬하다.

이 살벌한 시절에 하필 그녀는 학생처 소속이었다. 비상계엄령이 내려진 이후로 워키토키를 든 보안사나 안기부 담당자는 물론 관할서 형사들까지 매일 출근하다시피 행정실은 물론이고 보직교수들의 방들도 무시로 드나들었다. 원래 기관별로 고정 담당자가 있다는데, 근래에는 낯모를 건장한 청년들이 캠퍼스 곳곳에 진을 치고 있다가 시위대를 덮치는 걸 보면 제각각 진압팀을 따로 거느리고 있는 모양이었다. 어떤 때는 아무도 출근하지 않은 이른 아침에 사환밖에 없는 빈 사무실에 들어와서 두서너 명씩 진을 치고 기다리고 있을 때도 있었다. 남보다 먼저 한 건 하자면 먼저 정보를 가로채야 했기 때문에 그들끼리도 경쟁이 치열했다. 책상 위에 무심코 펼쳐진 서류까지도 아차 하는 순간에 그들 손을 타곤 해서 티각태각 다퉈야 했다.

학교 안의 돌아가는 사정을 그들이 먼저 똑 떨어지게 꿰고 있을 때가 많아 그들과 은밀히 선이 닿는 내부인들이 있는 게 아닐까, 소름이 끼치기도 했다. 졸지에 부서를 학생처로 옮긴 이후 날마다 머리칼이 곤두서는 광경의 연속이었다. 학내 시위가 격렬해지기도 했지만 기관원들은 그보다 한 술 더 떴다. 그녀 위로 교수직 학생처장이 있었지만 속수무책이었다. 이게 대학이란 말인가 싶은 생각이 들 만큼, 실적에 혈안이 된 그들을 말릴 엄두를 못 내고 방관하면서 면전에서 필요 이상으로 허허거리곤 했다.

재학생들을 한 명 한 명 보면 연약한 여대생인데, 일단 시위에 나서면 모두 대단했다. 횟수를 거듭하면서 영악해지는 것 같았다. 학내 시위 현장에서 구호를 외치다 불시에 곳곳에 망을 보던 청년들이 주모자를 잡으러 들이닥치면 수백 명의 시위대들은 순식간에 단상의 아이를 끌어내려 스크럼을 짜고 에워쌌다. 어찌나 빠르게 단단히 에워싸는지 뚫고 들어갈 수가 없다. 발길로 채이고 머리채를 잡히면서도 절대로 스크럼을 풀지 않았다. 겹겹이 둘러싼 안에서 옷을 바꿔 입히거나 머리 모양을 바꿨다. 학생들 얼굴에 익숙한 우리도 얼른 식별을 못 할 만큼 감쪽같아서 그들이 제아무리 사진을 가지고 덤벼도 잡을 수가 없었다. 학교가 보호해주지 못하는 대신 자기들끼리 터득한 피신법이 날로 진화되는 모습이 놀랍기도 했다. 어떤 때는 주모자를 잡으려고 정문, 후문을 가로막고 밤새도록 지키기도 하지만 열에 아홉은 이악스런 그들도 허탕을 쳤다. 시위대 숫자가 적을 땐 즉석에서 덜미를 잡혀 끌려가기도 했고, 빈 강의실에 유인물을 뿌리다 잡혀가면서 몸부림을 치다 발길로 채이거나 따귀를 맞기도 했다.

놀랍게도 시위 포스터를 붙이던 학생을 현행범이라며 직접 잡아오는 교수도 있었다. 그렇게 날마다 수없이 잡혀가는데도 아침에 출근해 보면 강의실이나 복도를 반정부 구호로 밤사이에 감쪽같이 도배질을 해놓는 걸 보면, 담장이 높으면 도둑의 발도 길어진다는 속담처럼 사람의 마음을 막기가 쉽지 않다는 생각이 들곤 했다.

울부짖으며 끌려가는 애들을 바로 옆에서 차마 볼 수가 없었다.

고작해 줄 수 있는 일이 학과장에게 알려주는 것이었다. 그러나 당연히 나서야 할 소속 학과의 학과장들은 제 앞가림이 더 바빴다. 학장이라고 더 낫지도 않았다. 캠퍼스 한복판에서 시위하던 애들이 심한 구타를 당하는데 나무 그늘에서 담소하던 젊은 교수들이 재빠르게 건물 안으로 숨어 버리는 모습을 볼 때면 서글펐다. 일을 당한 학과의 학과장들이 총장실까지 올라가 항의를 하기도 했고, 교수회의에서 중의를 모아 상부에 항의서를 보내려는 움직임도 있기는 있었다는데, 그건 옛말이다. 중앙청 앞에 탱크가 들어서고부터 세상이 통째로 벙어리가 되어버렸다.

지난해 10·26 사태 직전에 구속된 진영의 남편은 아직 서대문 구치소에 있었다. 사람이 붙들려 간 곳을 몰라 찾아 헤매던 것에 비하면 차라리 아는 곳에 갇혀 있다는 게 마음이 놓였다. 올해 1월부터 재판이 시작되었지만 계엄령이 내린 이후부터는 학생처가 계속 비상근무 중이어서 그녀는 공판을 보러가기는커녕 제대로 면회도 못하고 지냈다. 대신 새벽에 들러 영치금과 세탁물을 넣어주거나 다 본 책, 빨랫거리를 받아오는 일과만 지키고 있었다. 겨우 그것만으로 서로 안부를 대신하고 있는 셈이다. 보름에 한 번 봉함엽서를 부쳤다. 반드시 봉함엽서만 허용하는데, 검열을 거치긴 하지만 갇혀 있는 사람에게 애들이나 노모의 안부를 담은 보고서 노릇은 해주었다. 이따금 '검열필' 푸른 고무인이 찍힌 답장엽서가 왔다.

전국에서 하나둘 교수들이 연행된다는 소문이 나돌았다. 계엄 사가 교수, 목사, 언론인, 학생 등 300여 명을 지명 수배한 게 6월 중순이었으니 그 사람들이 하나둘 피신처에서 잡혀가는 중인지도

별들의 감옥

모른다. 이달 들어 별안간 국립대학 교수들이 무더기로 잡혀갔다
고도 했다. 지난주만 해도 전국에서 5천 명 가까운 공무원들이 숙
정 대상으로 발표되었으니 대학만이 아니라 온 나라가 공포의 도
가니였다.

그녀가 몸담은 C여대에서도 두 교수가 사라지고 없었다. 요 며
칠 학내에서는 갑자기 연락이 끊긴 두 교수 행방을 두고 말들이 많
았다. 목포 출신의 김 교수는 DJ의 중학 동창이었고, 정동수 교
수는 2년 동안 대학신문 주간도 맡았었고, 시국에 대한 종교계의
반대투쟁에 선봉이었기 때문에 늘 위태위태했다. 공교롭게도 두
교수 모두 역사학과였는데, 시국 사건으로 근래 투옥된 20여 명
재학생 중 여섯 명이 그 과였다. 이래저래 이 두 사람이 크게 고초
를 겪나보다는 걱정들을 했었다. 답답한 마음에 두 교수 가족들이
학과 사무실로 남편 행방을 묻는 전화들을 걸어왔다. 그러나 학
과는 물론 대학본부에서도 그들의 소재를 몰랐으니 대답해줄 말이
없었다.

휴교령이 내리자 아예 일반 교수들은 캠퍼스에 발을 끊고 있었
다. 정 교수가 엿새 전 늦은 시간에 연구실에서 나갔다는 것도 정
문 수위실에서나 확인됐을 뿐이었고, 김 교수의 경우는 휴교령 이
후 학교에 나타난 적이 없어 추측들만 무성했다. 여름방학이 시작
된 후의 캠퍼스는 빈집이나 다름없었고, 보직교수와 행정 직원들
만 비상근무를 하느라고 외부 전화 한 통화에도 촉각을 곤두세우
며 자리들을 지켜야 했다.

아무리 되짚어 봐도 그녀가 학생시위와 관련해 여기 불려올 만한
일은 없었다. 마음에 걸리는 게 있다면 예전에 정동수 교수에게 들

은 이야기 정도였다. 정 교수가 주간으로 있을 때 지금은 교수협의 회장이 된 민호철 교수가 학생처장이었는데, 그녀를 자르라는 민 처장 요구를 간신히 말렸다고 했다. 엉뚱하게도 임신 때 그녀가 입고 다닌 생활한복이 일본 조총련 느낌이 난다는 게 이유였다. 정 교수가 주간직을 떠날 때 학내에 그런 시선이 있으니 조심하라고 하도 신신당부하는 바람에 진영은 친정어머니가 소문난 구정상회까지 가서 맞춰준 한복을 다락에 처박아 버리고 말았다.

학내 시위가 거세질 때마다 그녀가 모교 졸업 후 10여 년이나 편집국장이라는 직함으로 근무한 학보사가 그렇지 않아도 줄곧 학내 시위의 발상지로 지목되고 있었다. 학생과 문형표 과장과는 시국이 꼬이면서 사사건건 마찰이 잦을 수밖에 없었다. 후배 기자들이 걸핏하면 유인물을 뿌리다가 관할서 유치장 신세를 졌고, 그 서슬에 학생처 쪽에서 신경을 곤두세우는 날이 잦았기 때문이다. 그녀 남편이 시국 사건으로 처음 검거될 때부터 학내에 나와 있던 기관원들은 그녀를 자르라고 학교에 입질을 시작했었다.

기관원들이 노상 캠퍼스를 휩쓰는 판국에 편집실도 예외가 아니었다. 관할서 정보과는 알아서 미리 챙기느라고 툭하면 학생기자들을 조사한다며 며칠씩 데려갔고, 그럴 때마다 그녀도 병아리를 빼앗긴 암탉처럼 목을 곤추세워 후배들을 챙겨야 했다. 그녀 역시 재학시절 학생기자였던 터라 당연히 후배들을 두둔하는 건 그녀 몫이라고 생각했었다. 사건 가족이 되다보니 그런 게 다 빌미가 되었다. 연좌제가 사라지기는커녕 그들 눈에는 남편의 죄가 곧 그녀의 죄였다. 같은 말을 해도 색안경을 쓰고 보았다.

첫 사건 때는 그래도 남편이 6개월 만에 출옥하는 바람에 버틸

수 있었지만, 이번 사건은 시국도 무섭고 파장이 너무 컸다. 이대로 가다가는 후배들에게도 불리할 뿐 아니라 그녀 역시 귀신도 모르게 잘릴 게 뻔했다. 생각다 못한 그녀는 직접 총장실로 뛰어올라갔었다. 신학기 인사이동 때 학생들과 직접 대면이 없는 부서로 보내달라고 통사정했다. 지난가을 취임한 총장을 인터뷰하러 학생기자들과 총장 자택에 갔을 때 만나 본 인상으로는 꽤나 꼬장꼬장한 노인이었지만, 지푸라기라도 잡아야 했다. 남편이 없는 상황에서 70 노모와 세 어린애를 부양하는 처지라며, 어디든 다른 부서로 보내달라고 간곡히 부탁했었다. 편집국장 직급과 수평이 아니어도 좋으니 보내만 달라고 말했었다.

3월에 정말 한 직급을 낮춰 학생처로 발령을 받았을 때, 그녀로서는 싫다 좋다 할 처지가 못되었다. 직제상으로는 학생 지도를 전담하는 학생과와 구분해서 각종 장학금만 관할하면 되는 부서였다. 총장은 재학생들이 극구 반대하던 외부 인사였는데, 대학이 구왕실과의 재단 분규를 호되게 겪은 후부터 늘 정부의 입김에 의해 예기치 않은 인사들로 총장이 바뀌곤 했다. 일찍이 K대 총장을 지낸 80을 바라보는 노법학자. 사직시키라는 기관원들의 성화 속에서 진영의 학생처 이동발령은 꽤나 파격이었다. 그래, 자르라고 아우성치던 너희들이 옆에 놓고 한번 지켜 봐, 산전수전 겪은 노총장의 어깃장이었을까? 아니면 자르라던 사람들의 제안이었나?

결과적으로 그녀는 벽 하나 사이를 두고 문 과장과 나란히 학생처장의 지시를 받는 처지가 되었다. 그것도 그녀를 자르라는 사람들과 날마다 얼굴을 부딪치면서 말이다.

5박 6일

졸지에 노인과 세 아이를 거느린 가장이 된 그녀는 남편과 함께 검거된 이들의 가족들이 하루아침에 이유도 없이 직장을 쫓겨나 헤매는 모습을 너무도 가까이에서 보고 있었다.

이때까지의 그녀에게 닥쳤던 수모는 모두 사건 가족이라는 죄목이었다. 피신해 있던 남편을 검거할 때만 해도 집안을 쑤셔놓고 서재를 만신창이로 만드는 것도 모자라 붙박이장이며 천장까지 북북 뜯어내던 그들이 아닌가. 견디다 못한 남편이 제 발로 도피처에서 집으로 돌아와 잡혀가기까지 상상도 못했던 온갖 닦달을 당했었다. 여자와 노약자만 있는 집에 한밤중에 권총으로 현관 유리를 깨며 들이닥치던 사람들. 아예 서재 바닥에 눌러 앉아 닷새 밤낮을 고스톱을 치며 걸려오는 전화까지 저희들이 받았었다. 학생소요에 어정대고 싶지도 않았지만 설혹 그렇다 한들 도무지 몸도 마음도 그런 여유가 없었던 그녀였다. 더구나 지금은 하루 8시간 같은 공간에서 무서운 사람들과 얼굴을 마주하는 처지가 아닌가.

학생처 안에서도 남자인 문 과장이 직접 하기 곤란한 일이 생기면 여자이고 학생들의 선배라는 이유로 곧장 그녀에게 지시가 오긴 했다. 자주는 아니지만 이따금 응급환자가 생기거나 유치장에 갇힌 학생들에게 속옷 같은 물건을 전해주기 위해 관할서를 찾는 경우도 그녀 몫이었다. 학생들과의 대면을 피해 부서이동을 애원한 보람도 없이 3월 이후의 학생처는 온갖 학생들의 소용돌이 한복판이어서 여우 피하다 호랑이 만난다는 말 그대로였다. 하루도 조용히 넘어가는 날이 없었다.

철거덕, 문소리에 화닥닥 감았던 눈을 떴다. 진영 앞에 늙수그레

별들의 감옥

한 남자가 서 있었다. 큰 키에 비쩍 마른 인상인데, 이런 일을 하는 사람들의 공통점인 듯 눈길만으로도 소름이 돋았다. 사람을 닦달하는 일에 이골이 난 사람 같다. 축 늘어뜨린 어깨하며 깡마른 모습이 몹시 지친 듯 보였다. 철제 책상을 가운데 놓고 마주앉자 남자는 검정 표지가 달린 두툼한 서류철을 한참이나 펄럭펄럭 넘기다가 지나가는 말처럼 툭 물었다.

"윤미조란 학생 알죠?"

"……"

"알아요, 몰라요?"

"그 학생, 병으로 자퇴한 걸로 아는데요."

"음대에다 폭탄 던진 학생이잖아요. 친하다면서 왜 시치미떼요?"

"친하다니요. 전 교직원이고 그 학생은 응급환자였어요. 처장 지시가 있어 현장에 갔다가 만난 학생예요. 그 일 있기 전엔 교직원 누구도 이름조차 몰랐던 학생예요. 그 불쌍한 학생이 무슨 폭탄을 던졌다고 그러세요?"

"교수 모가지를 셋이나 잘랐으면 대포는 아니어도 폭탄쯤은 되잖아요."

"불행하게 학업을 접은 애를 그렇게 야유하시면 안 되죠. 한 사람 인생이 달린 일인데 거론하시려면 좀 잘 아시고 말씀하세요."

"다 알고 하는 소리니까 빙빙 돌리지 말고 제대로 털어놔요."

"뭘 얘기하시는지 통 모르겠어요. 대체 내가 왜 그 학생과 관련이 되는지도요."

"그 학생을 마지막 만난 게 언제예요?"

"세 번 다 응급상황을 체크하러 다녀오라는 학생처장 지시를 받고 간 거예요."

"그럼 나중에 그 윤미조가 그런 사건을 일으킬 거라는 걸 당췌 몰랐다는 건가요?"

"무슨 정보를 어떻게 얻어들으셨는지 모르지만 그때 내가 본 그애는 생명을 위협받을 만큼 위급한 상태여서 진지한 대화 같은 건 해보지도 못했어요."

"마지막 만났을 때 필담을 했죠?"

"왜 음독을 하게 되었는지 첫날부터 궁금했는데, 둘째 날까지도 상태가 나빠서 의사표현을 못했어요. 셋째 날 가서 펜을 주니 몇마디 문답에 응하더군요. 그 문답지도 고대로 학교에 전달했어요."

"뭐라고 썼던가요?"

"살고 싶지 않다. 학교 자퇴한다. 왜 집에 연락했냐. 세 마디 뿐이었어요.

"나중에 윤미조가 음대 사건 주범으로 밝혀진 걸 모르진 않죠?"

"그 애는 지금 가엽게도 회복 못한 채 투병 중예요. 그 직후 가족이, 가족이라야 어머니뿐이지만 지방 병원으로 데려가 돌보고 있다고 들었어요. 그 애가 한 달 후 음독한 사연을 음대 선배에게 편지로 보내서 그런 엄청난 시위가 촉발되었다는 이야기는 나중에 들었어요. 그런데 거기에 대체 내가 왜 상관되나요?"

"그 투서 사주한 건 당신이잖아요. 당신 아니면 목숨이 경각간에 있는 애가 그런 엄청난 일을 꿈이나 꿨을까 의문예요."

"그거 어디서 나온 이야기인가요? 내가 그렇게 전지전능하대요? 도대체 그게 누구 입에서 나온 이야기예요?"

그렇게 얽어 붙이다니…… 얼토당토않다. 진영은 목이 칵 막히

별들의 감옥

면서 더 말을 잇지 못하고 아래턱만 와들와들 떨고 있었다. 극약을 마시고 불구자가 된 학생을 싸잡아 비난하는 것도 몸서리가 쳐졌지만 아무런 근거도 없이 그 애와 엮는 처사가 대체 누구의 솜씨일까, 온몸의 촉각을 곤두서게 만들었다. 남자가 한술 더 떴다.

"이미선도 잘 알죠?"

"……"

"알아요, 몰라요? 왜 대답을 못해요."

"학생기자였어요. 구속됐다가 얼마 전 복교했어요."

"그 학생이 5월 15일 데모 조종한 거 알고 있죠?"

"주동자는 총학생회장이었어요. 지금 수감 중인 그 애들은 이미선 같은 선배들이 조종해도 듣지 않았을 거예요."

"사적으로 그 학생을 만났죠?"

"그날 데모와는 상관없는 일이에요. 시골서 그 애의 연로한 부모가 올라와서 학생과장 부탁으로 구치소에 안내해 준 적 있어요. 원래는 학생과장이 가야 할 일이었지만 나에게 가달라더군요."

"만났어요, 안 만났어요? 그것만 대답해요."

"출옥 후 인사를 와서 행정실에서 만난 적 있어요. 또 그게 문제되나요?"

"C여대, 언제나 미지근했잖아요. 갑자기 강성이 된 게 뭣 때문인 거 같아요?"

"규모가 적어서 그렇지 언제나 강성이었어요. 그게 나 때문인가요?"

"건방지게 따지지 말고 묻는 말만 대답해요!"

"요즘 우리 대학만 그런 게 아니잖아요. 대학들끼리 연대하기 때

5박 6일

문이라고 알고 있어요."

"당신도 학생 때 문제 학생이었죠? 애인한테 교육도 잘 받았을 거고……"

그녀가 항변하려고 눈을 치뜨자 남자는 비열하게 손사례를 치며 너털웃음을 웃어보였다.

"아, 우린 여기서 시시비비 가리려고 불러들인 거 아니라구. 당신 같은 께름칙한 구성원을 뿌리뽑기 위해 이 지겨운 일을 하는 거니까 조용히 순순히 사직서만 쓰고 나가면 돼요. 요는 사표 쓰는 순서로 여기서 나간다는 거 알아두라는 겁니다."

"사직서요? 내가 왜요?"

"아니 당신 왜 그리 세상 물정을 몰라? 진짜 모르는 거야, 모른 척하는 거야? 여기 뭐 당신 이뻐서 부른 줄 알아? 저 밖에 앉아있는 사람들 다 사표 쓰려고 온 거야. 괜히 딴청 피워봐야 덕 볼 거 없으니까 순순히 묻는 거 다 불고 쓰라는 사표 쓰고 일찌거니 나가쇼!"

그가 바람을 일으키며 벌떡 일어서더니 그녀 면상에 백지 한 권을 던졌다.

"당신도 뭐 할 얘기가 있을 테니까 여기다 우리가 알아먹게 구구절절 쓰라구. 출생부터 빨갱이 남편 옥바라지하게 된 현시점까지 왜 그렇게 삐딱선을 탔는지 실감나게 엮어 봐요. 특히 5월 15일 서울역 시위 전날부터 뭘 했는지 시, 분, 단위로 빠짐없이 써요. 당신은 엄연히 학생 소요 관련자예요. 내가 찍은 게 아니고 그 학교를 주욱 지켜 본 우리 쪽 사람의 의견이니 얼렁뚱땅 넘어갈 생각 말고 자세히 써야 됩니다."

묻는 요지는 달랐지만 어쩌면 그렇게도 이 계통 사람들 하는 수법이 서빙고와 똑같은지 놀라웠다. 6년 전 1974년 1월, 퇴근길에 남편이 흔적도 없이 사라진 후 20여 일 행방을 몰라 헤매던 그때, 집에서 대기하던 낯선 이들에게 그녀마저 붙잡혀 가야 했던 서빙고에서도 그렇게 몇 날 며칠을 쓰고 또 썼다. 아마 저런 백지로 2, 3백 장은 썼을 것이다. 그들은 그렇게 쓴 것을 꼼꼼히 읽지도 않는 것 같았다. 자고 새면 쓰고, 철없이 덤비다가 어금니가 흔들리도록 따귀를 맞던 쓰라린 기억이 바로 어제 일 같다.

께름칙한 구성원. 백지를 앞에 놓고 멍하니 앉아 진영은 생각에 잠겼다. 그냥 모든 걸 던져 버리고 어린것들이 기다리는 집으로 뒤도 안 보고 달려가고 싶다. 이 삼엄한 구역에서 떼를 써봐야 별수 없을 거라는 생각만 맴돈다. 음대 시위를 자기와 연관 짓다니! 이게 대체 뉘 짓일까? 실상 음대에 그런 처절한 사연이 있는지도 시위가 벌어지기 전엔 진영도 다른 교직원 누구도 몰랐었다.

학생회가 부활되면서 가장 먼저 불이 붙은 건 음대였다. 아침회의에서 문 과장이 음대생들 사이에 교수 살생부가 나돈다는 소문이 있다고 보고했다. 유 처장은 기함을 하며 그런 소문이 어디서 나왔는지 당장 진위를 조사하라고 다그쳤다. 바로 다음날은 음악대학의 월례 학내연주회가 있는 날이었다. 오후 4시에 연주회가 끝나고 참석했던 교수들이 모두 음악당을 나선 순간, 음대생 600여 명이 돌연 5층 음악당을 안으로 걸어 잠그고 주저앉아 집회를 시작했다. 이런 사태를 예상했다면 월례 연주회든 뭐든 미리 중지시켰을 테지만, 음대도 학생처도 전혀 낌새를 채지 못했다. 사실 누구도 그런 사태를 상상 못했었다. 바이올린이나 메고 다니는 음

5박 6일

대생을 멋이나 부리는 부유층 어리광쟁이 딸들쯤으로 봤다가 크게
들 당황하는 눈치였다. 당장 철수하지 않으면 경찰을 부르겠다는
엄포를 메가폰으로 연신 보냈지만 듣는지 마는지 답이 없었다. 대
신 같은 시각에 총장실에는 음대 학생들의 호소문을 가진 음대 세
학과의 4학년 대표 세 명이 올라와 긴급 면담을 요청하고 있었다.

　연락을 받고 총장실로 뛰어올라갔던 유상옥 처장은 그 호소문을
읽고 입을 다물지 못했다. 일부 음대 교수들의 만행을 도저히 묵과
할 수 없어 집회를 열었다며, 관련된 발언 내용을 전부 녹취하여
집회 종료와 동시에 테이프를 제출할 테니 총장이 검토한 후 해당
교수들을 면직처분해달라는 내용이었다. 집회가 끝날 때까지 호소
문을 가져간 세 학생을 억류해도 좋으며, 학교가 단전 조치할 경우
에 대비해 별도 음향기와 전원을 준비했고 각자 요기할 물과 음식
도 준비했으니 종료시점까지 장소 사용만은 허용해달라고 했다.

　그녀가 달려갔던 병원에서 만난 그 기악과 학생이 기폭제가 된
것 같았다. 다른 단과대학들보다 비싼 등록금을 내고 다니는 음대
생들이지만 개인 실기지도가 주축인 특수성 때문에 강요되다시피
하는 음성적인 개인 레슨비에 학생들은 남몰래 시달리고 있었다.
음대생이라고 모두 상류층 자녀는 아니어서 자살 소동을 벌였던
그 학생처럼 8군내 유흥업소 등에서 밤 연주 알바를 뛰면서 근근
이 다니는 학생들도 있었다. 지방대 음대 교수였던 아버지가 여제
자와 눈이 맞아 해외로 나가 연락을 끊자 어머니가 하숙을 치며 집
안을 꾸리고 있는데, 그 어머니에게 돈 달라고 조를 수 없어 진작
부터 혼자 학비를 꾸려온 모양이었다. 호소문에는 과락을 받은 그
학생이 극약을 마셨다가 목숨은 건졌지만 성대가 망가져 놓아 신

별들의 감옥

세로 투병 중이며, 병상에서 자기를 괴롭힌 교수들의 비행을 서면으로 낱낱이 폭로하면서 너도나도 증언대에 서게 되었다고 했다.

교내 레슨실을 놔두고 일부 교수들은 학생들을 집으로 불렀다. 그럴 때 그냥 갈 수 없어서 케익이나 꽃을 사 가는데, 열어 보고 수표가 없으면 "실력 없는 것들은 매너도 없다니까!"라며 도로 가져가라고 팽개쳤고, 가차없이 과락을 주더라는 것이었다. 믿을 수가 없었다. 하나같이 고상하고 중후하고 아름다운 예술가들인데…… 단 한 명이라도 그들의 일부가 그렇게 썩을 수 있다는 게 믿어지지 않았다. 더 놀라운 것은 세상 무서운 줄 모르고 그런 환부를 단칼에 도려내겠다고 덤벼든 학생들의 당돌한 결기였다. 그날 총장은 긴급 교무위원회를 열고 장고를 거듭하다가 호소문을 전달한 학생들을 음악당으로 돌려보냈다. 그리고 학생처로 하여금 음악당 밖에서 종료될 때까지 대기하라고 지시했다.

학생과 직원 전부가 퇴근을 못한 채 음악당 로비에서 그날 밤을 새웠다. 진영만은 다음날 아침 1시간을 빨리 출근하라며 밤늦게 퇴근시켜 줘서 다행이다 싶었다. 그러나 이튿날 아침 1시간 일찍 출근한 그녀는 유상옥 처장으로부터 난데없는 외근 지시를 받았다. 그 아침에도 음악당의 학생들은 여전히 철야집회를 계속하고 있었다.

그녀가 유 처장에게서 현금이 가득 든 봉투를 받아들고 황급히 대기 중인 학교 버스에 올라보니 음대를 뺀 총학생회 간부학생들 15명이 잔뜩 긴장한 채 승차해 있었다. 총학생회가 음대 시위에 합류할까 싶어 미리 교외로 돌리는 방안을 생각한 모양인데, 하필

5박 6일

그녀를 인솔자로 지목한 것이었다.

"우리 지금 어디 가요?"

버스가 시동을 걸자 새벽에 학생과 연락을 받고 왔다는 간부학생들은 그녀에게 흰 눈을 뜨고 질문들을 쏟았다. 그녀에게 맡겨진 임무는 그 애들을 종일 멀리 어딘가로 몰고 다니면서 먹이고 다독거리면서 학교 진입을 막아달라는 것이었는데, 난감하기 짝이 없었다. 살다가 이런 일도 해야 되는구나 가슴을 짧았지만 별수가 없었다.

"일단 기사님이 데려다 주는 장소에서 학교와 연락을 취할 테니 기다려 주세요. 내가 지시받은 건 여러분을 인솔해서 오후 다섯 시까지 서울에 도착하라는 거였어요. 우리가 오늘 다녀올 행선지에 대해서는 저도 아는 게 없어요."

"말도 안 돼. 흥 우릴 납치하는 거야 뭐야. 우리 오늘 모두 수업 있는데 대체 어떻게 보상하실 거예요? 이건 수업권 강탈이잖아요! 당신 우리 선배 맞아요?"

고속도로로 접어들자 삿대질을 해대며 악을 쓰던 학생들도 잠잠해졌다. 그녀를 상대로 발버둥쳐 봐야 별수가 없다는 걸 알았던지 체념하는 눈치였다. 기사는 미리 지시받은 행선지가 있는 듯 입을 꾹 다물고 앞만 보며 달렸다. 동해안 이름 모를 해변에서 점심을 먹고 차를 마시고 이리저리 돌며 졸다가 서울에 도착한 건 오후 5시가 조금 넘은 시간이었다.

음대생들은 오전에 집회를 마쳤고, 총장실에 문제의 녹취본을 제출한 뒤였다. 녹취본에서 압축된 세 명 교수 중 두 교수는 총장이 면담을 청해서 사실 유무를 물었을 뿐인데, 사흘 뒤 의외로 조용히

별들의 감옥

빨리 사직했다. 그중 한 남자 교수만은 절대 사실이 아니라며 법정 투쟁도 불사하겠다고 버티고 있다가 휴교령을 맞았으니 장차 어떤 결말이 날지는 알 수 없었다.

그날 진영은 자기가 이 조직에서 보잘것없는 하나의 나사가 되어간다는 사실을 뼈에 새겨야 했다. 실은 존재도 없이 그림자처럼 주어진 업무나 해치우는 삶이 지금의 그녀 목표인지도 몰랐다. 그날 종일 학생들의 공격이나 질문을 받으면서도 조심조심 선을 넘지 않으려고 애쓰며 얼마나 그녀 자신을 타일렀던가.

대규모 소요가 있던 그날도 그녀가 의심을 살만한 일은 없었다. 캠퍼스 중앙 광장에 집합한 2천 명이 넘는 학생들은 기세가 등등했다. 정문을 막고 포진한 백여 명의 시위 진압 전경들도 전날처럼 질편하게 쏘아댈 준비를 한 채 바짝 긴장하는 눈치였다. 그날 캠퍼스엔 며칠째 쏘아댄 최루 가스가 아직도 매캐하게 깔려 있었다. 학교 앞 상가들은 계속 철시였다. 오전에 마구 뿜어댄 가스에 질려 일단 흩어졌던 학생들을 불러 모은 총학 집행부들은 아예 강당으로 몰려갔다. 거기서 밤을 지샐 작정인가 보았다.

유상옥 처장은 학생처 행정직들 전원에 밤샘 대기를 지시했다. 그녀가 오기 전부터도 일 터지면 노상 그래왔다며, 그녀 부서에 온갖 허드렛일을 맡겼다. 시위 학생들을 위한 비상식을 확보하고 양호실과 의논해서 의료 약품들을 챙겨야 했다. 학교가 데모대를 위한 비상식까지 챙겨주는 건 근래 없던 일이기는 했다. 문 과장 쪽은 모두 시위 현장으로 갔다. 이날은 시위 규모가 워낙 커서 보직교수와 교수협의회 간부교수들은 물론 학과장들까지 퇴근을 못

　　　　　　　　　　　　　　　　　5박 6일

하고 철야에 대비하고 있었다. 2천 명 넘는 입을 위해 주변 제과점 수배령부터 내려야 했다. 철야시위가 있을 때마다 특수를 노리는 제과점들은 전화 한 통화에 기다렸다는 듯 용달차에 빵과 음료수를 가득가득 싣고 다투어 도착했다.

밤새도록 홀라송을 합창하며 목청껏 구호를 외쳐대던 학생들은 배가 고프고 목이 말라 빵 자루와 음료수를 받기가 무섭게 먹어치웠다. 그날 강당 뒷좌석에서 직원들과 빵으로 저녁을 때우던 그녀는 흘러나오는 마이크 소리에 놀라 귀를 모으고 있었다.

"여러분 박수로 환영합시다. 우리 대학 교수협의회 민호철 회장님이 격려차 단상에 오르셨습니다. 여러분 환영합시다!"

오, 그녀를 자르라던 민 교수! 얼마 전 교수협의회 회장에 취임했다는 소식에 머리를 갸우뚱거렸지만, 유신시절 내내 서슬 푸르던 민 교수가 그 잘생긴 얼굴에 웃음을 지으며 학생시위대에 줄 금일봉을 들고 무대에 오른 모습을 보니 놀라웠다. 커튼만 들추면 학생처장실에서 빤히 보이는 중앙 광장에서 머리채를 잡혀가는 학생들을 모른 척하던 위인…… 단상에 오른 민 교수는 넉살 좋게 한술 더 떴다.

"여러분 수고하십니다. 나라를 생각하는 여러분 충정 십분 이해합니다. 우리 대학 교수협의회의 작은 성의로 알고 받아주시기 바랍니다."

우와, 대강당을 떠갈 만큼 요란하게 박수가 터졌다.

그날 학생소요 관련 인물을 굳이 찾는다면 그 민 교수가 와야 할 자리가 아닐까. 그즈음 교수협의회 회장이나 학생처장들은 시내 대학들과 서로 전화를 주고받으며 시위에 최대한 보조를 맞춰 주고 있었다. 철통같던 시내 대학들이 이미 학생들의 요구에 못 이겨 학교 버스까지 내주기로 했다는 소식이었다.

이튿날이 밝자 전 시내 학생들이 총집합하기로 한 시간에 맞춰 시위 집행부는 전날부터 계획된 일정표대로 진행해 나가는 것 같았다. 벌써 두 끼째 아침을 사다 준 빵과 우유로 때우고 중앙 광장으로 나와 시내로 합류할 채비에 들어갔다. 시위대 숫자는 간밤보다 갑절은 더 늘어난 듯했다. 이렇게 많은 학생들이 모인 건 60년대에 이 대학을 다닌 진영으로서도 처음 보는 광경이었다. 아마 개교 이래 처음이 아닐까 싶었다. 캠퍼스 여백 구석구석은 물론 정원의 화단까지 발 디딜 틈 없이 학생들로 꽉꽉 들어찬 모습이 장관이었다.

중앙 광장에서 정문까지의 대로는 30도 이상 경사가 져 있었다. 11시가 되자 확성기에서 "나가자!" 신호가 터져 나왔다. 기다렸다는 듯이 교문 밖에서 최루탄이 연이어 펑펑펑 터지기 시작했다. 자욱한 가스와 연기에 시야가 가려져 주춤거리던 3천여 명의 대열은 마치 댐이 터진 듯 닫힌 정문을 향해 파도치기 시작했다. 홀라송에 맞춰 "신현확은 물러가라!"를 외치던 학생들은 "서울역!" "서울역!" 구호에 맞춰 대오를 흩트린 채 경사로를 무서운 속도로 달려 내려가고 있었다. 그 서슬에 닫혔던 양쪽 철문의 돌쩌귀가 우지직 떨어져 나갔다. 무거운 철문이 넘어가자 누가 그 밑에 깔렸는지 어, 어, 비명과 함께 소란이 일었다. 바로 아래 도열했던 전경들이 우르르 흩어졌다. 밀어닥친 학생들이 워낙 많다보니 그들은 꼬나든 곤봉을 제대로 휘두를 새도 없이 길가로 일단 물러나야 했다. 불과 10여 분 사이에 연기로 덮인 교정이 텅 비어버렸다. 자욱한

5박 6일

연기가 걷히면서 넘부러진 철문 주변에 운동화며 구두짝들이 수북하게 나둥그러져 있는 모습이 드러났다. 정신을 차리고 보니 수위들이 수건으로 코를 감싼 채 주인 잃은 신발이며 안경, 모자, 가방들을 마대에 주워 담고 있었다.

유 처장은 학교에 남아 연락을 기다리마고 했고, 그 외의 학생처 행정직들이 몽땅 학교 버스에 올랐다. 그녀도 콜록대며 버스에 올랐다. 유실물을 주워 담은 어른 키만 한 마대 자루 세 개는 트렁크에 실렸다. 마지막으로 의료 상자를 안은 양호 직원 두 명과 노무원 서너 명이 차에 오르자 두 대의 학교 버스는 서울역을 향해 시동을 걸었다. 버스가 갈월동을 지나자 벌써 그 부근은 한강대교 쪽에서 진출한 학생들로 꽉 매워져 있었다. 스크럼을 짠 학생들은 빡빡하게 길을 막은 채 서울역으로 내닫고 있었다. 점점 불어난 시위대로 교통은 완전 차단되고 말았다. S대, J대에서 나온 스쿨버스 십여 대가 먼저 동자동 일대의 대로 한 켠을 점령하다시피 하고 있었다. C여대 버스도 가까스로 그 꽁무니에 자리를 잡았다. 1시가 지나자 앞에서 학생들이 움직이는지 조금씩 대오가 앞으로 나가면서 버스들의 행렬도 따라 움직이기 시작했다.

"연락하면 재깍 보내래요!"

문 과장 쪽에서 뒤차로 연락이 왔다. 학생들을 찾아 나선 문 과장 쪽은 애들 위치를 먼저 파악하고 마대를 운반해 갈 작정인 것 같았다. 마대 속의 신발로 얼추 헤아려 맨발로 뛰어나간 학생들이 이삼백 명은 넘을 것 같았다. 가방만도 백여 개에 달했다. 안경이나 모자는 발에 치이고 부서져 거의 온전한 것이 없었지만 우선 신발만이라도 찾아주어야 했다.

별들의 감옥

50분쯤 지났을 때 문 과장에게서 연락이 왔다. 애들을 찾았다며 서울역에서 남대문시장 쪽 왼편으로 마대를 보내라고 했다. 진영과 남은 직원들이 앞장을 서고 양호팀과 마대를 진 노무원들이 뒤를 따랐다. 밀리는 인파를 헤치고 그 지점을 찾아 나선 지 20여 분 만에 귀에 익은 여자 음성 훌라송이 들리면서 바닥에 진을 치고 앉은 C여대 학생들이 눈에 들어왔다. 마대 자루를 열자 아이들이 벌떼 같이 덤벼 순식간에 법석이 났다. 피딱지가 앉은 발들을 치료받느라고 약상자는 금방 빈탕이 되어버렸다. "군정 타도!" "전두환은 물러가라!" 난상으로 구호를 외치며 시청 쪽으로 움직여 가는 대오를 따라 신발을 찾아 꿴 학생들이 절뚝거리며 따라가던 뒷모습들이 생생하게 떠올랐다.

처음 그녀에게 환난이 들이닥쳤던 때가 서른 살, 첫 아이가 두 살 때였다. 누가 잡아갔는지 생사를 몰랐던 남편이 세상을 놀라게 한 보안사범으로 특호활자를 달고 신문지상을 덮었어도 그저 아이 아버지가 어느 구석에 살아있다는 사실이 기뻐서 가슴을 쓸어내렸었다. 그의 목숨이 붙어있기만 하다면 무슨 고생을 못하랴 싶었다. 여섯 달 구치소 생활 끝에 남편은 1심에서 석방되었다. 이번엔 백여 명 가까운 사람들이 엮인 가운데 엄청난 죄명을 다시 덮어썼으니 재판조차 언제 끝날지 알 수 없었다. 더구나 광화문에 탱크가 나와 있는 시절 아닌가. 5년, 10년…… 혼자 노인을 부양하며 아이들을 기르게 될 것이 분명했다. 이 판국에 사표를? 결국 노모와 어린것들까지 고사시켜 버려야 이 작자들 직성이 풀리려나? 뼛속 깊이 노여움이 치받쳤다. 그녀는 저도 모르게 떨리는 손에 힘을 실어 무릎 위의 백지 다발을 북북 찢어발기기 시작했다.

덜커덕 철문이 열리면서 남자가 다시 들어왔다. 발밑에 수북하게 구겨 던져진 파지들을 내려다보던 남자가 비아냥댔다.

"여기 당신네 사무실 업무일지 좀 가져왔거든. 이걸 보고 최근 1주일 치 개인일지부터 써. 당신 아주 일기 쓰는데 선수던데, 뭘? 근데 당신 집에서 가져온 건 하도 여러 권이라 최근 것만 내가 좀 추려서 읽고 있는데, 다 읽으면 이리 갖다주지. 당신 개인일지 쓰는데 중요한 참고가 될 거야. 그렇게 미련하게 종이나 찢고 있으면 이 방을 나가는 시간이 점점 늦어진다는 거 잊었나 봐? 심부름 다녀온 직원 말로는 집에 늙은 시어머니와 어린애들이 셋이나 있다던데 나 같으면 얼른 쓸 거 쓰고 나가겠어."

"뭐요? 지금 뭐라고 했어요? 우리집예요? 뭘 가져와요?"

"아니 통상하는 일인데 왜 그리 악을 쓰고 지랄야? 재수 없게."

"당신들, 어, 어떻게 그런 짓을……!"

진영은 터져 나오는 눈물을 내버려두고 두 손바닥이 아프도록 책상을 쾅당 쳤다. 이따위 세상에서 사느니 그냥 흔적도 없이 꺼져버렸으면…… 목울대가 막히도록 터져 나오는 통곡을 참으며 아드득 아드득 이를 깨물었다. 건넌방 경대 밑바닥에 숨겨둔, 이 세상 누구에게도 보인 적이 없는 일기장을 저희가 가져다 읽고 있다고! 또 집안을 엉망진창으로 뒤엎어 놓고 가택수색을 했겠지. 노인과 아이들이 얼마나 놀랐을까. 어찌 인간의 얼굴을 하고서 그런 만행을 할 수 있을까. 내가 뭘 했다고? 아무 죄 없는 여자 일기장을 송두리째 집어다 웃음거리로……

저녁 8시가 다 된 시각에 복도에 앉은 사람들 앞을 한참 걸어서 맨 끝에 있는 큰방으로 들어갔다. 그동안 복도에 앉은 사람들의 식사가 끝났는지 한구석에 먹고 난 식판이 줄줄이 쌓여 있었다. 막 식사를 끝낸 여나믄 명의 남자들이 방을 나가고, 혼자 텅 빈 긴 테이블 귀퉁이에서 밥을 먹는데, 문이 열리면서 머리가 희끗한 여자가 앞장 서 들어왔다. 세 명의 남자와 함께였는데, 문학지에서 자주 접하는 A여대의 문인교수들이 둘이나 있는 걸로 봐서 여자도 그 학교 교수일 것 같았다. 그 두 사람은 신문 문화면에 곧잘 얼굴이 오르내리는 유명 문학인들인데다가 남편과도 아는 사이들이어서 어느 모임에선가 진영과 인사를 나눈 적도 있었다. 그러나 일부러 그러는 것처럼 그들은 시선 한번 섞지 않았다.

그래도 여자가 한 사람 있다는 게 반가웠다. 목례를 보내는 그녀에게 나이든 여자가 나직히 한 손을 들어보였다. 넷은 좌정하더니 말없이 밥들만 퍼넣고 일어나 가버렸다. 저녁 늦게 화장실에서 식사 때 본 여자와 마주쳤다. 자기는 A여대 학생처장이라며 그녀가 어느 대학인지 물었다. C여대에서 온 행정직 과장이라고 대답하자 웃음기를 거두고 고개를 갸웃거린다. 유상옥 처장을 잘 안다며, 어떻게 그이가 안 오고 어린 사람을 보냈는지 의외라고 소곤거렸다. 자기네도 애초에 과장들까지 데려가려고 해서 자기가 갈 테니 다른 사람 건드리지 말라고 기관원에게 생난리를 쳤다고 했다. 하긴 학생소요를 지원한 학교에 대한 문책을 한다면 당연히 처장들이 왔어야 했다. 행정직을 동원한 건 그들이었으니까. 그녀는 서울지역에서 학생처장들이 다 붙들려왔다며, "유 처장 빽이 좋은가봐." 라고 빈정거렸다.

그날 밤, 그녀는 침구도 없이 매트 위에서 아침 식사 때까지 오그리고 잤다. 그 지경에서도 잠이 오는 게 신기했다. 둘째 날이 밝자 노골적으로 화두가 사표로 바뀌었다. 아예 인주 뚜껑을 열어놓고 사표를 쓰라고 재촉했다.

"집에 가보셨다니 아셨겠지만 전 지금 여러 목숨이 달린 가장이에요. 제게서 사표를 받으시려면 어디든지 비슷한 직장을 찾아주세요. 두말없이 쓸게요."

어떻게 괴롭혀도 버틸 결심을 했다. 보는 사람이 많아 적어도 서빙고처럼 손찌검은 못하리라는 계산이었다.

"이 여자가 아직도 정신 못 차리는군. 당신 자꾸 이러면 그냥 다른 데로 보내 버릴 거야. 곱게 집에 가고 싶으면 고분고분 쓰라구! 사표 안 쓰고 여기 나간 사람 있는 줄 알아?"

남자가 엄포를 놓았지만 그녀는 종일 입을 다물고 벙어리처럼 버텼다. 그가 오후에 일기장 다발을 옆구리에 끼고 들어왔다. 군데군데 갖가지 색깔로 꼬리표를 붙여놓은 일기장을 책상 위에 소리 나게 던져놓으면서 어울리지 않게 경어를 썼다.

"이봐요. 다 아실만 한 분이 왜 그러세요. 저 밖에 교수들 누구하나 버티는 사람이 있는 줄 알아요? 반응은 조금씩 다르지만 다 자진해서 사표 썼어요. 오늘 반은 나가요. 덤벼서 좋지 않다는 거 스스로 알기 때문에 다들 안 버텨요. 딱하네요. 이건 비상시국을 끌어나가기 위한 비상조치예요. 문제 있는 구성원을 배제하고 일사불란한 모습으로 돌아가자는 국가의 방침입니다. 여자분이 왜 이래요? 가장이라며 집에서 기다리는 노인 생각 안 하는 겁니까?"

"그 노인 생각을 하니 사표를 못 쓰는 건데요. 제발 가엾게 보시고 절 내보내주세요. 죽어도 사직원을 쓸 수는 없어요."

밤이 되자 그의 윗사람이라는 남자가 들어왔다. 40대 초반쯤 되는, 살이 찌고 약간 흉물스러운 주걱턱의 남자가 거들먹거리며 말했다.

"오, 사표를 죽어도 못쓴다는 괴물이 당신이야? 내 참 별꼴이군. 당신 어따 대고 앙탈이야? 전국에 대고 물어봐. 우리한테 와서 사표 안 쓰고 나간 사람 있나. 아마 후회할 걸. 괜히 서로 피곤하게 시간 끌지 말고 딱 쓰고 제꺽 나가요. 쓰기만 하면 이 밤에라도 집에 보내줄 텐데 애들 안 보고 싶나?"

남자는 상부 보고용이라면서 일기장의 수상한 구절에 붉은 줄을 그었으니 찾아서 번호를 매기고 그렇게 쓰게 된 사유를 자세히 쓰라고 독촉했다.

"오늘밤부터는 잠을 못 자니 그리 알아. 내일 오전까지 해결 안되면 다른 데로 넘길 거야. 거기선 이렇게 신사적으로 안될 걸. 팔다리 성하려면 여기서 냉큼 하라는 대로 하라구!"

그가 성깔을 부리며 문에 달린 부저를 누르자 늙은 담당자가 뛰어 들어왔다. 그에게 따귀라도 부칠 것처럼 괜히 발을 구르며 패악을 부렸다.

"이 여자 오늘 재우지 마. 1분도 안 돼! 여자 하나 못 다루고 당신 뭐하는 사람이야? 내일 안으로 이 여자 사표 받아! 못 받으면 당신 모가지야!"

뚱보가 나가자 얼굴이 벌개진 담당자가 도끼눈을 뜨며 덤볐다.

"당신 귀로 들었지? 그렇게 아둔하게 버텨 봐야 결국 당신 몸 다치고 후회할 거야. 영리할 거 같은 여자가 왜 이렇게 속을 썩여, 도

대체! 거기 가면 당신 같은 여자 백퍼센트 골병들어. 후회하지 말고 처신 잘하쇼. 데드라인은 내일 저녁이니까."

또 백지를 다발로 들이밀더니 그 알량한 매트를 아예 둘둘 말아 가지고 나가 버렸다. 왜 그 곤혹스런 세월에 그토록 간절히 일기를 썼던가. 끔찍한 낭패감이 밀려왔다. 세상에, 제 일기장에 해설을 써야 하다니! 어딘가로 보낸다는 말은 사실일까, 엄포일까. 생각만 해도 그녀는 온몸에 소름이 돋았다.

1974년 4월 16일 (화) 맑음

아마 그때가 첫 사건의 세 번째 공판이었던 것 같다. 세상을 호령하던 공안검사와 남편의 질의 답변을 그대로 적은 대목이었다. 거기선 메모를 못하니 암기해서 썼었다.

— 지금까지 한국문학은 반공 일변도였다면서 이런 문학은 빨리 휴지로 만들어야 한다고 했는데 그 의도가 뭔가?

— 나와 문학관이 다른 문학은 휴지로 만들겠다는 말이다.

— 뭣이 문학관이 달라? 이 사람 어떻게 하는 말이야? 똑똑히 대답해.

— 전체 글의 흐름은 따지지 않고 자꾸만 꼬리만 물고 늘어지지 말라. 그 글엔 한국문학에 대한 긍정적인 의견을 전제로 한 비판이 있다. 비판과 비방은 다르지 않은가? 한국문학을 비판 못하는가? 문학평론가가?

담당자가 밑줄을 친 건 이 문답 끝에 내가 쓴 코멘트였다.

법정은 웃음바다가 되었다. 사람들이 얼마나 마음으로 응원하고 있
는지 알 것 같네. 힘내요!

페이지를 뒤로 넘기다 "내 나이 서른. 6·25때 우리 남매를 데리
고 혼자 피난길에 나섰던 어머니 나이도 서른이셨다. 아버지도 없
이 우리를 업고 걸려서 홀로 피난을 나섰던 젊은 어머니도 나처럼
서러웠을 것이다……"라고 쓴 대목을 읽다가 주르르 누선이 터져
버렸다. 신경줄이 끊어진 것처럼 손바닥으로 입을 틀어막아도 터
져 나오는 오열을 그칠 수가 없었다. 소리가 밖으로 샜던지 담당자
가 놀라 뛰어 들어왔다. 방이 쩌렁쩌렁 울리도록 악을 쓴다.
"아니 이 여자가 미쳤나? 왜 한밤중에 귀신처럼 울고 난리야? 당
장 그치지 못해!"
어디서 그렇게 많은 눈물이 남아 있었나 싶었다. 세상의 끝을 본
것처럼 그녀는 넋을 놓고 펑펑 울었다.

"이봐 그쳐요, 그쳐. 할 말 있으면 말로 해. 오밤중에 이러지 말
구!"
"……왜, 왜 남의 일기장에 붉은 줄을 함부로 그어요? 이게, 이
게 뭐냐구요!"
그녀는 제 일기장을 힘껏 바닥에 내던지며 마주 악을 썼다. 두 볼
로 계속 더운 눈물이 흘렀다. 고개를 쳐들고 잡아먹을 듯이 남자를
올려다보았다. 내친김에 말이 술술 나왔다.

"무서운 데, 나 거기 보내 주세요. 실컷 두들겨 패세요. 당신들, 여자 하나쯤 간단히 죽여 없앨 수 있잖아요. 나, 죽어도 하나도 두렵지 않아요. 두고 봐! 이렇게 살 바에야 차라리 귀신이 되어서 당신들 한 사람 한 사람 밤이고 낮이고 따라 다닐 거니까!"

더 무슨 말을 했는지 기억도 나지 않았다. 미친 듯 울부짖는 그녀를 내려다보던 남자가 발을 구르며 문을 메다붙이고 방을 나가던 것, 먹먹한 귀에 벽 위의 높은 창으로 빗소리가 쏴아쏴아 바람을 싣고 넘어오던 것, 그런 기억들만 났다. 그녀와 바깥세상과의 통신은 오직 그 무심한 빗소리뿐이었다.

책상에 엎어진 채 잠이 들었나보다. 헌병이 철커덕거리며 문을 열더니 아침을 먹으란다. 놀라 일어나 복도로 나가니 그 많던 사람들이 그새 거의 빠져나가고 앉아있는 사람은 30여 명이 채 안되었다. 누워있던 사람들도 다 나가고 없었다. 썰렁하게 비어 버린 복도를 걸어가면서 진한 공포가 밀려왔다. 식당에는 A여대 사람들이 밥을 먹고 있었다. 눈짓이라도 하는 건 여전히 그 여자 처장뿐이었다. 일류 문학인입네 하는 인간들이 그녀가 무슨 저승사자라도 되는지 잔뜩 굳은 얼굴로 밥만 퍼 넣으며 아예 본 척을 안 했다. 아무려나 제 코가 석 자여서겠지. 그들도 기어이 사표들을 쓴 것일까?

세상이 어떻게 되어 가기에 멀쩡한 교수들이 잡혀 와서 모조리 중죄인들처럼 조용히 사표를 쓰고 나가는 걸까. 정동수 교수처럼 격렬히 항의하던 사람도 몇 없는 듯싶다. 그러던 그도 종국엔 사표를 쓰고 나갔지 않은가. 그녀는 불어터진 콩나물국밥을 억지로 목구멍에 퍼 넣으며 생각한다. 버틸 수 있을까? 어딘가로 보낸다는 건 엄포일까? 성한 몸으로 집에 돌아갈 수 있으려나? 하긴 거기서 개죽음을 한들 누가 알기나 할 것인가. 입천장이 부은 모양인지 음식이 닿을 때마다 눈물이 핑 돌았다.

붉은 줄을 죽죽 그어 놓은 일기장 갈피에 그들이 주문한 대로 번호를 매기면서 이틀 낮밤 내내 되지도 않은 설명을 써 나갔다. 함부로 썼다간 또 꼬투리를 잡을 것 같아 바짝 긴장하면서 평균적인 일상생활을 했다는 장광설을 늘어놓자니 그녀는 머리가 지끈거렸다.

점심을 먹으러 끝방에 갔다가 식사를 끝내고 나오는데 A여대 처장이 화장실 쪽으로 은밀한 눈짓을 보내기에 따라갔다.

"우린 어제 다 쓰고 저녁때 나가요. 급한 대로 이거 쓰실래요?"

그녀는 핸드백에서 속옷과 세면도구를 넣은 조그만 봉지를 꺼내서 건네주었다. 타올 한 장 없이 버티는 그녀가 딱했던 모양이다. 고맙다고 인사를 하고 돌아서는데 다리가 후들거렸다. 오늘밤, 혹시 다 나가고 저만 남는 건 아닌가 싶다. 저녁때가 되면서 복도가 수런거렸다. 헌병이 북어국과 밥이 얹힌 식판을 방으로 갖다준다. 식당을 닫는 모양이었다. 화장실에 갈 때 보니 남은 사람은 일곱 명이었다. 그래도 남은 사람이 있다는 게 그녀는 여간 든든했다.

다음날 밤, 채근하는 담당자를 따라 옆방으로 들어섰다. 자정이 넘은 시각이건만 수북한 서류 더미가 쌓인 책상에 주걱턱의 남자가 오똑하니 앉아있었다. 그가 성가신 물건 보듯이 탐탁지 않은 시선으로 그녀를 흘겨보며 말했다.

"당신 이제 선택의 여지가 없다는 거 알아, 몰라? 당신 살아서 집에 돌아가고 싶겠지? 좋아, 살고 싶으면 지금부터 여기다 내가 부르는 대로 받아써."

"……"

"쓸 거야, 안 쓸 거야? 확실히 말해!"

"……뭘 쓰는지 먼저 알려주셔야……"

"툭하면 울고불고 난리를 쳐서 지겨워죽겠단 말야. 눈 있으면 봤을 거 아냐. 다 조용조용 사표 쓰고 나갔잖아. 사람이 눈치가 있어야지. 여자가 몸 생각 안 해? 거기 가서 얻어터지면 당신 같은 여자가 살아날 거 같으냐구! 이거 우리가 엄청난 특혜를 주는 거니까 여러 말 말고 쓰라면 쓰는 거야. 싫으면 말구!"

정말 선택의 여지가 없을 것 같았다. 그녀는 숙였던 고개를 들고 힘없이 말했다.

"사표 대신 쓰는 거라면 쓰.지.요."

그가 구술을 시작했다. 한마디 한마디가 다 끔찍했지만 그녀는 더 생각하지 않기로 했다. 이를 깨물며 부르는 말들을 한 자 한 자 받아써 나갔다.

남편의 인격과 행동, 사상에 대하여 진정으로 비난한다, 차후에도 남편을 경계하며, 그의 선동에 절대 동조하지 않는다. 동조를 강요할 경우 반드시 출입 기관원에게 신고한다. 차후 1980년 5월 학생소요와 관련된 사항이 발각될 경우 즉시 사직한다. 어떤 경우에도 근무지 대학 소속 학생은 물론 타대학 학생과 공무 이외의 접촉을 하지 않으며, 차후 대학에서 근무하는 동안 근무 이외의 종교 및 사회단체에 일체 참여하지 않는다……

그 사항들을 엄수할 것을 서약하며 만일 이것을 위반한 행동을 할 경우 면직 등 어떤 조치도 감수한다……

별들의 감옥

"이건 우리가 영구 보관하는 당신 각서야, 알겠어? 여기서 삐끗만 해도 당신 모가지야. 상부에서 결재가 날지 아직은 모르지만 해보는 거야. 얼렁덜렁 써 던지고 행실은 여우같이 제멋대로 할 생각했다간 당장 이리 불려올 거니까, 알겠어?"

그녀가 쓴 종이 아래 날짜와 이름, 생년월일을 쓰고 시키는 대로 인주를 듬뿍 찍어 무인을 찍는데 고였던 눈물 한 방울이 하필 그 종이 위에 뚝 떨어졌다.

"아, 이 여자 끝까지 재수 없네. 어디다 함부로 눈물! 얼른 닦지 못하구 뭐해!"

그 자가 뽑아서 건네주는 휴지로 그녀는 얼룩을 조심스레 닦았다. 각서를 받아든 그는 상부의 결재가 날 때까지 옆방에 대기하라고 했다.

그러고도 만 하루 반을 그녀는 그 방에서 콩나물국밥, 북어국밥을 교대로 먹으며 내보내준다는 소식을 뜬눈으로 기다렸다. 엿새째 그녀가 그 육중한 철문을 나설 때 복도에는 아무도 남아 있지 않았다.

1980년 7월 24일부터 29일 밤까지의 5박 6일, 그녀가 결코 눈감는 그날까지 잊을 수 없을 연옥의 시간들이 그렇게 끝났다.

두 번째 실수

　어두운 실내를 천장의 현란한 빗살무늬 조명이 번뜩이며 퍼져나
가고 있었다. 빠른 템포의 전자음 선율에 맞춰 고개를 끄덕이는 이
들은 대부분 빨강이나 초록빛, 보라빛으로 머리를 물들인 아이들
이다. 맞은편 벽에 걸린 장 미셸 바스키아의 낙서 같은 판화에 아
까부터 시선을 모으고 있던 그녀는 그만 일어서야겠다고 생각했
다. 젊은 애들 틈에 이물질처럼 끼어 앉은 어색함을 그만 벗어나고
싶었다. 벌써 약속 시간에서 사십 분이 지나고 있었다. 이상했다.
지금까지 꾸준히 만남을 거르지 않았던 병호였다. 이번 주 약속을
깨끗이 바람 맞출 모양이었다. 이제 두 달 남았는데…… 두 달만
무사히 견뎌내면 병호는 자유의 몸이 되는 것이다.
　어제 종일 물 한 잔 마시지 않고 캔버스 앞에서 버텼기 때문인지
마음과는 달리 몸이 나른하게 가라앉았다. 그렇게 캔버스 앞에서
시간을 까먹다니. 아이들을 상담하고부터 문득문득 멍해지는 버릇

　　　　　　　　　　　　　　　두 번째 실수

이 생긴 그녀였다. 상담을 맡은 아이들을 아예 자기가 갓 낳아서 잃어버린 핏덩이로 착각하는 건 아닐까, 그런 망상까지 들곤 했다.

3년 전, 우연히 어느 성당 앞을 지나다가 포스터 하나를 보게 되었다. 비행청소년 자원봉사 교육프로그램이었다. 홀린 듯이 성당 안으로 들어갔었다. 별 망설임 없이 수강등록을 하고 공부하기 시작했었다. 신문에서, 텔레비전 뉴스에서 비행청소년이 몇 만 명으로 늘어났느니, 해가 갈수록 비행 정도가 흉포해 지느니, 하는 이야기를 접할 때마다 그녀는 곧잘 며칠씩 잠을 설치곤 했었다. 비행을 일삼는 아이들의 대부분이 부모의 보살핌이나 사랑을 제대로 못 받고 자란 데 원인이 있었다는 이야기를 처음 들은 건 아니다. 다만 자기 자신도 그런 아이들을 만든 죄인 가운데 하나라는 자책감이 그녀를 가슴 아프게 했다. 그런 말을 들을 때마다 세상 사람들이 소리 없이 자기를 질타하는 듯한 착각이 들곤 했다.

자원봉사자에 대한 기본 교육은 꼬박 두 달이 걸렸다. 기본 교육이 끝나고 심화 교육이 더 길게 이어졌다. 오랫동안 상담을 해 온 사람들의 경험담을 듣고, 심리학자나 전문 상담사들이 실습을 시키기도 했다. 그녀는 아이들 이야기가 있는 그곳이 좋았다. 아이가 통 말을 안 들어요. 전 우리 애를 이해하기 위해서 여기 왔어요. 거기 온 젊은 엄마들은 곧잘 그런 말을 했다. 내가 젊은 날에 이런 공부를 했다면 딸애를 그렇게 마음 아프게 하지 않았을 거예요. 공부하면서 꼭 벌을 받고 있는 기분이 듭니다. 초로의 한 수강생이 그런 말을 하기도 했다.

한번 발을 들여놓고 보니 계속 여기저기 강의를 들으러 다녀야

별들의 감옥

했다. 두 해가 지나자 보호관찰소에서 상담을 맡겨 오기 시작했다. 마침 오랜만에 동창들과 판화 그룹 전시회를 준비하고 있었기 때문에 몸과 마음이 지쳐있었고 시간도 쪼들렸지만, 그녀는 처음으로 자기가 헤어진 아이에게 떳떳한 일을 하는 것이라고 생각되어 용기를 냈다. 물론 모든 자원봉사는 무료였다. 보수는커녕 오히려 부모를 상담한다든가, 아이와 정기적인 만남을 하면서 소소하게 쓰이는 점심값, 차값은 봉사자의 부담이었다. 개인 작업에 몰두한답시고 10여 년 다니던 교사직을 접은 후 그녀도 그리 넉넉한 처지는 아니었다. 2, 3년에 한 번씩 판화전을 열어 얻는 수입만으로는 작업실을 꾸려나가기가 벅차 다시 입시 학원 파트타임을 뛰는 중이었다. 그래도 그녀는 아이들한테 드는 돈만큼은 아깝지가 않았다.

그녀가 보호관찰소를 통해서 병호를 맡게 된 것은 지난해 여름이었다.

병호를 맡기 전에 그녀는 약물 중독으로 소년원에서 온 고교 1학년생을 처음으로 석 달 동안 상담했었다. 병호는 두 번째 아이였다.

학교들은 골치 아픈 애들을 포기하고 싶어 하죠. 크고 작은 폭력 조직들은 이 쫓겨 난 아이들을 먹이로 해서 자라요. 일단 그 울타리로 들어가면 약물에 길드는 게 정석입니다. 코데인, 본드, 필로폰, 코카인…… 이런 약물들에 밝지 않고는 요즘의 소년범을 다룰 수 없다고 아이를 책임 맡은 보호관찰관은 말했었다.

눈동자부터 달라요. 눈꼽이 낀 동공은 풀려 있고, 그만 나이의 소

두 번째 실수

년다운 거칠음이 사라져 얼른 보면 선량하기 그지없죠. 만사가 나른하달까, 동작이 느슨한 대신 어딘지 불안정해요. 좀처럼 반항하지 않고 네, 네, 해버리는 것도 이런 애들 특징입니다.

아이들은 약물에서만 확실히 벗어나면 겉모습은 몇 주일 안에 제 모습을 찾았다. 그래도 느슨했던 생활 습관만은 오래오래 찌꺼기를 남겼다. 철석같이 약속은 약속대로 해 놓고도 오관이 늘쩍지근한지 실천을 못했다. 제일 쉬운 것부터 하는 거야. 밤 12시에는 꼭 잠자리에 들기. 어때, 할 수 있니? 좋아요. 약속할게요. 담배를 피우니? 하루에 몇 개비? 열 개비쯤요. 그럼 하루 한 개비씩 줄여 보지 않을래? 이번 주엔 매일 아홉 개비만 피운다고 약속해 줄래? 네가 성공하면 좋아하는 영화 보여줄게. 좋아요. 해 보죠. 그러나 약속은 좀처럼 지켜지지 않았다. 그리곤 약속 따윈 없었다는 듯이 다시 약물에 엉켜 들었다. 큰 낭패를 볼 것 같은 조바심에 그녀는 보호관찰소에 상황을 보고하고 스스로 상담을 중단했었다.

병호는 그런 애들과는 구분이 되었다.

17세. 177cm, 55kg. 중학교 3학년 중퇴, 퇴학 사유 — 교사 폭행.

병호를 만나기 전에 보호관찰소에서 받은 신상 메모를 보다가 그녀는 깜짝 놀랐다. 그녀가 다니던 여학교에서도 비슷한 일이 일어난 적이 있었다. 그곳 교사들은 그 일을 '핸드폰 사건'이라고 부르며 두고두고 분개하곤 했다. 핸드폰을 압수당하고 항의하는 학생에게 체벌을 가하던 교사가 그 학생에게 교실에서 흠씬 구타를 당했었다. 바로 곁에 43명의 학생들이 있었는데 말리기는커녕 빤히

별들의 감옥

구경하더라고 했다. 결국 벌집 쑤신 듯 시끄럽던 며칠 후, 학교는 그 학생을 퇴학 처분했다. 내 학교에 붙은 불을 일단 끄고 보자는 그런 결정이 온당하다는 생각은 들지 않았다. 그런 일이 생기면 학교는 으레 두 갈래로 나뉘어 시끄러웠다. 교사들은 그 학생이 평소에도 불온했다고 열렬히 성토를 하고, 학생들은 평소에도 그 교사가 너무 심했다고 입을 모아 수군댄다. 그녀는 10년 교단생활에서 겉으론 조용해 뵈는 학교 안의 그 두 블록 사이가 딴 세상처럼 골이 깊다는 사실이 늘 놀라웠다.

사회에서 붙인 병호의 죄명도 퇴학당할 때처럼 여전히 폭행이었다. 여자관계로 싸움 끝에 같은 또래 아이에게 턱뼈 골절을 입힌 죄로 소년원에서 장기 보호관찰을 선고받고 있었다.

보호관찰소에서 병호를 인계받던 날의 모습을 그녀는 잊을 수가 없다. 검정 줄무늬가 있는 낡은 티셔츠에 무릎께가 쑥 튀어나온 허름한 고동색 바지. 진흙탕을 쑤시고 다닌 듯한, 지저분한 운동화. 머리칼을 꽃밭처럼 물들이고 유명 상표를 밝히는 또래 아이들과는 거리가 먼 그 애의 입성은 무척 초라했다. 열일곱짜리 같지 않은 애늙은이처럼 보이기도 했다. 정작 본인은 제 차림새에 별반 마음을 쓰지 않는 눈치였지만.

꺼정한 키에 짧은 머리, 말을 아끼는 꽉 다물린 입술과 각진 턱. 마른 몸매에 비해 골격이 굵은 두 손을 얌전히 포갠 채 그 애는 그녀를 쳐다봤다. 그 무심한 듯한 시선에 끈적하게 고여 있는 사나운 적개심을 읽으면서 그녀는 가슴이 막혀 오는 느낌이었다.

첫날 병호는 통 입을 열지 않았다. 아이는 모든 것을 포기한 듯한 절망감에 사로잡혀 있었다. 누가 자기를 맡았든 관심도 없어 보였

　　　　　　　　　　　　　두 번째 실수

다. 헤어지기 전에 그녀는 용기를 내서 별렀던 물음을 던져 보았다.

"어젯밤에 병호의 기록을 모두 읽었어. 중학교 때 선생님을 구타했다고 쓰여 있더군. 나도 중학교에서 가르쳐 봤는데, 그런 애들은 거의가 선생님께 체벌을 받다가 참지 못하고 덤비곤 하던데, 병호도 그런 거였어?"

약간 어깨를 움찔했을 뿐 시선을 책상에 떨군 채 입을 꾹 다물어 버리는 그 애를 보면서 그녀는 아차, 싶었다. 그러나 이왕 내친김이었다.

"괜히 다 지난 이야기를 들춰내서 미안해. 그렇지만 나는 병호가 그 일에 대해서 어떻게 생각했는지, 그 일은 왜 일어났는지 꼭 자세히 알고 싶어. 오늘이 아니라도 좋으니까 한번 그 이야기를 나한테 들려줄래?"

병호는 무엇인가 아주 골똘히 생각에 잠겨 그 말을 듣고 있었다. 기분이 상한 것 같지는 않았다.

"날 그냥 마흔 살 된 옆집 아줌마라고 생각해. 병호가 싫어하지만 않으면 난 계속 이렇게 반말을 쓰고 싶어. 상담선생이라기보다 그냥 병호네 엄마 아는 사람, 아니면 가까운 친척 아줌마쯤 생각해 줬으면 해. 뭐든지 말해도 들어주고 뭐든지 도와 달라면 도와주는 해결사 같은 아줌마 있지? 직업은 그림쟁이. 서양화를 그리는데, 요즘은 판화를 만들어 팔고 있어. 시집은 못 갔어요. 중학교 때 미술시간 어땠어? 미술시간에 장 미셸 바스키아 이야기를 해주면 아이들이 아주 좋아하던 걸. 젊어서 죽었지만 아주 재미있는 흑인 화가야. 종로에 가면 그 사람 그림들을 걸어 놓고 신나는 음악을 들려주는 곳이 있어. 다음 주일엔 아줌마하고 종로로 한번 나가 보자. 어때?"

병호의 침묵이 마음에 걸려 그녀는 일부러 수다를 떨었었다. 아이는 시큰둥하게 듣고 있었지만, 경계심도 늦추지 않는 눈치였다. 그런 딱딱한 모습이 원래의 천성인지, 요 몇 년 어렵사리 겪어 온 일들이 그 애를 그렇게 만들었는지는 알 길은 없었다. 아이는 주눅 들린 것처럼 도무지 자유롭지 못했다.

굳세게 입을 다물었던 병호가 결심한 듯이 입을 연 것은 몇 주일이 흐른 다음이었다.

"난요, 아줌마가 퇴학 이야기를 물었을 때 놀랐어요. 어, 이 아줌만 좀 다르네, 하구요. 믿지 않으시겠지만 그걸 물은 사람은 지금까지 한 번도 없었거든요. 그 일로 반성문 쓰고, 벌서고, 불려가고…… 다 합하면 아마 스무 번쯤 했을 거예요. 그런데 그때 왜 그런 짓을 했냐고 물은 사람은 아줌마가 첨예요."

"그래애? 이상하구나. 아니 그 사람들 제일 중요한 걸 안 묻고 뭘 묻던?"

"사실 아무것두 안 물어요. 그냥 야단부터 쳐요. 머리에 피도 안 마른 놈이 어떻게 그런 짓을 할 수 있냐, 비뚤어져도 한참 비뚤어졌구나. 반성문 써! 그러죠."

"반성문에는 그래도 자세한 이야기를 썼겠지?"

"첨에 조금 썼더니 이게 반성문이냐? 너 반성문이 뭔 지두 모르냐? 뎁다 혼내고 박박 찢어버렸어요. 그다음부턴 무조건 잘못했다고만 썼어요."

"넌 무슨 말을 쓰고 싶었어? 왜 선생님을 때린 건데?"

두 번째 실수

"담임선생님이 먼저 애들 앞에서 날 엄청 때렸어요. 잘못한 거벌 주느라구 때리는 거 초등학교 때부터 우리 숱하게 터져 봐서 아무렇지두 않아요. 그런데 이건 달랐어요. 말하다가 화가 나서 다짜고짜 따귀를 쳤어요. 굉장히 아팠어요. 두 번째 코피가 터졌는데도 세 번째 손이 날쌔게 오더라구요. 그때 눈이 확 뒤집힌 거예요. 정말 죽여버리고 싶었어요. 난 잘못한 게 아무것두 없었거든요."

"평소에 너 담임선생님께 서운한 게 많았니?"

"어릴 때부터 선생님들이 나 무시한다구 생각한 적은 많았어요. 그렇지만 내가 공부두 잘 못하고 내라는 것두 빨리빨리 못 내구 하니까 신경질 나서 그럴 거라구 생각하구 늘 참았어요."

"성적이 많이 나빴니? 너 요전에 보니까 글씨를 아주 잘 쓰던데…… 중3 땐 막 놀았었나보지?"

"성적은 늘 별루였어요. 한 40등쯤 하다가 고등학교에 가고 싶어서 그때 첨으루 좀 열심히 해보는 중이었어요. 돈 내구 시험치는 게 있었는데……무슨 학원 시험지였어요. 아침 조회 끝나구 나서 그거 신청이 언제까지냐구 물었더니 담임이 아예 대답을 안 하구 딴 소릴 하는 거예요. 돈 내구 치는 시험은 늘 빠졌기 때문에 아예 사람 취급 안 한 건데 난 몰랐죠. 난 그냥 애들이 떠들어서 못 들은 줄 알았어요. 그래서 가까이 가서 다시 물었죠. 담임이 대번에 빈정대더라구요. 야, 니 주제에 시험지 타령은 왜 하냐? 하구요. 첨부터 열 받았죠. 왜요? 그랬죠. 그랬더니 웬일이냐, 네가 그 시험을 보게? 야, 꿈 깨라. 네가 그 시험 반이라두 맞추면 내가 이 손에 장 지진다, 웃기지 좀 마라, 그랬어요. 애들이 와 웃었어요. 너무나 창피했어요. 눈물이 확 쏟아지는 걸 참고, 맞추면 어쩔래요? 소릴

별들의 감옥

질렀죠. 너무 크게 소릴 질러서 애들이 조용해졌는데 담임이 확 웃더라구요. 야, 이 자식아. 니가 반을 맞춰? 맞추면 내가 사표 쓰겠다! 그 말이 떨어지니까 애들이 책상을 치면서 와와 더 웃는 거예요. 나도 그땐 이판사판이었어요. 엄청 소릴 질렀죠. 목숨 걸고 맞출 거예요, 그땐 꼭 사표 쓰세요!"

"담임선생님이 정말 화났겠구나."

"미치더라구요. 뭐야, 이 새끼! 하면서 쫓아 와서 따귀를 치기 시작했어요. 다섯 번 여섯 번……독기가 나서 그런지 진짜 아팠어요."

"참았어야 했는데……"

그녀는 얼떨결에 그런 말을 했다.

"내가 말예요?"

"둘 다 그렇잖니? 니가 참든지, 선생님이 참든지 둘 중 하나만 참았어도……"

"또 손바닥이 오는데 얼른 보니 옆에 청소 때 쓰는 대 빗자루가 보여요. 나두 모르게 그걸 거꾸로 빼 들고 담임을 후려쳤어요. 애들이 질리더라구요. 그다음은 어떻게 됐는지 몰라요. 빗자루 쥘 대가 담임 팔에 맞으면서 안경이 부서진 것 하구 담임이 발길로 나를 걷어찬 것까진 기억해요."

"아이들이 말렸겠지?"

"내가 책상 모서리에 부딪쳐 넘어지면서 애들이 와아 모두 일어났었죠. 담임은 팔뼈에 금이 갔대요. 난 머리 껍질만 좀 까졌더라구요. 아픈 줄도 몰랐어요. 나중에 내 짝이 그랬어요. 꼭 영화 같았다구요."

두 번째 실수

가슴에 막혔던 물꼬을 터뜨린 아이는 상기된 두 볼을 쓸며 멋쩍어 했다. 그녀가 컵에 물을 부어주자 아이는 커다란 유리잔에 담긴 물 한잔을 단번에 비웠다.

"이런 얘기하기 싫었지? 하기 어려운 이야기를 들려줘서 고맙다. 그리고 네가 후회한다니 더 고맙고."

"창피하죠. 내가 공부 못한 게 원인은 원인이었잖아요."

"그렇지만 네가 정말 후회했다면 이번 일을 안 일으켰어야지. 난 그게 아쉽다."

카페를 나선 그녀는 명동 입구를 향해 걷기 시작했다. 나온 김에 인사동으로 가서 몇 군데 화랑이라도 돌아보고 싶었지만, 오늘은 미수에게 들려 보기로 했다. 가출소녀를 도와주는 〈청소년 쉼터〉도 들려볼 생각이었다. 병호와 달리 부모와의 갈등으로 집을 나온 미수의 경우 가족 상담을 전문 상담사에게 의뢰해 보고 싶었다.

아직 해가 남았는데도 이 골목 저 골목에서 쏟아져 나온 젊은이들이 물결을 치며 밀려가고 있었다. 분을 하얗게 바른 여자애들은 비슷한 모양으로 눈썹들을 밀고 긴 생머리를 바람에 펄럭이며 걷고 있었다. 남자애들도 하나같이 허여멀끔해 보여 영화 속의 멋쟁이들 같았다. 색색 가지 배낭들을 메고 건물 옆에서 왈칵왈칵 쏟아져 나오는 아이들은 바쁘게 또 어디론가를 향해 사람들 사이를 쑤시고 지하철 입구로 쏟아져 들어갔다. 바글대면서 옆구리를 툭 툭 치고도 아무도 미안해하지 않았다. 모두가 바빠 보였다. 피웅피웅 귀에 익은 전자음을 뿜어내는 전자오락실들이 두 집 건너 하나다. 열린 문 안엔 푸른 섬광이 넘실대고, 아이들은 끊임없이 들락거리고 있었다.

병호는 뭘 하느라고 상담을 거른 걸까. 전자오락실에서 게임이라도 하는 걸까? 문득 며칠 전 병호와 나눈 이야기가 생각났다. 아줌마 〈캠퍼스 블루스〉 알아요? 그게 뭔데? 선생들 쥐 패는 게임이거든요. 학교 끝나면 애들이 그거 하러 떼로 몰려가요. 나두 몇 번 따라 갔는데 한바탕 두들겨 패고 나면 캬, 스트레스 확 풀린다구요. 게임당 200원이거든요. 2인 1조 패싸움으로 둘이서 선생 하나를 쥐 패서 죽사발 만들어요. 맙소사, 선생 패는 게임이 있단 말야? 자기가 미워하는 선생 이름을 부르면서 하는 애들도 많아요. 선생들이 우릴 잘 패잖아요. 우리도 패는 거예요. 피장파장이죠.

병호 이야기를 듣고 놀라 인터넷을 뒤져 봤다. 옛날에 유행하던 일본 만화 이름을 본딴 전자오락 게임인데, 애들 세계에서 폭발적으로 유행한다고 했다. 학교 주변 오락실의 최고 인기 품목이란다. 〈매맞는 교사 대책 시급하다〉라는 제목의 그 기사 끝에는 각계 인사들이 이런 몹쓸 방법까지 동원해서 장사를 해야 하는가, 하고 경우 어긋난 상혼을 나무라고 있었다.

병호의 퇴학 이야기를 들으며 그녀도 생각나는 것이 있었다. 얼마 전 출산 대체강사로 수업을 하러간 어느 중학교에서였다. 교무실 한쪽 벽에 주욱 세워진 철제 캐비넷이 모조리 열려 있고 그 칸마다 머리를 처박고 엉덩이를 밖으로 세운 채 열서너 명의 남자아이들이 매를 맞고 있었다. 40대로 보이는, 어깨가 떡 벌어진 남자 교사는 직사각형의 출석부를 들고 내밀어진 엉덩이를 돌아가며 철썩철썩 별로 힘도 들이지 않고 치고 있었다. 옆에 있는 교사들은

두 번째 실수

책상에 코를 박고 열심히 책을 뒤적이면서 아예 관심도 없었다. 서너 순배씩 떡치듯 엉덩이 치기를 끝낸 남자 교사는 히죽거리며 애들에게 호령을 하더니 휑하니 교무실을 나갔다. 얌마, 니들 저기, 나올 때까지 꿇어앉어! 머리 아래루 처박구! 아이들은 사타구니 깊숙이 얼굴을 박고 교무실 마룻바닥에 무릎을 꿇었다. 그런 광경은 교사 시절에도 익히 보아온 것들이었지만 그렇게 논란이 많은데도 아직도 이러는구나 싶어 더 놀라웠다. 거기 어디에 병호가 있었겠지. 그렇게 조금씩 조금씩 굴욕을 쌓아가던 어느 날 느닷없이 폭발해버린 거야. 재빠른 장사치가 그런 애들의 복수심을 부추기며 〈캠퍼스 블루스〉를 고안해서 떼돈을 버는 거겠지.

명동 입구에서 성당으로 뻗친 길을 반쯤 오른 그녀는 오른쪽 골목길을 기웃대며 미수가 일하는 집을 찾기 시작했다. 미수는 학교를 쫓겨난 병호가 주먹다짐을 해 가며 약물 소굴에서 빼내고 싶어 했던 여자 친구다. 병호에게 얻어맞고 턱뼈를 부러뜨린 상대는 중학교 때부터 미수를 거머리처럼 따라다니던 불량배라고 했다. 미수는 그 애들과 어울려 철없이 본드를 마셨던 적이 있었는데, 한번 약점을 잡은 아이들이 미수를 놓아주지 않았다고 했다. 본드 마신 일이 터지면서 미수는 정학을 맞았고, 뒤늦게 가까스로 중학교 졸업장을 받기는 했지만, 고등학교 진학도 못했다.

미수는 가없은 애예요. 그 앤 집에서 사람 취급도 못 받아요. 1년 전에 집 나와서 룸살롱 나가요. 그럼 그 애는 지금도 약물하니? 안 하기로 약속했어요. 그렇지만 가끔 조금씩은 하는 것 같애요. 너두 그런 적 있니? 난 그런 적 없어요. 아줌만 내가 퇴학이나 맞구 하니까 양아친 줄 알죠? 저도 모르게 말끝이 올라갔다. 병호도 누구에겐가 인정받고 싶어 하는 열일곱 살짜리 소년이라는 것을 가끔 놓친다. 아직도 걷잡을 새 없이 욱하는 성질이 있었지만 조금은 좋아지고 있다는 믿음이 갔다.

미수가 있다는 〈카사노바〉는 큰길에서 쑥 들어간 후미진 곳에 있었다. 지하로 내려가 문을 밀치니 카운터 뒤로 복도를 끼고 대여섯 개의 방이 칸칸이 붙어 있는 좁은 홀이 나왔다. 조명은 어둑한데 아직 이른 시간이라 그런지 한산했다. 그녀는 방에 자리를 잡고 맥주를 청했다. 미수가 알려준 번호를 대니까 5분도 안돼서 쟁반에 찬 맥주를 받쳐들고 미수가 들어왔다. 가슴이 팽팽하게 드러난 검정 셔츠 위로 허리께까지 금빛으로 물들인 긴 머리칼을 내리 덮고 꼭 끼는 검은 바지를 입은 모습이 무척 요염했다. 미수는 놀라지도 않고 생긋 웃어 보였다. 두어 달 전, 병호가 일하는 분식집 근처에서 잠깐 봤을 때와는 달리 화장도 진해졌고 이런 직업에 자리가 잡힌 모습이었다. 열일곱 가출소녀로 보기에는 너무도 성숙한 느낌이 들었다. 미수가 익숙하게 잔에 맥주를 부으며 먼저 물었다.

"아줌마가 여긴 웬일이세요?"

"미수에게 용건이 있어서요. 병호는 오늘 나하고 약속하고 안 나왔던데, 무슨 일 있대요? 방금 종로에서 허탕치고 오는 길이거든요."

"병호 엄마가 아파요, 걔네 집 힘든 거 알죠?"

"생활이 어렵다는 건 알지만⋯⋯"

"아버지가 알코올 중독이잖아요. 팔 다치고부터 그렇게 됐대요. 걔네 엄마 매맞는 엄만 것도 모르나요? 하, 그러고 보니 걔네도 만만치 않은 콩가루 집안이네."

두 번째 실수

"어머니가 많이 편찮으신가요?"

"건 나도 몰라요. 그저껜가 〈오복〉분식에 전화했더니 거기 아저씨가 그러더라구요."

"알았어요. 그런데 내가 미수 부모님을 한번 뵈면 안 될까? 미수의 희망을 부모님께 전하고 부모님이 이해하시도록 해볼게요."

"햐아, 어떻게 그런 희한한 생각을 하셨어요? 아줌마 되게 한가한가 봐요. 진짜 웃긴다."

미수는 숫제 깔깔 웃었다.

"부모님 보고 싶지 않아요?"

"아줌마, 울 아빠가 어떤 위인인지 알아요? 울 아빠, 내가 첨에 집 나갔다 일 쳐서 짭새가 전화하니까 난 그런 애 자식으로 둔 일 없다고 했던 사람이에요. 까짓 거, 이젠 나도 그런 아빠 둔 일 없다 치고 살면 되니까 괜히 시간 낭비 마세요."

"미수 섭섭한 마음 이해하지만, 그래도 이건 잘못이에요. 미수는 다른 애들보다도 좋은 환경을 가졌잖아요. 미수가 조금만 노력하는 모습을 보이면 아버지께서도……"

"아줌마, 이젠 막 설교하시네. 술맛 떨어지게 자꾸 그러시면 저 나가요."

"아버지 언제 만났어요?"

"울 아빠 요새 이거 생겨서 바쁘대요. 엄마는 캡빵 뿔났구요. 엄만 그런데 도사였는데, 이번엔 좀 다른가 봐요. 이게 우리 언니보다도 어리거든요."

미수가 오른손을 들어 새끼손가락을 까딱거리면서 요염하게 웃었다.

"요즘도 약 쓰는 거 있어요?"

"피부에 나쁘다구 해서 안 해요. 화장이 잘 안 받더라구요. 기분은 짱인데, 뒤끝이 안 좋아요. 아줌만 병호 상담하는 거지 내 상담하는 거 아니잖아요. 신경 끄세요."

"병호가 걱정하는 거 안돼 보여서 그래요. 미수도 병호 좋아하죠?"

"걔가 그래요? 하, 개 진짜 사람 웃기네. 속 터질 때 가끔 같이 술 먹고 놀아준 게 전부예요, 어릴 때요. 나 인제 개 별루예요. 애가 짜증나는 거 있죠. 하구 다니는 것두 넘 구리잖아요. 어머 시간 다 됐네. 요새 열 올리는 아저씨가 있는데요, 잘 꼬셔서 나, 여길 뜰 거예요. 벌써 왔겠다. 그럼 아줌마 또 봐요."

말갈기 같은 긴 머리카락을 펄렁거리며 미수는 방을 나가버렸다.

이튿날은 아침부터 치덕치덕 비가 내렸다. 간밤에 꾼 꿈이 징그러운 벌레처럼 뇌리에 감겨 지워지지 않았다. 서부 영화에나 나오는 아득한 벌판을 병호와 둘이서 달려가고 있었다. 사자인지 산돼지인지 여하튼 사나운 짐승이 무섭게 쫓아오고 있어 뒤도 못 돌아보고 마구 도망치는 중이었다. 그녀가 기를 쓰고 달리는데, 발이 말을 듣지 않는지 병호가 자꾸 기우뚱거렸다. 기운을 내. 빨리 달려. 빨리! 꿈속에서 그녀가 병호를 흔들며 악을 썼다. 그런데도 병호는 더 비틀거리고 넘어져 뒹군다. 순간 짐승이 덮쳐들더니 병호를 덥석 물어뜯는 게 아닌가. 너무나 무섭고 슬퍼서 흐느껴 울면서 소리를 쳤었다. 사람 살려요! 사람 좀 살려요! 퍼뜩 놀라 눈을 떠보니 꿈이다. 무척 서럽게 울었던 모양으로 양볼에 눈물이 흥건했

두 번째 실수

다.

미수를 찾아갔다가 무참하게 깨지고 만 서글픔이 꿈이 되었던가. 돌아오면서 저리던 명치께가 끌로 쑤시듯 다시 아팠다. 병호가 정말 자기 피붙이인 양 가엾지만 아무 도움도 못 주는 것이 답답했다.

아파트 창문으로 닥지닥지 지붕을 맞댄 아랫마을이 뿌옇게 물안개에 싸인 모습이 보였다. 꼬불꼬불 마을 한가운데를 휘젓고 지나간 골목길이 가르마처럼 하얗게 비인 채 비를 맞고 누워있다. 옆에 하늘 닿는 고층 아파트가 섰건 말건 이마를 비비며 납작하게 엎드린 구시가의 정경이 손에 닿을 듯 가깝다. 무심히 잠에 취해 있는 작은 집들을 그녀는 하염없이 내려다보았다.

그녀는 불현듯 병호가 보고 싶었다.

미수를 잊어버려. 네 힘으론 고쳐지지 않아. 냉정해야 해. 세상에는 너무나 너를 노리는 덫이 많아. 거기 다시는 걸리면 안 돼. 하구 다니는 것두 넘 구리잖요. 미수의 방자한 음성이 귓가에 생생하다. 그녀는 병호가 안게 될 배신감이 고스란히 느껴져 가슴이 아팠다.

그녀는 곧이곧대로 자기가 살아온 이야기를 병호에게 해 줄 수 없는 것이 안타까웠다. 누구에게도 입 밖에 내본 적이 없는 이야기다. 사내아이를 낳았었어. 살았다면 너만큼 컸을 거야. 그이가 교통사고로 그렇게 비명에 가지만 않았더라면 나도 좋은 엄마로 살 수 있었단다. 부모가 반대하는 결혼을 당당히 해 보이려고 잉태를 서둘렀건만 그 아이가 태어나기도 전에 남자는 저세상으로 가버렸다. 죄 없는 핏덩이를 강제로 그녀에게서 떼어내 어디론가 보내버

별들의 감옥

린 자기의 부모를 그녀는 용서할 수 없었다. 그렇게 해야만 딸의 미래가 감쪽같으리라고 믿었던 부모보다 더 용서할 수 없는 건 소중한 생명을 그렇게 무기력하게 빼앗겨버리고도 삶을 이어온 그녀 자신이었다. 목숨을 건 난산을 겪었지만 아이 얼굴은 보지도 못했다. 갈기갈기 찢겨 죽어 없어지고 싶기만 했던 날들. 몇 달씩, 몇 년씩 붓을 팽개치고 목놓아 울었었다. 어느 하늘 아래선가 어미를 찾아 헤맬 한 생명을 놓아두고 영원히 세상을 등진다는 것이 또 하나의 죄를 짓는 것이라는데 생각이 미쳤을 때, 그녀는 다시 캔버스 앞에 억척스레 앉았다. 살자. 살아 있어야 한다. 찾아야 한다. 찾기 전에는 죽을 수 없다. 그 애를 기어코 찾아서 엎드려 빌 거다. 너를 버린 적 없어. 그건 내 뜻이 아니었어. 매일, 순간마다 널 찾는 꿈을 꾸었단다……

그 후 줄곧 아이를 찾기 위해서 입양기관들을 찾아 헤맸지만 헛수고였다. 생모를 보고 싶어 찾아왔다는 입양아들의 사연이 신문 기사에 오를 때마다 해갈 들린 사람처럼 신문을 구석구석 살폈었다. 결국 15년이 지나도록 그녀는 그 아픈 기억에서 한 치도 벗어나지 못한 채 살고 있다.

병호는 요즘 몰라보게 명랑해지고 있었다. 제법 농담을 걸 때도 있고 곧잘 능청을 떨기도 했다. 병호 너 미수한테 너무 기우는 거 아냐. 너흰 아직 어리니까 너무 앞으로 나가지 않도록 해. 남녀관계는 잘못하면 인생 망쳐. 아, 싫어. 그런 설교는 집어치세요. 귀를 막는 병호. 아줌만 그러니까 시집도 못 간 거예요. 네 말이 맞아. 우리 부모님 지독하게 완고하셨어. 글쎄 내가 동네 애들하고 잠깐

두 번째 실수

마주치기만 해도 그 애를 찾아가서 일장훈시를 하셨단다. 그래서 시집을 못 갔나 봐. 그녀도 여유 있게 웃으며 아이 앞에 같이 능청을 떨었었다.

이젠 사랑했던 사람의 얼굴도 기억나지 않는다. 흐르는 시간은 여자의 얼굴만이 아니라 추억까지도 삭아지게 만드나 보다.

아줌만 좀 답답한 데가 있어요. 왜 나 같은 애들을 상담하죠? 아줌만 유명한 분이라던데요? 유명하긴. 그림이 안 팔리면 이름도 금방 잊혀지는 가난뱅이 화가란다. 난 그냥 너를 마음으로라도 돕고 싶어. 기껏해야 니 얘기나 들어주는 정도지만 말야. 난요, 솔직하게 말해서 잘 산다구 거들먹거리는 인간들 싹 쓸어버리고 싶어요. 우리 엄마 장사할 때 하루 버는 게 얼마였는지 알아요? 어떤 땐 3천 원두 안 돼요. 그런데 자가용 타구 장보러 온 여자들 파 한단 가지구두 깎아야 직성이 풀린대요. 어머니가 늘 그러셔요.

처음 몇 주 동안 통 입을 열지 않아 애를 태웠지만, 이제 병호는 말보를 터뜨렸다. 거침없이 이야기를 잘했다. 젊어서 선반공이었던 병호 아버지는 병호가 네 살 때 한쪽 팔을 다쳐서 실직한 후, 수입도 없이 술에 찌들어 살았다고 했다. 시장에서 채소를 받아 팔며 생계를 잇는 어머니에게 걸핏하면 성한 한쪽 팔을 휘두르는 아버지에 대한 병호의 적개심은 섬뜩하도록 무서웠다. 그 애는 아예 아버지라고 부르기도 싫어했다.

"어릴 땐 그 인간을 죽이고 싶었어요. 누나가 집을 나간 것도 아버지 때문이라구요. 동생도 집을 나가고 싶어해요. 어머닌 바보예요. 아버지가 불쌍하다며 맨날 매맞구 살아요."

비는 좀처럼 그치지 않을 기세였다. 병호가 일하는 〈오복〉분식에 전화를 걸었지만, 주인은 그저께부터 병호를 못 봤다고만 할 뿐 바삐 전화를 끊었다. 종업원도 많지 않은 시장통의 작은 가게여서 배달이 몰릴 땐 병호 하나 빠지는 것이 무척 어려울 게다. 그녀는 한 번 가 본 적이 있는 병호네 집을 찾아가 볼 셈으로 서둘러 아파트를 나섰다.

처음 부모 면담을 하겠다고 병호네 동네를 찾아갔던 날도 이렇게 비가 내리고 있었다. 한 달 넘게 퍼부은 장마로 저지대에 몰려 살던 사람들이 진흙탕에 휘버무려진 가재도구를 급수차에 의존해서 헹구어 내는 안타까운 모습이 연일 텔레비전 화면을 메꾸던 무렵이었다. 다행히 병호네 집은 언덕바지 끝자락의 막다른 골목에 있어 그런 피해는 없었다. 병호를 앞세워 찾아간 집은 집이라기보다 움막에 가까운 엉성한 가건물이었다. 방 두 개와 좁은 툇마루, 그 옆에 처마를 대어 부엌을 앉힌 집 안마당엔 흥건히 빗물이 고여 있었다. 뒷담에서 토사가 밀려 한 뼘 마당은 진흙 수렁이었지만, 올라가다가 보았던 다른 집들에 비하면 지대가 높은 덕을 톡톡히 본 듯했다. 방안에 누운 병호 아버지가 쿨룩거리며 우물로 가보라고 했다. 언덕 아래쪽 낡은 우물 옆에 공동수도가 있었다. 거기 우묵한 어둠 속에 우산을 맞대고 줄지어 서서 아웅다웅 차례를 기다리는 아낙네들이 있었다. 그중에 병호 어머니도 있었던 모양인데 지나쳐온 것이다. 툇마루에 걸터앉아 숨을 돌리는데, 병호가 물지개를 지고 어머니를 앞세워 돌아왔다. 병호 어머니의 광대뼈가 불거진 검게 탄 얼굴은 늙어버린 남자처럼 무뚝뚝했지만, 남루한 살림이 부끄러워 몸둘 바를 몰랐다. 언덕 밑 찻길까지 따라나오던 병호

두 번째 실수

어머니의 눈에는 서러운 눈물이 그렁그렁했다.

"남부끄러서 말도 못하겠소. 집구석이 이랑께 학교서두 잘못두 없는 아를 내쳤지라우. 맘 하난 착한 앤디. 초등학교서부터두 못 사는 집 자식이라구 박대가 심하드니 그예 학교를 못 마치구 막벌 이꾼 돼가니 내 가슴이 터지요. 제 애비는 허구헌 날 술타령이지라 우. 멀리 도망갈라 그래도 지 아비가 에미 쥑일까봐서 지키느라고 못 나간다 안 허요. 난 갸 없으면 진작 죽었소. 암요 진작 죽어뿌렀 을 것이오."

어머니를 사랑하고 있다는 것은 희망이 있다는 증거다. 그녀는 그 만남에서 병호가 어머니를 지키고 있다는 사실을 확인한 것만 으로도 소득이 있다는 생각이 들었었다. 그 자슥 좀 사람 만들어 주시오. 이렇게 빌고 또 비는구먼요. 몇 번이나 어머니는 머리를 조아렸었다.

한번 왔었는데도 집 찾기는 쉽지 않았다. 공동수도를 지나면서 이젠 됐다 싶었는데, 언덕을 끝까지 올라 막다른 골목집을 들어서 보니 구조는 비슷해도 생판 딴 집이다. 골목은 다닥다닥 붙은 처마 들로 꽉 막혀 있어서 바로 옆줄에 있는 집을 찾으려면 다시 언덕길 을 반은 내려갔다 다시 올라와야 했다. 10여 년 상담을 맡아 봉사 했다는 어느 부인이 맡은 학생과 연락이 끊겨 호출을 보내도 대답 이 없기에 알아보니 요금을 연체하여 불통이 되어 있었는데, 하는 수 없이 통신회사로 찾아가 밀린 요금을 납부하고 아이와 연락이 닿았다고 했다. 병호는 흔한 호출기 하나도 없었다. 지난번 꾸었던 꿈이 생각나면서 방정맞은 생각까지 들었다. 전화라도 한 통화해

　　　　　　　　　　　　　　　　　　　별들의 감옥

줄 수 있을 텐데…… 소식을 뚝 끊은 아이가 더럭 야속했다.

가까스로 병호네를 찾았을 때는 정오가 다 되어 있었다. 컹하니 빗물이 괸 낯익은 마당을 들어섰을 때, 마침 부엌에 달린 판자문이 펄썩 열렸다. 병호였다.

순간 아이의 얼굴이 사납게 구겨졌다.

병호는 환자에게 먹일 점심을 방으로 나르려던 참인 듯했다.

"뭐하러 여기까지 와요. 비 오는데 쓸데없이!"

아이가 볼멘소리를 터뜨렸다.

"어머니가 기동을 못하시는구나. 병원엔 갔었구?"

"아뇨. 하지만 조금 나았어요."

"나 들어가라구 안 하니? 왜 내가 온 게 그렇게 나빠?"

"……"

"어머니 어디 계시지?"

병호는 말없이 닫힌 방문을 가리켰다. 방문을 열자 방바닥에 누웠던 병호 어머니가 감았던 눈을 힘없이 떴다. 그녀는 억지로 상체를 일으키려는 환자를 만류했다. 무리였다. 허리를 몹시 다친 듯했다.

"어쩌다가 이렇게 많이 다치셨어요? 전 그것도 모르구 병호 안 나온 걸 나무랬지 뭐예요. 약은 드셨어요?"

그러고 보니 옆방의 병호 아버지 기척이 없는 듯싶었다. 그녀가 물었다.

"아버진 집에 안 계셔?"

병호가 고개를 외로 꼰 채 대답했다.

"알게 뭐예요. 그 인간 얘기 꺼내지도 말라구요."

두 번째 실수

욱하고 병호의 얼굴이 일그러지더니 벌떡 일어나 문을 박차고 나가버린다. 꽉 감은 병호 어머니의 두 눈귀에 주르르 눈물이 흘렀다. 역시 그랬구나. 병호가 입에 올리기도 싫어하는 사단이 또 일어났었던 게 틀림없었다.

얼마 전 그 애 어머니가 일하는 시장에 들렀었다. 마침 십여 명의 여자들이 산더미 같이 부려 놓은 야채를 단으로 묶고 있었다. 감독인 듯한 살집 좋은 사내 하나가 눈을 부라리며 그 여자들을 호령하고 있었다. 몸뻬 차림에 머릿수건을 쓴 여자들은 손놀림들이 바빠 옆에 사람이 다가가도 누구 하나 고개를 들지 않았다. 배추통을 다 듬느라고 부산한 아낙네들 틈에 병호 어머니가 보였다. 아이고, 그날 오신 선상님이네. 와 우리 아그가 또 뭔 일 있는가요? 놀란 가슴이라 겁부터 냈다.

"병호는 잘하고 있어요. 이젠 아무 일 없이 제 몫을 잘할 것 같으니 마음놓으셔요. 실은 병호에게 검정고시 준비를 하게 했으면 하는데, 지금보단 일을 줄여야 해요. 어머님이 혼자 수입으로 그게 될지 걱정이 되어서요. 병호가 대답을 못하기에 찾아뵈었어요."

병호 어머니는 힘에 부쳐 보였지만 눈물을 흘리며 반겼다. 흙먼지 묻은 손으로 그녀의 손을 부여잡으며 고마워했다.

"몸이 부숴져도 그거야 해야지라우. 오늘 당장 밤일을 잡을 랍니다. 꼭 그렇게 해주씨오."

뛸 듯이 기뻐하던 그 모습은 간 곳이 없었다. 불과 한 달 전이다. 푸석하게 부은 그녀의 얼굴은 군데군데 피멍이 들어 있었다. 대소변을 받아내는지 방안에 고인 퀴퀴한 악취가 코를 찔렀다.

"병호 어머니. 아이가 맘을 잡게 어머니가 꿋꿋하게 버티셔야 해요. 아직 어린 학생이 버티기에 너무 모든 것이 어려워 걱정예요. 저도 힘껏 도와드릴게요. 아셨죠? 조리 잘하시고 빨리 일어나셔야 해요."

환자는 감았던 눈을 억지로 열고 고개를 끄덕였다.

언덕을 내려오자 또 명치가 아프기 시작했다. 빗발이 성글어지면서 도랑을 흘러가는 물소리가 세차게 골목을 울렸다. 싯누런 황토물이다. 고지대인 탓에 홍수 속에서도 식수가 귀해 아낙네들이 물지게로 물을 져 나르고 있었다. 일 나간 남자들이 돌아오기 전이라서인지 종아리가 앙상한 아낙들만 빗물로 미끄러워진 언덕길을 비틀대며 아슬아슬하게 오르고 있었다.

정류장까지 오도록 옆에 배웅 나온 병호는 말이 없었다.

"너 그 정도 일로 그렇게 코를 빼고 있을래? 어머닌 곧 일어나실거야. 엄마들은 네가 상상 못할 만큼 강하시단다. 어릴 때 어머니가 아프면 금방 돌아가실 것처럼 애들이 울잖아. 나도 그랬거든. 엄마를 믿고 마음을 든든히 가져."

아이는 끝내 퉁명스레 입을 다물었다.

"너 혹시 누나 있는 곳 알아?"

"먼저 살던 데엔 한번 왔었는데, 아마 여긴 이제 모를 거예요. 죽었는지두 몰라요. 맨날 죽고 싶다구 했거던요. 그런데 그건 왜요?"

"이럴 때 네게 누나라두 있으면 도움이 될 텐데. 너 혼자 너무 많은 짐을 지고 있는 게 안타까워. 너 집이 이렇다구 공부 소홀하면 안 된다. 그건 네 엄마를 배반하는 거야. 이를 악물고 공부해. 네가 여러 사람을 구할 수 있어. 난 널 믿어. 아줌마가 무슨 말 하는지

두 번째 실수

알지?"

네. 들릴 듯 말 듯 병호는 마지못해 대답했다. 목소리엔 힘이 하나도 없었다. 그녀가 버스에 올라 돌아보니 병호의 꺼정한 뒷모습이 타닥타닥 언덕을 오르고 있었다. 우산을 접어 쥔 채 빗속을 걸어 올라가는 아이를 그녀는 오래오래 보고 있었다.

그녀는 온종일을 서성거렸다. 화폭엔 손도 못 댔다. 주 1회 2시간만 할애하면 됩니다. 작은 도움 하나로 삶의 미로를 벗어날 수 있는 청소년들이 우리 주변에 너무 많습니다. 비행청소년 상담 교육 포스터에 쓰여 있던 글귀를 생각하니 쓴웃음만 났다. 온몸을 던져도 미로를 벗어나기는커녕 아이들은 더 깊은 수렁으로 빠져들지 않는가.

손바닥으로 해를 가리려는 것만큼이나 세상이 구렁텅이에 던져 넣은 한 아이를 건져 올리기에는 너무도 힘이 부쳤다. 세상은 한 아이에게 너무 많은 것을 요구하고 있는 거야. 병호네를 다녀오던 날도 그다음 날도 그녀는 잠을 이루지 못했다.

상담자는 상담을 받는 사람과 사회적 관계를 맺어서는 안 됩니다. 상담관계를 떠난 개인적인 관계는 효과를 반감시킬 뿐입니다. 객관성을 잃은 상담은 효율적인 상담을 저해합니다. 그렇게 배웠다. 본능적으로 아이의 불행에 마음 아파지는 것은 일찍이 깊이 상처받은 자신의 모성 때문일 거라고, 그게 바로 내 탓인 거라고, 그녀는 혼자 중얼거렸다.

닷새가 지난 아침이었다. 그녀는 느닷없이 병호 동네 지서에서

별들의 감옥

연락을 받았다. 윤병호를 최근에 상담 맡고 계셨다죠? 참고할 사항이 있는데, 지서로 좀 나와 주십시오. 오시면 자세히 설명드리죠. 가슴이 후둘거렸다. 나쁜 일이 있는 게 틀림없었다. 택시로 달려간 그녀에게 늙은 형사는 심드렁하게 말했다. 그동안 수고를 많이 하셨나본데, 애 놈이 이번엔 더 큰 일을 쳤어요. 지 애비한테 전치 8주의 상처를 입혔다구요. 이거 원 진짜 애빌 죽일 생각이었는지. 하마트면 살인낼 뻔했다구요. 그럼 신세 망치는 건데 생명엔 지장이 없으니 놈이 운 텄어. 어린 녀석이 왜 그렇게 경력이 화려한지. 평소에 교우관계는 어땠어요? 애가 양순해 뵈던데 보기보다 독종인가 봐.

입이 다물어지질 않았다. 눈앞에 끊임없이 그날 빗속을 타닥타닥 걸어 올라가던 아이의 뒷모습이 자막처럼 흘러갔다. 무어라고 말을 해야겠는데, 좀처럼 입이 떼어지지 않았다. 결국 그렇게 끝났구나. 난 갸 없으면 진작 죽었소. 암요 진작 죽어 뿌렀을 것이요. 메아리처럼 뇌리에 울려오는 목소리를 털어버리듯 그녀가 부르르 진저리를 쳤다. 왜, 왜 그랬나요? 뻔하잖소? 술 취한 애비가 자식한테 얻어맞는 거 요샌 날마다 들어와요. 애놈 말로는 누워있는 에미를 발길로 차는 걸 보고 애빌 죽이고 싶었다나 뭐라나. 남자가 이죽거렸다. 목이 메어 왔다. 귀를 막고 싶었다.

병호가 소년원으로 넘어갔다는 소식이 왔다. 그녀는 서둘러 아이를 면회했다. 초췌한 뺨, 툭 꺽인 눈빛. 지금 이 아이에게 내가 무슨 말을 해주어야 하나. 과연 내가 무슨 말을 할 수 있을까. 그녀의 시선이 조급스레 아이를 더듬었다. 어색한 침묵을 뚫고 아이가 먼

두 번째 실수

저 입을 열었다.

"……엄만 어때요?"

"어머닌 일어나셨어. 아버지도 잘 치료 받고 계셔. 3주쯤은 병원에 계실 거야."

"……"

"너 지내는 건 어때?"

"궁전이 따로 없죠, 뭐."

엉뚱한 대답이 툭 나온다. 그래, 병호는 농담을 할 때도 웃는 법이 없었어. 그녀는 언뜻 그런 생각을 했다.

"그런 말을 할 기력이 남아있는 걸 보니 마음이 놓이는구나."

"미수는…… 뭐라고 해요?"

그녀가 허둥댔다.

"그 애한텐 아직 연락을 못했어."

"나를 많이 욕하겠죠……?"

엊그저껜가 〈카사노바〉로 전화를 했었다. 마음이 내키진 않았지만, 병호를 보기 전에 안부를 물어둘 생각이었다. 아줌마, 나한테 이제 전화하지 말아요. 나 있죠, 그 아저씨 따라 태국 가요. 아, 참 이제 못 볼 건데 병호한테 인사 전해주세요. 살랑대던 미수의 음성이 떠올랐다. 그녀는 가만히 머리를 가로저었다.

"아닐 거야. 착한 앤데 왜 널 욕하겠니."

그녀는 거기서 얼른 말머리를 돌렸다.

"넌 내게 분명히 말했었지? 담임선생 때린 것 후회한다고. 근데 너, 후회할 일을 또 한 거네."

"그 인간을 완전히 보내버리지 못한 거, 진짜 후회해요."

별들의 감옥

"아니, 시간이 지나면 너도 참았어야 했다는 걸 알게 될 거야. 넌 약한 사람이 아니거든. 단지 네 힘으론 너무나 견디기 어려운 고통을 지고 있기 때문에 힘들었던 거야. 난 널 믿어. 넌 벌써 후회하고 있을 거야. 이번엔 많이. 무슨 소릴 들어두 나만은 병호 네 편이야. 비난하지 않을게. 힘들어도 우리 같이 이겨내자. 엄마하구 기다려 줄게. 넌 돌봐줘야 할 엄마와 동생이 있잖니?"

"……."

"병호야, 내 눈 바로 쳐다 봐. 너 나한테 약속해 줄래?"

그녀 뒤의 창 너머에 시선을 박은 채 미동도 않는 아이에게 그녀가 말을 이었다.

"아무리 어려워도 공부를 계속하는 거야. 너를 도울게. 그리고 다시는, 다시는 후회할 일을 만들지 않는 거야. 약속할 거지?"

헤어질 시간이 다가 오고 있었다. 아이는 턱을 든 채 바위처럼 대답이 없었다. 왜 약속하지 않는 거니, 왜. 그녀는 울음이 터지려는 것을 억지로 참고 아이의 어깨에 손을 얹었다. 아이가 한 걸음 비껴 서면서 똑바로 그녀를 쏘아보았다.

"아줌마, 내가 왜 그 인간을 때렸는지 모르죠?"

"……."

"이번엔 왜 묻지 않죠? 왜 아버지를 때렸냐고, 왜 또 후회할 짓을 했느냐고, 물어보지 않는 거죠?"

"난 알아. 안 들어도 답을 알기 때문이야."

"아뇨. 아줌만 몰라요. 절대 몰라요!"

면회시간이 끝났다. 아이가 면회실을 나갔다. 복도를 걸어가는 아이의 비쩍 마른 어깨가 격하게 들썩거렸다. 잘 지내라는 한마디

두 번째 실수

인사도 하지 못한 채 만남은 그렇게 끝이 났다.

　정문을 벗어나 버스정류장께로 걸음을 옮겼다. 어느 중학교 낡은 뒷담을 끼고 쭉 벋은 도로변은 여느 토요일 오후처럼 아이들로 넘쳐났다. 색색으로 치장한 채 떼 지어 몰려다니는 저 화사한 얼굴들 틈에 병호의 초췌한 얼굴이 끼어들 틈은 없어 보였다. 아줌만 몰라요. 그 아이의 마지막 말이 갈증처럼 목을 조여 왔다. 그래. 널 주무르고 고문하던 보이지 않는 그 많은 손들 속에 나도 있었겠지. 네 슬픔을 깨우치기에는 우린 모두 너무 멀리 있어. 정류장 앞에 입을 벌린 전자오락실에서 한 떼의 남자아이들이 배낭을 휘두르며 쏟아져 나왔다. 와아. 잘 울리는 탬버린처럼 왁자지껄한 고음을 터뜨리며 아이들 한 떼가 그녀를 스쳐 갔다. 〈캠퍼스 블루스〉라도 불러내 미웠던 존재들을 쳐부수고 난 뒤의 격한 위안일까. 그녀는 흠칫 진저리를 쳤다. 얘들아, 그건 어둠을 몰아내는 방법이 아니야. 누구에게든 네 아픈 가슴을 열어젖혀야 해. 시작해야 해. 터뜨려야 해. 너희들끼리만 아파해서는 결코 너희를 에워싼 어둠을 몰아낼 수 없어. 애써 가슴을 닫고 돌아선 병호가 너무도 원망스러웠다.
　보호관찰소에서 호출이 왔다. 그녀는 사정했다. 병호와의 상담을 계속하게 해주세요, 돕고 싶습니다. 부탁입니다. 그건 안돼요. 상담자로서 큰 실수를 하신 겁니다. 상담자는 먼저 성숙한 인간의 모델이 되어야 한다고 하죠. 그러나 완전한 인간이 어디 있겠어요? 상담자 혼자 안 되는 일이 너무 많지요. 다만 필요한 시점을 잘 파악해서 전문가의 도움을 활용해야 했어요. 병호 군은 사회와의 격리기간이 필요하다고 판단됩니다. 너무 염려 마십시오. 소년원에

　　　　　　　　　　　　　　별들의 감옥

도 전문요원들이 많이 계시니까요. 잘 인도해주실 겁니다. 보호관
찰관이 하던 마지막 말이 괴롭게 떠올랐다. 다음 주부터 세 번째
학생을 만나십시오. 이번 실수가 큰 도움이 되실 겁니다.

두 번째 실수

봄바람 부는 날

앞창으로 벌겋게 동이 트고 있었다. 해가 날 모양이었다.

어제 종일 내린 비에 마음을 죄었던 찬옥은 일어나서 눈을 비비기가 무섭게 창부터 열었다. 마당에서 민주 결혼식을 한다는데 무엇보다 날씨가 부주를 해줘야 할 텐데 싶었다. 엊저녁 친정을 나설 때 어머니가 한숨을 쉬던 것이 밤새 마음에 걸렸던 찬옥이었다. 걱정 하나를 덜었다는 생각에 마음이 홀가분했다.

어머니는 결혼식과 날씨가 앞으로 내외간에 맞닥칠 운명과 관계가 있다고 굳게 믿고 있었다. 맏딸인 찬옥이 결혼식만 해도 어머니의 그런 믿음을 더 굳게 해준 셈이었다. 정확히 말하면 그런 이상한 믿음은 외할머니 때부터였다고 해야 옳았다.

어릴 때 외할머니는 어린 찬옥을 무릎에 앉혀 놓고 푸념을 했다. 복도 지지리 없는 니 어미. 혼인 전전날부터 웬 가을비가 그리도 구성지게 오던지. 손님들이 다 수근댔지 뭐냐. 본래 혼인날 천기

복은 색시 몫이라더라. 좍좍 쏟는 여름 소나기도 아니고 남들 추수
할 입시에 치근치근 개일려단 또 오구 엿새나 비가 오더니 니 어미
팔자가 이 모양이야. 우리 찬옥이 시집갈 때는 대명천지 환한 날을
주시라고 천지신명께 이 할미가 빌어야지.

찬옥이 혼인에 어머니는 무던히 속을 태웠다. 마음에 맞는 사위
가 아니었다.

어머니는 자기가 살아온 깜냥대로 경계할 것은 모조리 경계하면
서 살아온 셈인데, 딸이 골라온 사윗감에게서 일찌감치 불행의 냄
새를 맡아버렸었다. 어머니의 말에 의하면 첫눈에 벌써 가슴에 대
못 하나를 박았다고 했다. 집안 어른이 생존해 계시는가. 어머니의
첫 물음에 그냥 안 계신다면 되었을 것을 윤서는 곧이곧대로 육이
오 때 북으로 가시고 안 계십니다, 했고, 그 대목에서부터 어머니
는 앵돌아졌던 것이다.

이번엔 찬식이 차례였다.

모진 목숨 진작 끊었어야 했는데. 작년 이맘때 처음 찬식이 출소
해서 결혼 이야기를 꺼냈을 때 어머니의 첫마디였다. 하필 감옥 동
기생을 며느리로 맞는 시어머니의 마음이 구순할 리야 없었다. 차
차 세월이 지나면 마음이 풀리려니 했었던 건데, 어머니의 저항은
만만치가 않았다. 지난가을 한차례 찬식의 가출소동을 빚고서야
어머니는 겨우 마음을 다잡기 시작했다.

아무튼 칠십 평생을 남이 안 겪는 우여곡절을 있는 대로 겪으며
살아낸 어른들이 가슴 밑에 접어둔 욕심이라면 사람 안 다치고 살
자는 것일 텐데, 그 점에서는 찬옥도 어머니를 나무랄 수가 없었
다. 장인도 없는 집안에 명색이 맏사위면서 두 번씩이나 감옥을 드

나든 윤서야말로 어머니 앞에는 죄인인지라 벙어리나 다름없었다.

찬옥은 어머니의 가슴에 소시 적부터 불고 있는 찬바람의 원천을 짐작은 했다. 전쟁 때 사라진 삼촌들 때문에 어지간히 불려다니다 돌아가신 아버지의 기억을 찬옥만은 어렴풋이 알고 있었다.

"암, 돈암동 집 폭격 맞길 잘했지. 우리 거기 살라구 해두 못 살았을 걸. 온동네가 빨갱이 집이라구 손가락질을 해댔을 게니 차라리 오두막이라도 외지가 우리에겐 낫지. 사람들이야 좀 좋았니. 인물 좋고 덕스럽고 똑똑하고…… 죽은 니 아버지보다도 키가 한 뼘씩은 더 컸다. 그놈의 전쟁이 아까운 사람들을 다 쓸어갔지. 지금 살았으면 거기서두 한몫할 게야."

어머니의 한숨 끝에 묻어나오는 내력을 곰곰이 뜯어 들으면 지독한 술꾼이었던 아버지의 반평생 수난이 짐작이 안 가는 건 아니었다.

시도 때도 없이 해대는 술타령만 아니었다면 아버지는 찬옥이 기억하기에 착실한 가장이었다. 비록 재산이 없어 번듯한 회사를 차리지는 못했지만, 남의 회사에서나마 일제 때 공업학교를 나온 실력으로 일류 소리를 듣는 토목기사였고, 어려운 살림이나마 아버지가 남긴 돈푼으로 네 식구가 이날까지 굶진 않았다. 아버지 살아생전에 언제 한번 맘 편했었는 줄 아니. 난리 나기 전엔 술이라군 입에두 안 댔던 니 아버지다.

찬옥이 열여섯 되던 해 저세상 사람이 된 아버지는 어머니 말에 의하면 본래 한이 많은 사람이었다. 삼 형제의 맏이인 아버지는 어려서 무척 그림을 좋아했다. 소학교 때 일인 선생이 문하생을 삼겠다고 할아버지를 만나러 왔다가 혼찌검이 났다는 이야기가 있을

봄바람 부는 날

만큼 그림 솜씨가 뛰어났던 아버지였다. 장남을 환쟁이로 만들지 않겠다는 할아버지의 고집에 밀려 공업학교 학생이 되어야 했던 아버지는 일인 선생을 따라 만주까지 달아났었지만 석 달이 못돼서 할아버지에게 덜미를 잡혀 되돌아와야 했다.

무섭게 매를 들던 할아버지 슬하에서 모든 것을 체념하고 토목 기사로 자리를 잡을 무렵, 할아버지가 세상을 떠났고 육이오가 났다. 이번에 아버지를 괴롭힌 건 동생들이었다. 전문학교 학생이던 큰동생은 이미 좌익활동에 깊이 빠져들고 있었다. 엄포도 해보고 애걸도 해보았지만 소용이 없었다. 아버지는 바로 아래 동생을 단념하고 작은 동생이라도 마음을 돌려보려고 애를 썼다.

아버지가 마지막까지 눈물로 회상하던 부분은 그 막냇동생에 관한 것이었다. 두 형의 대립 속에서 차마 어느 쪽도 되지 못한 막냇삼촌은 형들의 이상론과 현실론 사이를 끊임없이 떠돌던 심약한 소년이었다.

"애들을 학교로 모이게 해서 북으로 데려간다는 소문을 듣고 뛰어 갔지. 어둑어둑한 학교 마당에 벌써 대오를 짓고 깃발을 흔드는 애들을 보니 눈이 뒤집히더란 말야. 급한 김에 타고 간 자전거를 학교 담벽에 기대놓고 그놈을 타넘고 마당으로 들어갔는데, 놈을 찾을 수가 있어야지. 키 큰 놈만 살피다가 간신히 막내를 찾았어. 어찌나 반가운지 손목을 끌고 나오는데, 이 녀석이 막무가내야. 형, 걱정 마. 닷새만 있으면 다시 올 거야, 이러며 돌아서더라구."

아버지는 당신이 그때 주먹다짐으로라도 동생을 빼내오지 못한 걸 뉘우치고 또 뉘우쳤다. 큰 놈은 지 좋아서 날뛰던 놈이니까 거기 가서도 대우를 받겠지. 막내는 거기서 발도 못 붙일 놈이었어.

자기의 우유부단이 두 동생을 사지에 몰아넣었다고 아버지는 늘 가슴을 쳤었다.

아버지 형제들의 비극은 찬호에 대한 어머니의 유난스런 자식 단속으로 이어졌다. 찬호는 장남답게 어머니 속 썩일 일이라면 스스로 피해 주었다. 아버지의 젊은 시절을 닮은 반란도, 큰삼촌 같은 사상적 편향도 없이 어머니의 주문대로 수재들이 걷는 길을 직선거리로 걸었고 유능한 회사원으로 길들어 갔다. 말하자면 찬호는 어머니의 자식 단속에서 유일한 성공 케이스였다.

막내 찬식도 고교시절까지는 그랬다.

아버지라고 해야 만취해 들어와서 과자값을 주던 기억밖에 없는 막내였지만, 아버지의 그림 소질을 그대로 이어받은 찬식은 스스로 공대를 택했다. 그림은 어디까지나 취미라는 게 찬식의 지론이었는데, 대학에서 운동권에 휩쓸리고부터 그 취미가 일을 내고 말았다. 입학 후 찬식은 운동권의 민중 화가로 캠퍼스에서 중요한 이슈가 있을 때마다 빼놓을 수 없는 존재가 되었다.

어느 날 느닷없이 날아든 구속 통지서를 받아들고 첫 면회를 갔던 찬옥은 단순히 사지선다형 시험의 명수로만 생각했던 한 공대생에 대한 인식을 단단히 수정해야 했다. 뿐만 아니라 기소 내용을 그대로 믿자면, 찬식은 열 가지가 넘는 불온책자의 숨은 저자였다는 것이었고, 찬식이 들어있는 서클 회원들 손으로 책자들이 공단에 수백 부씩 뿌려졌다고 했다.

재판이 시작되고 방청석에서 찬식의 입만 바라보던 어머니와 찬옥은 또 한 번 놀라야 했다. 찬식은 자기에게 주어진 죄목 중 그 어느 것도 부인하지 않았다. 마지막 재판은 부슬비가 내리는 늦은 오

　　　　　　　　　　　　　　봄바람 부는 날

후였다. 줄줄이 엮인 찬식이 또래의 푸른 옷을 입은 젊은이들이 최후 진술을 하고 있었다. 고개를 푹 숙이고 있던 찬식은 말했다.

"저는 저를 기소해주신 검사님께 감사드리고 있습니다. 결코 낯간지러운 영웅의식 때문만은 아닙니다. 저희들은 이 보잘것없는 노력이나 운동이 지금 핍박받는 자의 아픔에 별로 도움이 되지 못한다는 것을 모를 만큼 바보는 아니라고 생각합니다. 박사학위나 탐내는 엔지니어의 안일로 길들을 뻔했던 저의 미망을 잠 깨워 주신 것에 대한 고마움 때문입니다."

오늘 신부가 될 명주를 찬옥이 처음 본 것은 그 재판정에서였다. 찬식이와 동급생인 명주는 처음엔 같은 서클의 경쟁자였고, 함께 일하는 동지로 발전했다가 함께 옥고를 치르는 연인이 되었고, 나중에는 신부감으로 낙착이 되었다. 찬식에게 졸업장이나 박사학위를 탐내지 않도록 고급 엔지니어의 길을 수정하게 한 건 검사가 아니라 그 자그맣고 야무진 여학생인지도 몰랐다.

출옥 후 명주는 학교를 자퇴하고 집을 나왔을 뿐 아니라 아예 부천으로 거처를 옮겨 앉아버렸다. 하도 빨아서 올이 비어져 나오게 된 청바지 차림으로 명주가 어머니를 만나러 왔을 때만 해도 어머니는 명주를 벌레 보듯 했다. 그러나 찬식이가 짐을 싸들고 명주의 거처로 가서 오지 않자 어머니는 세상을 원망했다. 멀쩡히 나갔던 자식도 맞아 죽어 들어오는 웬수 놈의 세상이니 자식 건사 못하는 어미가 나뿐이냐.

이 혼인을 말릴 수 없으리라고 맨 먼저 판단한 것은 찬호였다. 어머니가 좋아하는 방법으로 살아야 한다든지, 남보기 좋게 살아야 한다는 것이 우리 시대엔 맞지 않다는 네 말이 옳다. 누구든지 자기가 가장 자신 있는 방법으로 살아가야 할 거야. 나는 형으로서 너를 특별히 보호해야 할 대상으로 생각하진 않아. 두 사람에게 얼마나 응집력이 있느냐가 문제야. 그 의지가 확실한 것이기만 하다면 하루빨리 시작하는 것이 좋다. 벌써 넌 서른이지 않느냐.

잔칫날을 아는지 모르는지 사돈네서는 소식이 없었다.

감옥을 나온 후 찬식은 두 번이나 명주네로 인사를 갔었지만 사돈은 찬식이를 만나주지 않았다. 처음에는 적어도 두 사람 모두 결혼만은 양가의 허락을 받고 싶어 했다. 찬옥은 더구나 그렇게 생각했다.

명주는 아버지와 사이가 좋지 않았다. 단순한 세대 간의 불화가 아니었다. 잔치를 앞두고 찬옥 내외가 둘을 집에 오게 했을 때 명주는 담담하게 잘라 말했다.

"아버진 가엾은 분이에요. 자기의 블록에서 한 걸음만 떼어놓아도 될 텐데 절대 나오지 않으셔요. 화끈하게 싸워라도 봤다면 우린 좀 더 서로를 알게 됐을 거예요. 누구보다도 아버지에게 지지받고 싶었는데…… 아버지와 저는 한 식탁에서 밥을 먹어도 늘 화해할 수 없는 적들 같았어요."

두 딸 중 맏이인 명주는 고교 때까지만 해도 일류 대학을 꿈꾸는 부유한 집안의 귀염둥이였다. 여고 때 가정교사로 왔던 여대생에게서 한 노동자의 분신자살 이야기를 들었을 때만 해도 그녀는 아버지 회사의 이윤에 노동자들의 한맺힌 슬픔이 배어 있다는 것을 생각조차 못했었다고 했다. 여고생 명주가 아버지 회사의 직공들이 어떻게 사는지 만나보겠다고 떼를 썼을 때, 부모들은 그것을 단

봄바람 부는 날

발머리 소녀의 감상으로만 치부하고 윽박질렀다.

　그러나 명주의 관심은 그것으로 끝나지 않았다. 입시 지옥을 벗어난 명주가 맨 먼저 찾아간 곳은 야학이었다. 여기서 함께 가르치던 선배를 따라 대학 첫 여름방학을 평화시장 봉제공장 시다 노릇으로 보낸 명주는 무섭게 세상에 눈 뜨기 시작했다.

　"생전 처음으로 열다섯 시간을 먼지 구덩이에서 봉제품 실밥을 뜯은 대가로 일당 이천사백 원을 받았어요. 이를 악물고 보낸 한 달이 제겐 몇 십 년 같았어요. 그 후 전 집에서 먹는 것 입는 것 전부가 그 사람들 것은 아닌가 괴로웠어요. 아버지가 악덕 기업주는 아닐까, 잠을 못 이루곤 했죠."

　찬옥은 명주와 단지 저녁을 한 끼 먹었을 뿐인데 수년 동안 알고 지낸 사이처럼 격의 없어 지는 것이 이상했다. 어려운 사람들을 가슴 뜨겁게 동정하면서도 단 한 번도 그들과 함께 먹고 어울려 본 경험이 없는 찬옥은 그 어린 여자의 싱싱한 세상 편력을 넋을 빼고 들었다.

　"제가 그 사람들의 불행을 단번에 구원할 수 있으리라고는 처음부터 생각 안 해요. 다만 아무 연결고리도 없이 고립되고 있는 그들 옆에서 작은 도움이 되고 싶어요. 가까이 가서 보면 그들이 우리의 도움을 필요로 하고 있다는 것을 잘 알게 돼요. 멀리서 바라만 보면 현장에 나간 우리들이 그들의 자발성을 위축시킨다고 하기 좋은 말들을 하지만 실제는 그렇지 않아요. 1년이나 2년의 위장 취업 같은 객기로 그들의 도움이 될 순 없어요. 거기서 먹고 살면서 아이를 낳고 늙는다는 각오 없이 그들의 친구가 될 수 없거든요."

　　　　　　　　　　　　　　　　　　　　별들의 감옥

명주는 또박또박 그렇게 말했다.

그날 밤, 찬옥 내외는 두 젊은이가 돌아간 뒤 오랫동안 잠을 이루지 못했다. 결혼식을 치루기 전에 명주를 부모님에게 돌려보내게 설득해보려던 것은 부질없는 희망사항이었고, 제대로 말을 꺼내보기는커녕 도리어 명주에게 설득을 당한 느낌이었다.

찬옥이 사돈댁을 만난 것은 결혼식을 1주일 앞 둔 그 며칠 뒤였다. 자그맣고 심약한 인상의 명주 어머니는 다방에서 자리에 앉자마자 눈시울부터 붉혔다.

"죽고 없는 것보다는 낫지요. 어릴 땐 그리도 마음 약하고 인정 많던 것이 무슨 황소고집이 들었는지 남의 자식까지 망치는 것 같아 나오느니 한숨입니다. 사는 곳을 몰래 찾아갔다가 아이한테 야단도 맞았고 붙잡고 울기도 여러 번이죠. 그렇게 남들은 못 들어가 성화하는 학교, 졸업장만이라도 받아놓고 보자니까 막무가내 아닙니까. 그런 판에 결혼은 무슨 결혼⋯⋯"

사돈댁은 딱하게도 자수성가하여 사업을 일으킨 조부 밑에서 엄하게 성장한 명주의 아버지가 너무 딸을 자유롭게 길렀던 탓에 빗나간 것이라고만 우겼다. 진작 묶어 놨어야 했어요. 지금은 아버지보다도 조부의 진노가 대단해서 명주가 제 발로 걸어 들어온 대도 받아들일 수 없게 되었다면서 사돈댁은 눈물을 뚝뚝 흘렸다. 제 아버지가 저를 얼마나 믿구 사랑했는데⋯⋯

부녀를 화해시키려는 찬옥의 시도는 부질없는 일이 되어버렸다. 그 뒤 엿새가 지났건만 신통한 소식이 없이 잡아 놓은 날짜가 닥치고 말았다.

　　　　　　　　　　　　　　　봄바람 부는 날

씻어 놓은 듯이 깨끗이 개인 하늘이 오늘따라 이렇게 고울 수가 없었다. 찬옥은 공연히 마음이 들떠오는 것 같았다. 이번 일도 막판에 어머니를 달랜 건 찬호였다. 찬식이가 여늬 신랑 신부처럼 예식장 결혼을 마다하고 저희 모교 마당에서 혼례를 올리겠다고 우겼을 때 어머니의 놀람은 컸다. 그건 또 뭐냐. 남부끄럽게 감옥 갔다 온 자랑이냐. 그럴수록 남 하는 대로 할 일이지. 너희 고집대로 할 거면 안 갈 테니 너희끼리 잘하려무나. 어머니는 사흘 전까지만 해도 고집을 꺾지 않았다.

찬옥 내외가 어머니를 모시고 식장에 도착했을 때는 마당에 친 차일 위로 봄볕이 자글자글 끓는 한낮이었다. 비에 씻긴 잔디밭이 한결 상큼하게 푸르른데 빙둘러 진분홍 철쭉이 어울어져 아름다웠다. 찬식이 친구인 듯한 젊은이가 안내하는 대로 차일 한쪽에 어머니를 앉혀 놓은 찬옥은 슬그머니 일어나 찬식을 찾았다. 혹시라도 명주네 부모가 참석하는지 궁금했다. 어머니를 안내하던 젊은이가 가르쳐주는 건물 귀퉁이를 돌아서자 휴게실인 듯한 구석방에 사모관대를 한 찬식의 뒷모습이 보였다. 마주 서 있던 명주가 먼저 찬옥을 알아보고 수줍게 인사를 건넸다. 족두리를 쓴 이마와 두 뺨엔 연지곤지까지 찍혔다.

"이쁘구나. 어머니도 오셨다. 사돈네는……"

찬식이가 입을 열려는데 명주가 막아서며 말했다.

"저희 부모님은 오늘 참석을 못하셔요. 이해해주셨으면 해요."

말 딴은 그러면서도 신부의 두 눈엔 눈물이 그렁그렁했다. 찬옥은 얼른 대답이 나오지 않았다. 당차고 야무진 명주지만 그도 역시 부모 슬하를 지붕처럼 생각하는 자식임에 틀림없다는 생각이 뭉클

하게 가슴을 쳤다. 사돈댁이라도 오실 일이지…… 혼잣말이 나왔다.

"우리보다 그래 명주 쪽이 괜찮겠수? 그럼 일가친척도 모두?"

"네."

명주 마음이 환히 보이는 것 같아서 안스러웠다. 위로의 말을 건네야겠다고 생각은 하면서도 이상하게 가슴 밑에서 노기가 쳐올라왔다. 윤서 일로 시집식구들한테서 냉대받던 아픈 세월이 떠올라왔다. 고개를 숙이고 있던 신부가 다시 입을 열었다.

"안 오신다구 말씀은 하셨지만 정말 안 오실 줄은 몰랐어요. 죄송합니다."

"누나. 실은 명주넨 진작부터 우리 결혼 반대였어. 얘네 아버지는 얼마 전까지두 얘 유학 수속하구 계셨어. 복권이 안 돼서 그렇지, 그게 됐으면 얜 여기 못 있었을 거야. 난 오늘 이럴 줄 알았어. 그냥 진행할 거니까 누나가 엄마 좀 잘 다독거려 줘."

"걱정마라. 엄마는 벌써 저기 오셔서 앉아 계시다. 명주 너두 마음이 아프겠지만 어제오늘 작심한 것도 아닌데…… 울지 마라."

찬옥은 돌아서서 부지런히 차일 안으로 들어섰다. 잔디밭 한가운데 낯익은 얼굴들에 둘러싸인 남편이 보였다. 신랑 친구보다 남편 윤서 친구가 더 많은 것 같았다. 모처럼 물 만난 고기처럼 친구들에 둘러싸여 애써 허허거리는 윤서를 그녀는 건너다보았다.

손님들이 아까보다 갑절이나 늘어나 제법 잔치 분위기를 풍기고 있었다. 윤서의 감옥 동지였던 성제, 진철을 비롯해서 찬식의 선후배며 찬식이 수감 중일 때 도움을 주던 백 신부, 임 목사 내외, 송 변호사…… 재판 때 보던 얼굴들이 시국대회라도 여는 것 같은 풍

　　　　　　　　　　　　　　봄바람 부는 날

경이었다. 그들은 연신 악수를 해대고 서로의 안부를 물으며 아직 술 한 모금 안 들어갔는데도 술판처럼 여기저기서 부둥켜안고 서로 반가워 못 견뎠다. 소중한 청춘을 감옥에서 썩히는 동안 어머니의 애간장을 무던히도 말렸던 찬식이 헛 산 것만은 아니네. 찬옥은 자꾸만 코허리가 시큰거렸다.

찬옥은 차일 앞쪽 어머니를 향해 가면서 몇 번이나 걸음을 멈추고 인사를 나누곤 했다. 손님들은 어찌 보면 결혼식은 뒷전이고 자기들끼리의 만남에 취한 것처럼 보였다. 어머니는 여학생처럼 단정한 모습으로 혼자 말벗도 없이 앉아 있었다. 물론 맞은편 신부 부모석은 볼썽사납게 텅 빈 채로였다.

"날 혼자 두고 어딜 그렇게 쏘다니냐."

찬옥은 대답 대신 어머니의 보송보송한 두 손을 그러모아 꼬옥 쥐었다. 앙상하게 여윈 단단한 손이었다. 어머니는 다그치듯이 딸을 찬찬히 건너보았다.

"어머니, 제 말 들으세요. 사돈 쪽은 오늘 안 와요. 찬식이가 어머니를 속이려던 것은 아니었어요. 어쩌실래요. 저두 현이 애비두 어머니 시키는 대로 할래요."

"현이 애빈 시방 어디 있어?"

"손님이 많이 왔어요. 찬호하고 현이 애비가 인사 나누느라고 저쪽 잔디밭에 있어요. 찬식이 일 애써주신 임 목사 내외랑 백 신부도 오셨어요."

"그럼 시작하라구 일러라. 더 기다릴 것 없다."

갑자기 건물 모퉁이에서 놀이패들이 요란하게 풍물을 잡히기 시작했다. 쿵쿵 쿵더쿵 쿵더더쿵. 상모를 덮어쓴 놀이패들이 능숙하

별들의 감옥

게 상모를 돌릴 때마다 둘러선 손님들이 와아 함성을 올리며 손뼉을 쳤다. 한 마당, 두 마당, 놀이패들이 치고 나간 뒤를 이어 우람하게 징소리가 울리면서 친구들 등에 무등을 탄 신랑이 마당으로 들어섰다. 찬식이 후배인 듯싶은 젊은이들이 히죽거리며 신부를 태운 가마를 교배상 앞에 부렸다. 가마문이 활짝 열리면서 다홍치마에 원삼을 차려입은 명주가 사뿐히 걸어 나왔다. 우와아, 박수가 터져 나왔다. 히야 오늘 명주 한번 얌전하구나. 판사가 저걸 봤으면 딱 집행유예 때렸을 건데. 이쁘다, 쟈가 저리 인물 난지 누가 알았겠노! 깜빵에서 저런 미인을 낚다니 찬식이 쟈 응큼스럽다 아이가. 친구들의 입담으로 장내가 시끌벅적했다.

어머니는 눈 하나 깜짝하지 않고 신부하는 양을 지켜보고 있었다. 음전하게 미소를 띠고 있는 찬식과 달리 명주는 그러질 못했다. 곧 울음이 터질 듯한 얼굴이었다. 검정 두루마기를 단정히 입은 한재명 선생이 주례사를 시작했다.

"형제 동지 여러분, 반갑습니다. 여기 두 젊은이가 어깨 겨루며 함께 싸웠던 가시밭길을 넘어 여기 와 섰습니다. 우리 늙은이들이 여기 무슨 군더더기 말을 보태겠습니까. 그저 소중한 축복을 보내주십시다. 그리고 이 두 사람을 위해서 울어주고 기다려준 부모님께, 동지들께 감사드리는 것도 잊지 맙시다."

박수소리가 자지러졌다. 소반 위에 얹힌 정한수처럼 수수하고 깔끔한 화법이다. 윤서가 두 번째 출소하던 날 먼 길도 마다않고 달려와 뜨겁게 어깨를 안아주던 시절에 비하면 흰 머리칼이 곱절은 늘은 상 싶었다.

혼례가 시작되고 동편에 서 있는 신랑에게 신부가 1배를 올렸다.

봄바람 부는 날

전통 혼례에선 신부 2배지만 우리 민주 결혼식에선 평등이니까 1배로 통일한다고 사회자가 너스레를 떨었다. 서편의 신부에게 신랑이 1배를 올렸다. 합환주를 먹일 차례가 되자 조롱박 한 쌍에 술을 부어 신랑 신부에게 주었다. 도리질을 하던 명주가 족두리를 안 떨어뜨리느라고 비적대던 끝에 꼴까닥 술을 삼키자 또 한번 와아 웃음꽃이 폈다. 야, 그 색시 주량 한번 쎄다, 보나마다 첫아들은 또 걸물이겠구나! 걸직한 입담이 신부 귀에도 들렸는지 명주의 꼭 다문 입술이 배시시 열렸다.

신랑 신부가 서로 마주보고 서서 1배씩을 했다. 두 사람은 교배상을 물러나와 두 손을 마주잡고 어머니 앞으로 가서 절을 올렸다. 텅 빈 사돈 자리를 뒤로 두 사람은 하객 쪽으로 나란히 돌아섰다.

그때였다.

"명주야, 여기 아버지 오셨다. 절 올려!"

사돈댁이었다. 물빛 한복을 곱게 차려입은 사돈댁이 명주 아버지를 앞으로 떼밀면서 소리치고 있었다. 손님들은 숨을 죽이고 이 광경을 지켜보고 있었다. 다소곳이 고개를 숙이고 있던 명주가 고개를 번쩍 들었다. 명주 아버지가 앞쪽으로 걸음을 옮긴 것과 신부가 그쪽을 향해 내달은 것은 거의 동시였다.

"아버지!"

더 이상 말을 못 잇고 눈물을 주루룩 흘리는 딸의 등을 명주 아버지가 가만히 쓸어내렸다.

"짜식 울긴……"

누가 먼저 시작했는지 우렁우렁 합창소리가 마당 가득 울려 퍼졌다.

함께 가자. 우리 이 길을 투쟁 속의 동지 모아 함께 가자 우리 이 길을 동지의 손 맞잡고 가로질러 들판 산이라면 어기여차 넘어주고 사나운 파도라면 어기여차 건너주자. 해 떨어져 어두운 길을 서로 일으켜주고 가다 못 가면 쉬었다 가자. 아픈 다리 서로 기대며 함께 가자 우리 이 길을 마침내 하나됨을 위하여.

하객들 맨 앞줄에서 한마디도 놓치지 않고 노래를 부르고 있는 임 목사 내외의 정갈스런 백발을 찬옥은 굽어보았다. 얼마 전 스물두 해만에 출소한 최 선생도 보였다. 모두들 두 사람을 위하여 노래 부른다기보다 자기 자신을 위해 목청껏 기구하는 것 같다. 모두들 외롭고 목마른 사람들 같았다. 춥고 살벌했던 토막난 기억들을 떨쳐버리려는 듯 가슴을 크게 열어 소리를 합치는 모습이 신기했다. 이어서 놀이패들이 등장하여 흥겨운 뒤풀이를 시작했다.

어머니를 사이에 두고 사돈댁과 찬옥은 한창 춤판이 벌어진 잔치 마당을 나란히 걸어 나왔다. 어머니는 겨우 인사를 튼 사돈댁이 서먹한지 입을 꼭 다물고 있었다.

"층층시하에서 살다 보니 제가 주변이 없어 부끄럽습니다. 뵙고 나서 요며칠 잠 한숨 못잤답니다. 애 아버지는 회사에서 노사분규다 뭐다 시어른 눈치만 살피는 터에 명주 이야기만 나오면 디립다 화를 냈어요. 간밤에 파업이 시작됐다구 회사에서 밤샘을 한다기에 말두 못 붙이고 있는데 그래도 핏줄이 땡기던지 잊어버리지 않고 가자더군요. 부랴사랴 온다는 게 그만 늦어서……"

"그렇게라도 오셨으니 애들 마음이 얼마나 좋았겠어요. 잘 오셨어요."

찬옥이 그렇게 맞장구를 쳤어도 어머니는 말이 없다.

봄바람 부는 날

몇 걸음 앞서 걷는 사돈은 윤서와 함께였다. 명주 여동생인 사돈
댁 처녀도 보였다. 손님들은 명주 후배들이 학생회관에 차려놓은
피로연장으로 들어서고 있었다. 막걸리가 가득 든 주전자를 휘휘
돌리며 줄달음을 치는 남학생들, 앞치마를 차려입고 분주히 떡접
시를 나르는 여학생들 사이로 벌써 건배를 나누는 하객들이 즐거
워 보였다. 금방 말아낸 국수 대접 앞에서 한 쌍이 된 신랑 신부 인
사를 받으며 왁자지껄 푸근한 모습들이다.

찬호 내외에게 뒤치다꺼리를 맡긴 채 찬옥은 어머니와 한창 흥이
겨워가는 식당을 나왔다.

뜰로 나서자 춤패들까지 모두 식당으로 들어갔는지 조용하다. 찰
랑이는 봄볕을 받으며 모녀는 말없이 걸었다. 마당을 다 벗어나서
야 연못가 빈 의자를 가리키며 찬옥이 입을 열었다.

"어머니가 큰마음 먹어주셔서 고마워요. 좋잖아요 이런 결혼식
도."

"그렇찮음 어쩌겠니. 내 새끼가 저지른 걸."

"어머니, 전에 현이 애비 들어가기 전에 내가 그이 책 싸들고 다
락방에 숨겨 달랠 때 안 된다고 하신 거 기억하세요?"

"에미가 다 죽게 됐다든? 그걸 잊어버리게."

"난 그때 얼마나 서러웠다구요. 어머니 뭐래셨는지 아세요? 니
가 골라서 하는 일이니 니가 책임져라. 여긴 동생들 사는 집이니
누 끼치지 마라, 그랬어요. 가져갔던 책 보따리 되갖고 오면서 그
때 저 막 울었어요. 어머니 냉정한 건 못 말려. 이젠 그렇게 새 아
이 울리면 안 돼요, 어머니."

"좋은 날 쓸데없는 소리는……"

별들의 감옥

말을 끊고 먼 하늘로 눈길을 박는 어머니를 보며 찬옥은 픽 웃었다. 잔잔한 연못물을 스치며 향긋한 훈풍 한 줄기가 불어왔다. 찬옥은 어머니의 찬 손을 가만히 감싸 쥔 채 이제 막 봉오리를 터뜨리는 목련에 시선을 묻었다.

봄바람 부는 날

새가 된 아이

오후 9시가 되자 가판 송고를 마치고도 자리들을 못 뜬 이들이 일제히 TV 화면을 향했다. 첫 뉴스는 낮에 있었던 부평 대우자동차 노조 시위였다. 전쟁터 같은 경찰들의 시위진압 현장이 한참이나 비춰지고 난 다음, 고객 돈을 40억이나 빼돌리고 중국으로 달아났다가 인터폴의 도움으로 체포된 은행원의 얼굴이 클로즈업되었다. 화면은 다시 S고 교사들 6, 70여 명이 붉은 머리띠를 매고 구호를 외쳐대는 철야농성장으로 옮겨졌다.

'재단비리 폭로, 교사 20명 양심선언'

달포 전 사회면을 장식하던 기사 제목이었다. 교육청 복도에서 S고 양심선언 교사들 스무 명이 덩그러니 밤샘을 하던 모습이 TV 화면에 잠깐 나왔을 때, 그 숫자의 간지러움에 코웃음을 쳤었다. 그 날보다는 숫자도 서너 갑절 늘었고 제법 열기도 있어 보였다. 이번엔 뭐가 좀 되려나. 죽어가는 동료에게도, 제자의 생떼 같은 참극에도 눈빛 하나 바꾸지 않던 이들이었는데……

1980년대 말 강남 한복판의 소위 명문이라는 고교 울타리 안에서 도저히 있을 법하지 않은 희귀종들이었다. 학생들 앞에서 교장에게 따귀를 맞거나 정강이를 까여도 대놓고 저항을 못하던 사람들. 저항은커녕 행여 눈 밖에 날까 벌벌 떨던 사람들인데, 끝내는 한데 뭉쳤다는 사실이 놀랍기까지 했다.

나는 황급히 텔레비전 앞을 물러나왔다. 가슴 밑으로 뜨겁게 치받쳐 올라오는 상념을 주체할 수가 없었다. 무서운 기세로 질주하는 바로 옆 대로변 차량들이 빚어내는 굉음이 어두운 하늘을 가득 메우고 있었다. 내가 뿜어 올린 담배연기 사이로 점점이 떠오르는 얼굴이 있다. 앳된 눈망울의 그 얼굴은 어느새 처절했던 마지막 모습으로 다가왔다.

12년 전, 내가 고3이 되던 해 이른 봄이었다.

여느 아침들처럼 그 긴 언덕엔 아이들의 단거리 경주가 펼쳐지고 있었다. 어깨가 쩍 벌어진 교련부 선생들이 지각생을 모질게 짓이기는 통에 어떤 배짱 좋은 녀석들이라 해도 숨넘어가는 뜀박질로 하루를 시작하게끔 되어 있었다. 전날 교련 덕분에 정강이 아래가 대못이 박힌 듯 쑤시고 아팠다. 느닷없이 수업 중에 울린 사이렌을 따라 마당에 집합한 3학년들에게 학년 초 군기를 잡는다며 3시간 꼬박 얼차려와 오리걸음, 마당돌기 구보가 되풀이 되었던 것이다. 운동장은 미처 눈이 녹지 않아 질퍽했다. 머리통이며 손바닥과 신발이 진흙투성이가 되었건만 그만 일에 구시렁거릴 우리가 아니었다. 영하 24, 5도를 넘나드는 혹한에 웃통을 벗은 채 학교 주변 대

별들의 감옥

로를 수십 바퀴씩 달음박질한다든지, 쪼그려 돌기나 선착순 뛰기, 원산폭격…… 입학 후 쉴 새 없이 반복된 종류도 다양한 단체기합에 도가 튼 우리들이었다.

싸늘한 새벽 공기를 안고 학교 언덕을 올라가는 내 귓가엔 아직도 전날 밤 인표가 씹어뱉듯이 던지던 마지막 말이 남아있었다. 녀석이 기어코 일을 벌이겠다는 선전포고를 해왔기 때문이다.

졸업생들이 바로 그날 몰려올 거라고 했다. 새 학년이 시작되면서 줄기차게 1인 시위를 벌이던 곽영래 선생은 더 이상 나타나지 않았다. 9년 동안 국어를 가르치다가 병으로 사직원을 내야 했던 곽 선생은 그해 봄 방학 전까지만 해도 교문 앞에 돗자리를 깔고 복직 시위를 했었다. 학교 담벼락에 진정서가 덕지덕지 나붙고 이따금 등에 띠를 두른 다른 학교 선생들이 십여 명씩 와서 들러리를 서곤 했는데, 이젠 그들마저도 보이지 않았다. 곽 선생은 도로 병세가 나빠져 병원 신세를 지고 있다는 소문이었다.

여전히 정문은 닫힌 채였다. 학교가 아직도 촉각을 세우고 긴장한다는 증거다. 곽 선생의 시위가 시작되던 지난해 늦가을부터 학교는 줄곧 정문을 닫아걸고 샛문으로 아이들을 등교시키고 있었다.

"이런 기회가 다시 있을 거 같애? 우리도 합세해서 새끼들 다 들어 엎어 버리자구. 애들 기분이 폭발 직전이란 거 알지? 졸업생들 이백 명은 내가 장담할게. 걔들을 방패 삼아 와 몰려 나가는 거야. 한꺼번에 왕창 덤비면 지들이 어쩔 거야. 신문, 방송에 대문짝만하게 한번 나면 끝나는 거야."

녀석은 전학생이었는데도 교회나 대학생 형을 통해 늘 졸업생들

새가 된 아이

동정을 환히 꿰고 있었다. 선배들이 탄원서를 냈을 때 우리들에게
제일 먼저 그 이야기를 전해준 것도 인표였다. 대학 다니는 선배들
이 모조리 몰려올 것처럼 녀석은 붕 떠 있었다.

　나는 아이들 몇백 명 왁왁거린다고 호락호락 물러날 교장이 아니
라고 우겼다. 처는 이사장, 누이는 이사, 학생주임에서 몇몇 교사
까지 겹겹이 친족으로 철옹성을 쌓은 교장을 밀어내기는커녕 우리
가 먼저 당할 거라는 비아냥에 발끈한 녀석은 표독을 떨었다.

　"이 비겁한 새끼. 학교 쫓겨나는 게 그렇게 무서워? 네 그 잘난
정의감은 어디 갔냐?"

　나는 차라리 입을 다물어야 했고, 인표는 예정대로 시위를 강행
하겠다고 했던 것이다.

　"야, 너 두발!"

　한 아이가 샛문에 서 있던 학생부 선생에게 바로 내 앞에서 덜미
를 잡혀가고 있었다. 매일 겪는 것이건만 그날은 더욱 소름이 돋았
다. 우두둑 앞섶 단추가 뜯겨져 나간 채 질질 끌려가던 아이는 바
닥에 가방을 내려놓고 제풀에 엎드려뻗쳐 자세부터 취한다. 담장
밑에 벌써 가지런히 엉덩이를 쳐들고 늘어선 아이들이 10여 명이
넘었다. 바짝 긴장한 채 조심조심 그 앞을 지나던 나는 흠칫 놀라
뒤를 돌아보았다. 살얼음이 낀 흙바닥에 얼차려 자세를 하고 있는
아이의 앙바틈한 옆모습이 흡사 택주였기 때문이다. 다행히 택주
는 아니었다.

　책을 빌려 주고 나면 항상 조바심이 났다. 아무리 배짱 좋은 녀석
이지만 설마 오늘 같은 날 가방에 그 책을 넣어 오지야 않았겠지.

　　　　　　　　　　　　　　　　　　　별들의 감옥

녀석이 며칠 전 빌려간 『강좌철학』의 회색 표지가 뇌리를 휙 스쳤다. 책 군데군데에 맑스나 엥겔스, 레닌, 모택동의 구절을 직접 인용하고 있어서 위험천만이었다. 하긴 검열을 의식해서인지 번역자도 칼 맑스를 그냥 '칼'로, 엥겔스나 레닌을 '프리드리히'라든지, '울리아노프'로 적당히 얼버무려 놓고 있긴 했지만.

"너, 가방 열어 봐!"

"이 새끼 복장이 그게 뭐얏!"

당장 그런 호통이 등짝을 거머쥘 것만 같다. 두근대는 가슴을 쓰다듬으며 잰걸음으로 돌계단을 올라갔다. 뒷덜미에 축축하게 식은 땀이 흘렀다.

매일 되풀이되는 등교검사를 떨지 않는 애는 없었다. 영하의 겨울에도 외투는 절대 못 입었고 방한화를 신어서도 안 되었다. 머리칼이 2센티를 넘어서도 안 된다. 아무 때나 장소를 가리지 않고 벌어지는 소지품 검사…… 아침마다 차고 때리고 빼앗는 공포 분위기에서 살아남느라고 아이들은 살얼음 딛듯 물 맞은 강아지처럼 꽁지를 빼고 다녔다. 그도 저도 위반사항이 없을 땐 자세 교정. 이 새애끼. 너 실직자냐? 아침부터 학교 오는 놈이 군기(반드시 군기라는 용어를 썼다)가 빠져 있잖아. 교문 안쪽 담 밑의 길다란 공터에 아예 노란 줄을 쳐 놓고 비가 오나 눈이 오나 본보기로 3, 40명씩은 거기 엎드려 깨지곤 했다.

"억세게 재수 없는 놈이네. 어쩌겠니? 입대한 셈 잡아."

이 학교를 졸업한 동네 형들이 내가 여기 배정되었다는 이야기를 듣고 측은지심이 발동하여 던진 첫마디였다. 하긴 아이들의 기선을 제압하는 그런 분위기는 일찌감치 학교에 대한 전투의지를 상

새가 된 아이

실하게 하는 효과가 충분했다. 아침마다 교문을 무사히 통과하여 교실에 도착한 아이들은 우선 무한한 생환의 기쁨을 누리곤 했으니까. 다른 학교 같았으면 크고 작은 소요가 끊이지 않았으리라. 그러나 여기선 학교 방침에 엇나가려는 작심부터가 아예 성가셔진다. 대걸레 빗자루로 며칠에 한 번씩 엉덩이에 무늬가 생기도록 터지다 보면 매사가 그저 심드렁해지곤 했다.

택주를 처음 만난 건 2학년 여름방학, 내가 아르바이트를 하던 서점에서다. 한쪽 다리를 저는 서점 주인은 아버지의 감방 동기생이었다. 주인은 한 달이면 수십 권씩 책이 빈다고 노상 푸념이었다. 집에서 받은 참고서값을 삥땅친 놈들의 소행이었다. 놈들을 잡느라고 으레 눈을 부라려야 했는데, 택주처럼 그렇게 손 빠른 책도둑은 처음 보았다. 마침 책 배열을 마치고 사다리를 내려오던 내 눈에 띄었기에 망정이다. 짧은 머리칼이 덮인 머리통을 위에서 내려다보면서 대뜸 같은 학교 학생이구나 싶었다. 나는 사다리를 부리나케 내려갔다. 크지 않은 키, 가무잡잡한 얼굴에 유난히 검고 빛을 뿜는 눈동자가 쌈닭처럼 다부져 보이는 녀석이었다. 눈이 마주치자 녀석은 나를 잡아먹을 듯이 노려보았다. 상대방의 목덜미를 물어뜯기 직전의 장닭의 위엄이 가히 그랬을까. 마침 주인은 계산대에서 손님에 둘러싸여 있었고 주변엔 아무도 없었다.
"빨리 나가 버리지 않고 뭐해, 이 멍충아!"
나 자신도 내 입에서 그런 말이 나갈 줄은 전혀 예상치 못했다.
뒤도 안 보고 곧장 서점을 빠져 나가던 녀석이 책값 4000원을 가지고 다시 서점으로 나를 찾아온 것은 그로부터 한 주일이 지나

별들의 감옥

서였다. 녀석은 같은 학교 1학년 학생이었다. 그날 밤 나는 서점 뒷골목 포장마차에서 녀석에게 비상금을 털어 저녁을 샀고 소주까지 한 잔 걸친 뒤, 난생 처음 마셔본 술기운에 해롱대는 택주를 끌고 책만큼은 풍년인 우리집으로 갔다. 책 도둑질을 그만두라는 말 대신 나는 녀석에게 아버지의 서가를 보여주었다. 그 후 녀석은 사나흘에 한 번씩은 우리집으로 쳐들어와 한아름씩 책을 빌려 갔다.

녀석과 나는 공통점이 많았다. 여자 친구가 없었고, 한 번 찍은 책은 설사 시험기간이라 해도 이틀 내에 끝장을 내는 쾌속주의였고, 둘 다 주머니 속에 돈이 없었다. 퀸과 메탈리카보다는 카스트로가 녀석과 나의 우상이었다. 또래들이 브레이크댄스 동작을 익히기 위해 쏟는 만큼의 정열을 우리는 책읽기에 바쳤다. 사실 주머니 사정 때문에 그것밖에 딱히 할 짓이 없기도 했지만. 녀석은 분신처럼 나를 따랐다. 바로 전 주일만 해도 여의도에서 벌어진 김대중 연설회를 같이 다녀왔을 정도다.

나와 녀석의 이런 어울림은 나중에 비밀 독서회로 이어졌다.

정직하게 말하면 인표의 말에 몸을 사렸던 것도 행여 독서회가 노출될까, 하는 노파심이 더 컸기 때문이다. 곽 선생이 병으로 자리를 비운 처음 반년 동안 임시교사로 온 여선생이 내게 독서회를 맡겼다.

미혼의 젊은 여교사라는 희소가치 때문이겠지만 돌연한 그녀의 등장은 온 학교를 술렁거리게 했다. 무엇보다도 수업시간마다 빼놓지 않고 암송시를 들려주는 그녀의 높고 맑은 음색은 연병장 분위기로 꽁꽁 얼어붙은 우리들의 감수성을 위험하리 만큼 잡아 흔들었다.

새가 된 아이

님은 갔습니다. 아 아 사랑하는 나의 님은 갔습니다. ……날카로운 첫 키스의 추억은 나의 운명의 지침을 돌려놓고 뒷걸음쳐서 사라졌습니다…… 동학운동을 하다가 중이 되었다는 시인이 쓴 이 시는 당장에 전교생 애송시가 되었고, 한 달도 못되어서 아이들을 그녀의 열혈신도로 만들어 버렸다. 그녀가 아무리 그 시에 나오는 '님'에 그럴듯한 토를 달아도 그때 열일곱 살의 선머슴애들이었던 우리들의 귀에는 님은 그저 '날카로운 첫 키스'의 대상일 뿐이었으니.

사실 도무지 예쁘달 수는 없는 용모였는데도 그녀의 제법 굴곡을 갖춘 몸매와 긴 생머리만큼은 매력이 넘쳤고, 거기다 당차고 영악하기까지 했다. 이성을 잃은 녀석들의 아우성과 농지거리에 한동안 국어시간은 통제불능이었는데, 다행히 바로 우리 교실에서 일어난 촌극 이후 곧 평정되었다.

한 녀석이 발등 위에 거울을 부착해서 치마 밑으로 슬쩍 밀어넣는 유치한 수법을 섣불리 시도했다가 생긴 해프닝이었다. 그런데 중학교 때는 곧잘 어린 여선생들을 울렸던 이 장난에 울음을 터뜨린 건 선생 쪽이 아니었다.

"그래 거울로 뭘 봤니? 어디 한번 들어보자!"

웃음기를 싹 거둔 신 선생은 앙칼지게 쏘아붙였다. 이 역습에 범인이 오히려 얼굴이 벌개졌다. 책상을 치며 킥킥거리던 아이들마저 일순 얼이 빠졌다.

"아니, 고만한 뱃장도 없는 녀석이 그런 짓을 해? 벌 받을 각오 단단히 했겠지? 같이 학생부로 갈까, 여기서 벌을 설까?"

신 선생은 교탁에 펼쳤던 책을 착착 거두더니 당장 교실을 나갈

별들의 감옥

기세였다.

'학생부'라는 말에 얼굴이 파랗게 질린 범인이 급기야 여선생의 소매를 잡으며 매달렸다. 눈물마저 글썽댄다.

"여, 여기서요…… 받, 받겠습니다."

녀석이 45분 꼬박 두 팔을 머리 위로 올려 조각 거울을 들고 있는 동안 여선생은 언제 그런 일이 있었냐 싶게 쌩끗거리며 나머지 수업을 끌어갔다. 분명한 건 그 이후로 그녀의 수업시간에는 그 누구도 찍소리를 내지 못했다는 사실이다.

어느 날 그녀가 방과후 교무실로 나를 불러 두세 차례 책을 사오라는 심부름을 시켰는데, 나중에 생각해보니 그건 독서회를 권유하기 위한 핑계였다.

그녀는 교회에 보아 둔 장소가 있다며 20명이나 되는 아이들 명단을 은밀히 건네주었다. 명단을 받으면서 코가 커지는 기분이었는데, 그건 내가 태어나서 처음 누구에게 인정을 받는 순간이었기 때문이다.

그 학교는 일류대 합격이라는 기록을 올리는데 필요한 것이 아니면 모조리 씨를 말리려 들었다. 바로 길 건너 학교만 해도 장려하는 일이 이 학교에선 비밀결사나 되는 듯 걸리면 바로 퇴학 깜이었다. 그녀도 그걸 알고 있었다. 독서회만 해도 무엇을 읽느냐의 문제가 아니라 모임 자체가 그랬다. 교무실 중앙에 걸린 수업진행표와 70여 개의 과외활동 이름이 새겨진 목각 팻말은 순전히 장학관 나부랭이들이 올 때 보여줄 전시용이었고, 서클활동 자체가 중죄였다.

처음부터 나는 그 명단에 있는 인표라는 귀족이 마음에 걸렸다.

새가 된 아이

나란히 붙은 2학년 교실을 통 털어 인표를 모르는 애들은 없었다. 녀석이 전학을 온 건 강북의 한 학교에서 시작한 두발규제 반대시위 소문이 마침내 우리 학교에 상륙한 2학년 초였다.

"야, 나 분위기 좀 바꿔보려고 왔거든. 잘 부탁한다."

다니던 학교를 쫓겨났다며 진담 반 농담 반 제 소개를 한 인표였다. 녀석이 화제의 인물이 되는 데는 하루도 안 걸렸다. 겁도 없이 버버리 코트를 빼입고 등교하다가, 옷을 빼앗기고 엎드려뻗쳐를 하면서도 실실 웃더라는 목격담부터 시작해서 잘나가는 어느 기업 회장의 외손자라는 것, 두발 자유화 시위를 주동하다가 퇴학을 맞고 전학 왔다는 이야기, 여학생들을 몰고 디스코텍을 누비더라는 미확인 소문까지 화제가 꼬리를 물었다.

소문대로 녀석은 훤칠한 허우대에 걸맞게 스포츠 만능인데다 방학은 주로 외국에서 보내는 모양이어서 2학기 개학 날짜에 아슬아슬하게 맞춰 나타난 녀석의 검게 그을린 모습은 한여름을 독서실 구석에 쳐박혀 썩어야 했던 아이들의 심사를 불편하게 했다. 녀석의 버터 칠이 잘된 영어 발음을 들을 때마다 나 역시 속이 거북해지곤 했으니까.

신 선생은 대체 이런 녀석을 왜 독서회에 넣은 걸까? 인표가 스무 명 남짓한 회원들 중에서 나와 택주 다음으로 열성파임을 입증해가는 와중에도, 나의 의구심은 사그라들지 않았다.

누구에게나 제가 한 수 위인 것처럼, 선생들 앞에서도 기죽는 일이 없는 인표. 그런 인표에게 내가 생리적 거부감을 갖는 건 당연했다. 목표 독서를 대충 따라오고 발표 준비도 꾸려오지만 인표가 독서회에 드나드는 진짜 이유가 혹시 한판 벌이려는 것, 말하자면 위험하기 짝 없는 낭만주의가 아닐까, 노상 의심이 들곤 했었다.

"교장 물러가라!"

그날 2교시 시작 벨이 막 울렸는데 갑자기 정문 쪽에서 그런 고함소리가 들린 것 같았다. 흡사 파도소리 같았다.

"야, 우리도 나가자!"

"나가자!"

교실 마룻바닥으로 와당탕 걸상들이 넘겨졌다. 1교시가 끝나자 초조한 듯 인표를 둘러싸고 서성이던 서너 명의 아이들이 먼저 교실 뒷문을 빠져나갔다. 선발대의 뒤를 따라 몸을 돌리던 인표의 시선이 나를 훑었다. 이웃 교실에서도 거친 발소리가 부실하기 짝 없는 목조 건물을 부술 듯이 울려왔다. 인표와 한 떼의 아이들이 교실을 나간 후 얼떨결에 출구 쪽으로 두어 걸음을 떼어놓던 나는 몸을 돌려 창가로 갔다. 비겁한 새끼. 쫓겨나는 게 그렇게 무서워? 매몰차게 쏟아붓던 인표의 음성이 윙윙 귀를 울렸다. 창턱에 촘촘히 몰려 서 있는 아이들 등 너머 대각선으로 보이는 2학년 교사에도 창틀마다 새카맣게 아이들이 몰려서서 목을 빼고 아래를 내다보고 있었다.

운동장 건너편 교문 바깥쪽에서 함성이 와와 밀려왔다. 십여 대의 백차가 수선스럽게 얽힌 교문 밖 틈새로 몰려온 선배들의 숫자가 칠팔십 명은 넘는 듯싶었다. 본관 쪽에서 뛰어나온 한 떼의 교사들 선두에 키 큰 교련 선생이 보였다. 그 뒤를 바싹 달려가는 사람은 1학년 때 담임이었던 학생부 권이두 선생이 틀림없었다. 항상 대비했던 듯 정복을 입은 수위와 7, 8명이나 되는 낯선 장정들

새가 된 아이

이 걸어 잠근 교문 안쪽에 다닥다닥 붙어 서 있었다. 어쩐 일인지 우당탕거리며 교실을 빠져나간 아이들의 모습은 운동장에 한 명도 보이지 않았다. 3학년 교실의 아래쪽 어디쯤에 저지선이 있는지 산발적으로 교사들의 거친 고함소리만 올라왔다.

"야, 창문 닫고 원 위치! 말 안 듣는 놈 누구야? 엉 안 들려! 느들 죽을래?"

어디서 나타났는지 학생부 백 주임이 3층 쪽을 노려보며 악을 썼다. 3학년 교실에서 하나 둘 철그덕거리며 창문 닫는 소리가 느리게 울려 퍼졌다. 교련 선생 한 명이 먼지바람을 내며 별관 교사 쪽으로 내닫고 있었다. 교련시간이면 "원사안 폭겨억!"을 외치던 그의 날랜 고함소리에도 2학년들은 여전히 창가에 매달려 있었다. 교문 밖에 들이닥친 기동경찰들의 호각소리가 어지럽게 들려왔다.

교문 밖의 선배들은 교가를 부르고 있었다. 그때였다. 2학년 교사 출입구에서 벼락치듯 함성이 울렸다. 제지하는 선생들을 밀치고 삽시간에 150여 명은 넘어 보이는 아이들이 우루루 서편 운동장을 덮었다. 아이들은 교문 쪽으로 무섭게 내달리기 시작했다. 마주 달려가던 선생 한 명이 아이들 머리 위로 뿌옇게 무더기져 피워오른 흙먼지에 파묻혀 갑자기 사라졌다. 교문 안팎에서 우와 함성이 일었다. 3학년 교사 출입구 쪽에 몰려 서 있던 학생들도 저지선을 뚫고 총알처럼 뛰어나오고 있었다. 누군가가 조그만 피켓을 든 아이를 낚아채더니 냅다 따귀를 갈기는 모습이 보였다. 아까 교문 쪽으로 달려갔던 권 선생이었다. 평소 주먹보다는 머리를 굴린다는 그답지 않게 아이를 난폭하게 짓이기고 있었다. 독서회가 터진다면 권이두가 냄새를 맡을 때라던 인표의 말을 떠올리며 나는 눈을 질끈 감았다. 운동장을 덮은 뿌연 모래바람이 걷히면서 두 아이의 부축을 받으며 이쪽으로 오고 있는 부상당한 선생의 모습이 드러났다. 그 뒤를 권이두에게 뺨을 맞던 아이가 끌려가고 있었다. 아, 그건 택주였다. 이럴 수가! 믿어지지가 않았다. 바로 사흘 전에 만났을 때도 전혀 눈치채지 못했던 일이다. 왜 내게 말하지 않았을까. 도대체 언제 저런 피켓까지 만들어 숨겨두었던 걸까.

"야, 2학년들 이젠 죽었구나."

창틀에서 눈을 떼지 못하는 학생들이 갑자기 수런댔다.

메가폰을 빅빅 울리며 악을 써대는 학생주임의 연설이 울려 퍼졌다.

"학생들은 교실로 돌아가라! 명령한다. 돌아가라! 각 반 담임선생님들은 교실로 돌아가서 자리에 없는 학생들 명단을 정확히 체크하십시오! 즉각 시행하십시오! 학생들 빨리 원 위치로 가라! 시위 가담자는 이미 모두 사진 찍혔다. 오늘 적발된 학생들은 각오해라!"

담임이 교실 문을 열었을 때는 아이들 십여 명을 뺀 대부분이 자리에 돌아와 있었다.

"옆자리 없는 사람 없냐?"

혼이 나간 듯 담임은 아이들을 둘러보았다. 빈 자리는 인표를 포함해 일곱 명뿐이었다.

"자, 문제집을 펴라. 다음 지시가 있을 때까지 자리를 떠나서는 안 된다."

늙은 담임은 구부정한 등을 보이며 교실을 나갔다. 운동장 쪽에선 여전히 소란이 이어지고 있었지만 남은 아이들 중 누구도 다시

새가 된 아이

창가로 눈을 돌리지 않았다.

그날 밤 나는 택주네를 찾아갔다.

건조한 매운바람이 골목을 훑고 지나갔다. 점퍼 소매를 파고드는 바람결은 한겨울보다 차게 느껴졌다. 드문드문 불 켜진 상가들이 문을 열고 있는 큰 길과는 달리 골목 안은 어두웠다. 달도 없이 별들만 총총한 밤하늘이 을씨년스러웠다. 버스를 내려서 좁은 골목길을 십여 미터 걷자 흐릿한 가로등 밑에 택주네가 세든 집이 보였다. 골목길로 난 문간방 쪽문은 굳게 닫힌 채였다. 몇 번 흔들어 보았지만 인기척이 없다. 어머니까지 불려간 걸까. 버스정류장으로 가보기로 했다. 골목길을 다 벗어나자 마침 시내버스 한 대가 도착하면서 한 떼의 사람들을 쏟아부었다. 작달막한 택주의 모습이 보였다. 혼자가 아니었다. 어머니에게 한 팔을 부여 잡힌 채 길을 건너오던 녀석은 나를 알아보자 어머니의 손을 냅다 뿌리치고 뛰어왔다.

"형, 여기 왜 왔어? 누가 보면 어쩔려구? 제발 빨리 꺼져!"

숨을 헐떡이는 택주의 쏘는 듯한 검은 눈자위가 조급하게 떨고 있었다.

"이 자식! 너 뭐야? 어떻게 나한테 의논도 없이 그딴 짓을 하냐구!"

택주가 무어라고 대답을 하려는데 뒤 따라 뛰어온 택주의 어머니가 우왁스레 그 애와 나 사이를 가로막았다.

"느들 우리 택주 부추기지 마라카이. 싸게 가그라. 안 그라만 택주 퇴학 받는대이!"

어머니에게 어깨를 마구 밀려 골목 안으로 끌려가던 택주가 뒤돌아보며 나직이 소리를 쳤다.

"형, 나 형 모른다고 했어. 알았지? 다신 여기 얼씬대지마!"

나는 한동안 그들이 사라진 어두운 골목을 향해 서 있었다. 어떻게 녀석이 이 회오리를 헤어날 건지 암담하기만 했다. 떠들썩한 8학군이라고는 하지만 한 반에 육십여 명 남짓한 아이들 중에 택주나 나 같은 애들이 반마다 몇 명씩은 있다. 택주에 비하면 나는 유복했던 셈이다. 출판사에 나가 번역 일을 해 온 어머니 덕분에 아버지가 없는 동안에도 끼니 걱정을 하진 않았다. 초라하지만 집도 있었다. 그런 나도 반에서는 친구들이 다 아는 가난뱅이로 따돌려졌다. 고급 브랜드와 두둑한 지갑으로 무장하고 신사동으로, 압구정동으로 몰려가서 한턱을 내는 친구가 턱짓을 해도 사양하는 게 예의였다.

아버님께 어제 너무 고마웠다고 말씀드려라. 어머님 요즘 건강 좋아지셨니? 이번에 너희 아버님 승진하셨다지? TV에 나오던데 정말 훌륭하시더구나. 너 이번에 성적 많이 올랐지? 어머니께 한턱내시라고 해라. 선생들은 대견해 못 견디겠다는 듯이 권력층이나 부유층 애들에게 제 식구처럼 살갑게 굴지만, 그렇지 못한 아이들에겐 생판 딴 얼굴을 보였다.

교장은 입학식 날, 국립 S대학교 진학률이 7년 연속 전국 최고라며 자랑을 했다.

학부모들에게 S대라는 말은 엄청난 위력을 발휘한다. 어머니도 자주 네가 S대만 간다면! 감탄사를 넣어 말하곤 했다. 그 한마디로 학부모들은 이 학교의 광신도가 되는 거다. 일류대 입학이 바로 미

새가 된 아이

래로 가는 행운의 티켓이었다. 그 행운을 증명하겠다는 듯이 학교가 기부금 통지를 해오면 어느 학부모든 다투어 가져다 바쳤다. 아이들도 아예 그러려니 한다. 정말 가소로운 것은 형세가 어려운 부모들이 기부금을 할부로 지불한다는 사실이다. 그것도 아주 기꺼이. 콩나물값도 아껴야 하는 어머니가 아무도 몰래 할부로 기부금을 내고 있었다는 기막힌 사실을 나 자신도 1년이 다 가도록 몰랐으니 말이다.

별난 학교였다. 그러나 바로 그 별난 점이 이곳 학부모들을 몸달게 했다. 우량기업 증권을 사는 기분으로 기부금을 내는 모양이다. 어머니도 그런 산술을 했던 걸까.

병든 교사를 내보낼 때도 교장은 학부모의 뜻이라고 했었다. 새빨간 거짓말은 아닐 것이다. 교사의 병치레가 학부모와 교장이 공범이 되어 꿈꾸는 국립 S대학교를 향한 여덟 번째 신화의 도전에 방해가 된다는 데에는 그들도 전혀 이견이 없는 것이다.

어린 시절 아버지는 6년이나 집을 비웠다. 배낭을 싸들고 어디론지 피신 갔던 아버지가 결국 집으로 돌아와 잡혀가던 때, 나는 겨우 여섯 살이었다. 중학생이 되어서야 아버지는 제자리로 돌아왔지만 이미 병줄이 잡힌 몸이었다. 아버지와 많은 사람들이 몸으로 막아보겠다던 삼선개헌은 여봐란 듯이 이루어졌고, 서슬 푸르던 대통령은 할 짓, 못할 짓 모조리 해 본 끝에 어이없게 죽었지만 아버지와 그 동지들은 여전히 복권되지 않고 있었다.

1학년 첫 학기 기부금 통지를 받은 아버지는 담임에게 자발적이어야 할 기부금을 왜 강제로 걷느냐고 항의했다. 아버지는 입씨름으로 끝난 줄 알았지만 이야기를 들은 어머니는 몰래 담임을 찾아

별들의 감옥

가 기부금을 분납했다. 뒤늦게 아버지에게 야단을 맞고 눈물을 찍어내는 어머니를 보면서 나는 새삼 학교의 위력에, 세상의 위력에 입이 벌어지는 느낌이었다.

하교 시간마다 학교 언덕을 빡빡하게 덮어버리는 반들반들한 외제 승용차들을 타고 아이들은 비싼 과외를 골라 들으며 기부금을 할부로 내거나 아예 못내는 우리 같은 존재를 몰래 밀어낸다. 형식적인 학급편성 외에 주요과목 공부는 성적별로 따로 편성해서 시키지만 아이들은 영악스레 주머니 부피만큼 끼리끼리 어울렸다. 나나 택주가 기를 쓰고 성적에 매달리는 출발점은 대학을 잘 가겠다는 미래 문제를 넘어서 사람으로 인정받고 싶은 당장의 문제였다. 나는 택주를 미리 말리지 못한 내 자신이 한탄스럽기만 했다.

시위가 있은 지 사흘째 날이었다.

이른 아침에 걸려온 전화를 받은 아버지가 바삐 현관을 나서는 나를 불러 세웠다.

"네 1학년 때 담임이 방금 전화를 했더구나. 처음엔 뉘 집인지 모르고 전화를 한 것 같던데, 내 음성을 듣더니 담박 알아보더구나. 그 선생 기억력이 여간 아냐. 학교에 무슨 일이 있는 거냐?"

나는 그때까지 집에서 입을 다물고 있었기 때문에 무척 당황했다. 다녀와서 자세한 이야기를 하겠다고 얼버무리고 집을 나섰다. 1교시가 다 끝나 가는데 학생부에서 올라온 쪽지를 받은 수학선생이 내게 가방을 챙겨 지하 교련실로 내려가라고 했다. 처음엔 내 귀를 의심했다. 반 아이들의 눈이 일제히 휘둥그레진 건 물론이다.

새 학기 첫 모의고사가 며칠 후로 다가왔지만 그날 소요에서 앞

새가 된 아이

에 나섰다가 사진을 찍혀 가방을 싸들고 학생부로 잡혀 간 아이들은 교실에 얼굴을 못 내밀고 사흘째 모두 지하 교련실로 직접 등하교를 하고 있었다. 거기 갇힌 애들 중에는 인표와 택주 외에 서너 명의 독서회 멤버가 더 있었다. 그러나 인표 외에 어떤 누구와도 시위 문제를 입에 올린 적이 없는 나를 호출하리라고는 생각 못했었던 것이다.

가방을 싸들고 지하층으로 가는 계단을 내려가니 어둑신한 복도가 나왔다. 커튼이 내려진 지하 교련실 안쪽은 믿을 수 없을 만큼 고요했다. 푸른 페인트가 덕지덕지 벗겨진 문 앞에 걸음을 멈춘 나는 어금니부터 앙다물었다.

문을 열고 들어서자 비 오는 날이나 민방공 훈련 때 사용하던 넓은 마룻바닥에 일정한 간격으로 무릎을 꿇고 앉은 아이들이 일제히 고개를 돌렸다. 마흔 명은 넘는 듯싶었다.

나는 눈어림으로 인표부터 찾았다. 맨 앞줄에 덩치 큰 인표의 옆모습이 보였다. 단거리 선수처럼 교실을 박차고 나가던 인표. 그 기세 좋던 모습만은 여전한 듯했다. 아이들은 푸르스름한 형광등 불빛 아래 마룻바닥에 펴놓은 종이에 무엇인가를 쓰는 중이었다.

"넌 저 쪽이다!"

어디엔가 있을 택주를 더듬는 나의 시선을 막아서며 금방이라도 휘두를 것처럼 대나무 작대기를 꼬나 든 백 주임이 이를 웅숭거려 물었다. 중년답지 않게 에너지가 넘쳐흐르는 건장한 체격에 스포츠머리를 한 그는 아이들에게 늘 두려운 존재였다. 행동거지나 모양새가 백 교장을 빼박은데다 성씨도 같아 백브라더스라는 별명이 따라다녔다. 하긴 이 학교에는 종친회를 열어도 될 만큼 교사, 수

별들의 감옥

위, 하다못해 사환까지 백씨들이 많았다. 그야말로 빅브라더스였다.

백 주임은 거기서 보통 때보다 몇 배나 더 무섭게 굴었다. 그의 손아귀에 들려진, 중턱 옹이 아랫부분이 가닥가닥 흩어져서 아이들께나 타작한 듯한 굵직한 대나무 작대기에 얼핏 시선이 가자 나도 모르게 몸이 으르르 떨려왔다.

아이들 앞을 대각선으로 조심스럽게 지나는데 그가 빈정거렸다.

"야, 너 애들 잘 알지?"

"……"

"이 자식 너 벙어리냐? 왜 대답을 못해! 알아, 몰라?"

"모릅니다."

"뭐야, 몰라? 이 자식 봐!"

억세고 단단한 주먹이 날쌔게 아귀를 짓이겨 왔다. 너무 빨라 미처 피할 사이도 없었다. 한 손에 들었던 책가방을 놓친 채 나는 손바닥으로 턱을 감쌌다. 단 한 방에 꽉 다문 어금니 사이에서 찝찔한 비린내가 목구멍을 타고 넘어갔다. 잔뜩 긴장한 탓인지 통증은 느껴지지 않았다. 차라리 머릿속이 쩽하고 개는 느낌이었다.

"알아둬라. 며칠이고 간에 바른말 안 하면 여기서 못 나간다. 고3 좋아하네. 새끼들 고3이면 다인 줄 아는데…… 이 기회에 화끈하게 군기를 잡아놔야 니들이 좋은 어른이 되는 거야. 그래야 나라두 잘되는 거구. 여기 모조리 써라. 너 머리털 나고 오늘까지 털끝만치도 빼놓지 말고 다 써. 괜히 딴 수작 부리면 어떻게 될지 알지?"

아이들이 줄을 맞춰 앉은 한복판을 멀찍이 비껴서 창가 구석에 시키는 대로 벽을 바라보고 앉았다. 영화에서 수사관이 용의자에

새가 된 아이

게 하듯이 무턱대고 모조리 쓰란다. 뭘 쓰나? 머릿속은 어지러웠다. 저렇게 많은 아이들을 사흘째 가두어 놓고 대체 낱낱이 사진까지 찍은 학교가 아직도 주동자를 찾아내지 못한 걸까? 독서회에 대해 얼마나 알고 있을까? 누가 내 전화번호를 알려주었을까? 의문이 꼬리를 물었다.

— 어릴 때 만화가가 되고 싶었습니다. 어머니는 나를 신동우라는 만화가에게 데려간 적도 있었습니다. 만화가를 기르는 학교가 있었다면 나는 지금 거기를 열심히 다니고 있을 것입니다……

그렇게 시작을 해놓고 보니 쓴웃음이 났다. 거짓말은 아니다. 어릴 때 만화광이던 내가 아닌가. 정말 만화가가 되고 싶었다. 중학교 때 사마천의 『사기』를 읽고 난 후 내 꿈은 책을 쓰는 사람으로 변덕을 부렸다. 이제 그런 엉뚱한 꿈도 사라졌다. 사실 당장 무엇이 되고 싶다는 것보다도 어머니의 힘겨움을 덜어준다든지, 막연히 좀 더 자유롭고 싶다는 것이 우선 순서였다. 하루빨리 이 지루한 폐쇄회로를 빠져나가 멀리 날고 싶었다. 형, 아무도 우리를 가둘 수 없는 먼 곳으로 휘잉 날아가 버렸으면 좋겠어. 새가 되고 싶어. 그래서 맘껏 하늘을 휘젓고 날아다니고 싶다구. 야, 그럼 너 책도둑질도 못하게? 포장마차에서 둘이서 해롱대던 기억을 더듬다 쓴웃음이 났다.

종일 쉬지 않고 써댄 자술서라는 것이 열 장 남짓 되었다. 요령껏 독서회를 피하면서 쓸데없는 이야기를 늘어놓으려고 애쓰다 보니 좀처럼 진도가 나가질 않았다.

그날 자술서를 백 주임에게 내밀고 학교에서 풀려난 것은 한밤중이었다.

별들의 감옥

"너 또 수상한 짓 하지 말고 집으로 똑바로 가라. 집에 있는지 전화해볼 거니까."

네 속마음쯤 다 안다는 듯이 주임이 쐐기를 박았다. 다른 애들처럼 부모를 교문으로 불러 데려가라지 않는 것만도 다행이었다. 택주가 궁금해 견딜 수 없었지만 집으로 가는 버스를 탔다. 버스를 내려 아파트 공터로 막 접어드는데 어둠 속에서 누군가가 불쑥 앞을 가로막는다.

뜻밖에도 인표의 여자 친구 승애였다. 몇 번 독서회 뒤풀이에 인표와 왔다. 모자 달린 검정 줄무늬 상의를 입은 모습이 그때처럼 여전히 귀여웠다. 인표가 그 애를 보낸 것이었다.

"잘 들어. 너, 인표하고 있었던 일 입다물래."

"내가 미쳤니? 다른 애들 단속이나 잘하라구 해."

"네가 안 그러면 자기도 책임 못 진대."

"무슨 책임?"

"독서회!"

"새끼, 독서회를 까발길 거래? 그런다구 저한테 뭐가 득이 되는데? 너 바른말해 봐. 다른 애들에게 무슨 심부름한 거니?"

승애는 대답 대신 어둠 속에서 말끄러미 나를 쏘아보았다. 분명 불리면 독서회로 물타기를 하겠다는 인표의 엄포였다.

"나 간다."

그 애는 뒤도 안 돌아보고 정류장 쪽으로 뛰어가 버렸다. 붙잡고 더 다구치고 싶었지만 그 이상 입을 열 것 같지도 않았다. 인표가 시위 주동을 완강히 부인하고 있을 거라는 건 짐작되었다. 안에서도 부지런히 입단속을 시켰겠지. 그러나 그게 얼마나 갈까? 아이

　　　　　　　　　　　　　　새가 된 아이

들의 뱃심을 믿지 않는 난 안절부절할 수밖에 없었다. 처음 독서회 명단을 넘겨줄 때 신 선생도 그랬었다. 어리광이나 피우는 8학군 마마보이들이잖아? 주먹만 치켜들어도 있는 말 없는 말 술술 불어버릴 거야. 조심해.

　이튿날 밤새 자술서를 읽은 백 주임은 화가 치미는지 아침부터 대걸레 막대를 들고 덤볐다. 도리가 없었다. 시키는 대로 애들 앞에서 엉덩이를 쳐든 채 이를 악물었다.

　"이 자식 계속 오리발 내미는데 독방에 처넣고 족쳐!."

　밤이 되자 백 주임은 권이두 선생을 불러 나를 맡겼다. 권 선생은 두말없이 내게 교실로 올라가 쓰던 책상을 메고 내려오라고 했다. 휘적휘적 앞서 가는 권 선생을 따라 운동장을 가로질러 신축교사 쪽으로 갔다. 10시까지 보충학습을 하던 3학년 교실들은 불이 꺼진 지 오래였다. 고3들의 하학시간을 비켜서 지하 교련실 학생들의 하교는 밤 11시였다. 매일 그 시간에 맞춰 학부모들이 차를 가지고 정문에 모여들었다. 차들이 모두 물러가고 반시간 전까지만 해도 환하던 본관 건물은 불을 껐다. 건너편 아파트에서 내뿜는 불빛을 가리고 우뚝 선 모습이 섬뜩하다. 운동장 가장자리를 빙 둘러서 드문드문 세워진 가로등들이 홀리는 촉수 낮은 빛줄기만이 유령의 도시라도 된 듯이 텅 빈 교정을 비추고 있다. 선사시대 같은 그 정적 속에 움직이는 건 그림자를 길게 늘인 두 사람뿐이다.

　나는 책상을 둘러멘 채 운동장 맞은편 둔덕을 힘겹게 올랐다. 의자까지 붙은 책상의 무게가 어깨를 아프게 짓눌렀다. 등에는 아침에 메고 나온 책가방이며 두 개의 빈 보온 도시락까지 털렁거리고 있어 점퍼 밑으로 연신 땀이 흘렀다.

일류대를 나왔다는 학생부의 민완형사 권 선생이다. 젊고 귀공자처럼 말끔해 보이는 생김새만 보고 덤볐다가 코가 깨진 놈이 많아 애들 사이에서 딱정벌레 소리를 듣는 사람이다. 시위 때 택주를 짓이기던 모습이 눈에 선했다. 서너 걸음 앞서 걷던 권 선생이 걸음을 멈추고 희미하게 불을 밝힌 건물 입구를 턱으로 가리켰다. 여기저기 희끗희끗한 잔설을 뒤집어쓴 채 철근 더미가 어지럽게 널브러져 있는 신축 교사로 들어섰다. 1층 복도에 면한 문을 밀치자 넓은 교실이 나왔다. 어림잡아 100평은 넘어 보였다. 공사가 중단된 채 겨우내 인부들의 발걸음이 끊어졌던 곳이다. 새 건물이 들어서면 교무실이 옮겨간다는 말이 있던 바로 그 방인 듯했다. 나는 아직 군데군데 톱밥이 어수선하게 널려져 있는 그 휑뎅한 바닥 한 귀퉁이에 책상을 내려놓았다.

"넌 내일부터 아침 여섯 시까지 이리 등교해라. 알았지?"

그날 밤 나는 아버지에게 모든 이야기를 털어놓았다. 빈 교실로 책상을 옮겼다는 이야기까지 듣고 한참을 눈을 감고 앉았던 아버지는 담담하게 말했다.

"내가 손찌검만은 못하게 하마."

이튿날 새벽 아버지는 나를 따라 집을 나섰다. 부자가 인적 없는 어둑한 학교 마당을 가로질러 그 교실로 올라갔다. 내 책상이 홀로 덩그러니 놓인 난방도 없는 교실 옆 복도에 아버지는 의자 하나를 바짝 끌어다 놓고 거기서 바위처럼 자리를 뜨지 않았다. 한 떼의 젊은 선생들이 아버지를 끌어내러 왔지만 막무가내였다.

새가 된 아이

"아이를 먼저 교실로 보내요! 도대체 언제까지 불도 없는 이런 데 아이를 가둘 거요? 이게 교육기관의 짓거리요?"

고성이 오갔지만, 뒤늦게 나타난 권 선생은 의외로 고분고분 아버지를 달랬다. 다른 아이들과 분리해서 조사할 일이 있어 당분간 독방이 필요하다며 폭력을 절대 쓰지 않겠다고 약속까지 했다.

그러나 그날 아버지가 언덕을 내려간 후, 권 선생이 내민 종이 한 장을 받아든 나는 일이 한참 잘못 되어가고 있다는 것을 알았다.

"네가 딴 수작 펴 봐야 난 못 속인다. 너는 모른다는 애들 수첩에 왜 네 전화번호가 있는 거냐? 그것도 다섯 명이나. 자, 네 눈으로 봐라."

권 선생이 내민 종이에는 놀랍게도 아이들 수첩에서 복사한 메모들이 여러 개 포개져 있었다.

"이 수첩 임자들이 뭐래는지 아냐? 누군지 기억이 안 난대. 미친 놈들! 그러면 우리가 모르나? 전화 한 통화면 이렇게 턱 나오는 걸 가지구 말야. 너 아주 교육 잘 시켰더라. 그거 네 애비한테 배운 빨갱이 수법이냐?"

"저희 아버진……"

"아, 빨갱이가 아니라 이거지? 하긴 빨갱이가 나 빨갱이요 하겠냐만…… 어쨌든 애들하고 너 왜 만난 거냐? 시위 배후 조종 아니면 뭐냐구!"

"전 시위와 아무 관련이 없습니다."

"어때? 너 재주부린다고 일부러 시위 안 했지? 뒤에서 조종하는 거 은폐하기 위해 머리를 쓴 거지? 그리고 신정미 선생 학교 있을 때 심부름 다닌 놈 너 맞지? 최근에 그 여자 언제 만났니?"

내가 놀라 눈을 치뜨자, 권 선생이 야비한 웃음을 띠며 날카롭게 파고들었다.

"왜, 놀랐냐? 너더러 그 여자가 데모하라구 사주한 걸 우리가 모를 것 같니? 너 이 권이두 우습게 보지 마라. 머리털 나구 난 누구한테 속아본 적 없다. 작살나기 전에 순순히 말해!"

"학교에 계실 때 책을 사오라고 하셔서 몇 번 사다 드렸어요. 신 선생님 나가신 후 전 한번도 뵌 적이 없습니다."

이건 사실이다. 그녀는 학교를 나간 후 일체 연락을 끊었다. 사직할 무렵 독서목록에 금서를 넣었다고 펄펄 뛰던 그녀와 심하게 다툰 게 끝이었다. 끝이 언짢았던 게 원인이었을까? 그런데 그녀가 내게 시위를 사주했다니……

시위 사진에 없다는 것이 결과적으로 권 선생에게 그런 가상 시나리오를 쓰게 한 건가? 대체 어디서부터 해명을 해야 되는 건지 갈피를 잡을 수가 없었다. 권 선생은 그녀가 백 교장의 외삼촌이 추천한 사람이라 태무심했는데 나간 후 알고 보니 전교협의 끄나풀이었다고 떠들었다.

"불온교사와 짜고 시위를 조종한 놈이! 그렇게 딴전을 핀다고 무사할 것 같냐?"

"전 시위를 조종한 일이 없어요. 절대루요!"

"호오, 그래? 널 바로 경찰에 넘길 수도 있어. 그 사람들 바로 너 같은 놈을 찾고 있거든. 잘 생각해 봐라. 너 아주 점조직으로 했더구나. 애 놈들이 이틀 내내 시치미를 떼는 통에 우리만 죽을 고생을 한 거 아냐. 너 정말 바른말 안 할래?"

"왜 그러세요? 전 단 한마디도 거짓말을 안 했다는데!"

새가 된 아이

"너 아주 독종이구나. 좋아. 너 여기서 며칠 살아봐라. 네놈 입을 열려고 헛짓을 할 게 아니라 다른 방도를 찾으마. 저기 지하 교련실에 있는 애들 엄마들이 뭐하고 있는 줄 아니? 지금 애들 일기장이며 비망록을 찾느라고 경주를 벌이고 있다. 네가 무슨 짓을 했는지 알아내는 건 시간문제야. 자식은 부모를 보면 안다. 자식을 철저하게 단속하고 협조하는 부모에겐 학교도 관대할 거다. 아예 싹수가 없는 부모는 자식 앞길 망쳐도 할 말 없는 거다."

조각칼로 다듬어낸 것 같은 반듯한 이마에 힘줄을 돋우며 말을 튕기던 권 선생은 문을 꽈앙 메다붙이고 방을 나가 버렸다.

누가 어깨를 흔든다. 잠이 확 달아났다. 어슴푸레 눈을 뜨니 방이 환하다. 아버지다.

"어?"

나는 화닥닥 놀라 몸을 일으켰다. 책상 위의 탁상시계가 새벽 3시를 좀 넘어있다.

"옷 입고 얼른 나가 봐라. 네 친구가 밖에서 기다린다. 들어오래도 널 깨워 달라며 막무가내구나."

황급히 옷을 꿰어 입는데 후딱 택주의 얼굴이 스친다. 학생부로 불려간 후 귀가할 때 몇 번이나 택주네를 들러보고 싶었지만 후환이 될 것 같아 발길을 돌리곤 했었다. 학생부는 나와 다른 애들과의 접촉을 끊기 위해 매일 귀가 시간에 맞춰 전화를 걸어 내 음성을 확인했다. 아버지가 분명히 귀가해 있노라고 말해도 절대 안 믿었다. 내 음성을 듣고서야 전화를 끊었다.

텅 빈 복도에 신문 다발을 옆구리에 낀 택주가 서 있었다. 중학교 때 방학 때마다 신문배달을 했다던 택주이긴 하지만 의아했다.

"어머니 잠드신 틈에 몰래 왔어. 내려가서 이야기 좀 해."

"그 신문 다발은 뭔데?"

"이거…… 혹시 알아? 배달하는 척하는 거야."

녀석이 몸을 돌려 잽싸게 계단을 내려갔다. 밖으로 나오니 뼛속까지 아린 새벽 공기가 얼굴을 때린다. 드문드문 켜진 가로등이 텅 빈 놀이터를 지키고 있을 뿐 희뿌연 미명 속에 인적이라곤 없다.

"너 많이 터졌지?"

"형보단 덜해. 애들이 형 걱정 많이 해. 독방에 보낸 건 린치하려는 거라고."

"난 보시다시피 괜찮아. 아버지가 그런 눈치 하난 빨라서 따라왔거던. 권한테 발로 두어 번 걷어차이긴 했지만 그 정도야 어디…… 그런데 너흰 어떻게 된 거야? 대체 어떤 놈이 수첩을 갖다 바친 거니?"

"그거…… 재수 없게 한 놈이 첫날 수첩을 뺏겼어. 새끼, 가방에 수첩을 넣어두고 깜빡한 거야. 전에 형이 수첩에 형 이름을 쓰지 말라고 했잖아. 다른 형들 연락처는 아예 모르니까 별 탈 없을 줄 알았는데…… 형이 애들한테 서로 연락처 주고받지 않게 한 건 잘한 거 같애. 그런데 달랑 수첩 한 개로 어떻게 형을 찾아냈는지 모르겠어."

"권이 어떤 놈인데…… 에잇 멍충이 새끼. 그 자식 때문에 내가 불려간 거야. 그런데 한 놈만이 아닌 것 같애. 내가 본 글씨만도 다섯 개였어. 지겨운 새끼, 한 개로 계속 추적해 나간 모양이네. 인표

새가 된 아이

놈은 어떻게 하구 있냐? 너 끌어들인 거 그놈 맞지?"

어둠 속에서 택주가 천천히 고개를 끄덕였다. 무엇인가 말을 이을 듯하다가 택주는 다급히 말을 돌렸다.

"이상한 건 애들이 슬슬 줄어들고 있는 거야. 어제 아침부터……인표 형도 점심시간에 불러내더니 다시 안 왔어. 낌새가 이상하잖아? 주동자가 슬그머니 빠지고 형만 조지는 게, 이러다 독서회가 주동한 것처럼 되는 거 같거든. 애들은 생각보다 잘 버티고 있는데……"

"너희 어머니도 권 선생이 부르던?"

"매일 불러. 어제도 다녀오셨어. 그동안 찾아온 친구가 누구냐구 했는데 없다구 했대. 귀가 후 집 밖에 못 나가게 하고 잘 감시하라는 이야기만 했대. 다른 애들 부모도 계속 불려오더래."

"우리 애들 일기나 비망록 다 없애버리라고 해! 너 그 '미네르바' 어쩌구 하던 노트 아직도 가지고 있는 건 아니지?"

"뭐야, 그걸 없애라는 거야? 그건 안 돼. 아니, 형은 우리가 정말 경찰까지 넘어갈 거라구 생각해?"

"몇몇 엄마들이 애들 일기장을 찾아다 바치겠다고 하나 봐."

"야, 참 새대가리들이네. 도대체 자식 얼굴 어떻게 보려구 그 짓거리를 하는 거야?"

"권 선생이 오늘 그런 공갈을 치더라. 학교가 최후 발악을 하는 것 같아. 설마 부모들이 그럴까 싶지만…… 여하튼 태워버려! 난 버티는 데까지 버틸 거야. 애들한테 혹시 학생부가 주먹으로 나오면 당한 날짜, 시간 잘 기록해 놓으라구 해. 순전히 강압이었다는 증거를 모아둬야 해. 야, 너희 엄마 잠 깨시면 소동 부릴 거야. 빨리 가봐. 입조심하구."

"형도 조심해. 그럼 나, 간다!"

줄달음쳐 가는 택주의 모습을 나는 뒤돌아보았다. 도무지 아침을 열 것 같지 않은 진회색 어둠 속으로 그 작은 모습은 금방 파묻혀 버렸다.

"도대체 학생부는 밥 처먹고 뭘했어? 이런 놈 하나 못 다스리고 말야!"

노기가 오를 대로 오른 백 교장이 학생주임의 면상을 향해 힘껏 팽개친 한 묶음의 종이들이 뒤죽박죽 뒤집힌 채 학생주임의 앙가슴을 맞고 빨간 카펫 바닥에 팽개쳐졌다. 새벽에 택주를 만난 바로 그날 아침, 영문을 모르고 신축 교사에서 덜미를 잡혀 교장실에 불려온 나였다. 무심코 그 펼쳐져 널부러진 종이 쪽으로 눈길이 따라갔다. 낯익었다. 순간 헉 숨이 멎는다. 택주의 글씨다. 저건 분명 택주의 것이다……! 맨 앞의 겉장에 꽤 선명하게 쓰여진 큼직한 글씨가 언뜻 들어났다. '미네르바의 일기'…… 맙소사! 그건 바로 몇 시간 전 내가 태우라고 당부하던 택주의 일기장이었다. 붉은 볼펜으로 여기저기 죽죽 밑줄까지 쳐져 있었다.

대체 왜 이게 이 시간에 백 교장 손에 와 있단 말인가? 펼쳐진 종이 위에서 꼬물꼬물 살아 움직이는 듯한 택주의 글씨들을 뚫어질 듯 노려보는 내 머릿속이 미친 듯 자맥질을 했다. 뒤죽박죽이다. 택주 집을 뒤졌구나. 녀석이 벌써 경찰에 넘어간 건가?

백 교장의 고함이 빗발쳤다.

"이 자식더러 비밀 독서회 만들라고 사주한 게 신정미란 말야?

새가 된 아이

내 이년을 잡아다 주릴 틀어야 하는데…… 이 자식 작년 담임은 누구였어? 권이두는 또 뭘하구? 학생부 선생이란 자가 제 반에 쥐새끼 하나 못 잡구. 꼬락서니들 좋다. 다 모가지를 분질러야 정신을 차리겠군. 이 자식한테 불온교사의 사주로 비밀 독서회를 결성하고 불온사상을 주입시켜 소요를 주동했다는 자인서를 당장 받아내! 말 안 들으면 지서로 넘겨! 바로 이런 놈을 사정당국이 눈이 시뻘개서 찾고 있는 거 몰라? 피래미 같은 놈! 그 애비에 그 자식이군."

택주가 경찰로 넘겨진 게 틀림없다는 데 생각이 미쳤다. 순간 나의 두 다리는 그대로 교장실을 뛰쳐나가고 있었다. 분한 눈물이 마구 솟구쳤다. 뒤에서 발을 구르는 백 교장의 쇠방울 같은 음성이 교장실 앞 계단까지 저렁저렁 울려 나왔다.

"저 자식 당장 넘겨! 이건 순 새끼 빨갱이들을 기른 거 아냐!"

껑충껑충 계단을 곤두박질하듯 내려온 나는 한달음에 교무실 왼편 모서리에 있는 학생부까지 왔다. 권이두! 널 그냥 두지 않을 거야! 주먹으로 그 하얀 면상을 박살내고 싶다는 것밖에는 아무 생각도 들지 않았다.

문을 열었다. 드르륵 소리에 안에 있던 사람들의 눈길이 온통 내게로 쏠렸다. 권 선생이 맨 먼저 소리쳤다.

"야, 너 여기 누가 오랬어! 엉?"

그런데 거기, 권 선생 책상 맞은편에 다소곳이 손을 모은 채 머리를 숙이고 앉아있는 사람은 택주의 어머니였다. 그날 밤 본 스웨터 차림의 허름한 모습, 화장기라곤 없는 거무죽죽한 얼굴, 겁에 질린 듯한 굳은 표정. 권 선생의 고함과 동시에 택주 어머니가 죄인처럼

　　　　　　　　　　　별들의 감옥

엉거주춤 몸을 일으켰다.

"그럼…… 아무 걱정 마시고 돌아가십시오. 교장선생님이 약속하신 거니까 염려 놓으셔도 됩니다."

권 선생이 180도 어조를 바꾸며 잽싸게 일어나 택주 어머니를 배웅했다.

마주 머리를 조아리면서 복도로 나서는 택주 어머니를 막아서며 내가 소리쳤다.

"택주 어디 있죠? 교장선생과 도대체 무, 무슨 약속을 했는데요? 네?"

"야! 네가 상관할 일 아냐. 건방진 새끼…… 저리 가지 못해!"

권 선생이 나의 어깨를 거칠게 손바닥으로 내려쳤다. 놀란 택주 어머니가 황망히 학생부를 빠져나갔다.

"야, 이 새끼야! 네가 뭔데 지랄을 떨어? 도대체, 너!"

권 선생이 나를 향해 암팡지게 따귀를 날리기 시작했다. 한 대, 두 대, 세 대……

네 대째의 손바닥이 빗맞으면서 핏방울이 튕겼다. 앞니가 얼얼했다. 아픔보다도 아득한 절망이 가슴을 짓눌렀다. 교장의 약속이라니…… 다른 사람도 아닌 택주 어머니가 그 일기장을 갖다 바쳤단 말인가? 어쩌자고 그런 짓을! 경찰이 택주 집을 뒤져서 찾아냈을 거라고 넘겨짚었던 나는 한꺼번에 무너져 내리는 가슴을 진정시킬 수가 없었다. 어처구니가 없었다. 깊은 오열이 끝없이 복받쳤다.

북향 창으로 내다보이는 대운동장에선 뽀얗게 마른 먼지를 내며 교련이 한창이었다. 교장실을 뛰쳐나온 지 내리 사흘, 오전 동안

새가 된 아이

독방에서 고쳐 쓴 진술서를 들고 오후마다 학생부로 다시 불려가는 일과가 되풀이 되었다. 시위를 주동한 내력을 털어놓으라는 닦달이 줄기차게 이어졌지만 나는 질기게 버텼다. 사실 인표에게 전해들은 몇 마디밖에 나는 아는 것이 없었다. 내가 무슨 이야기를 한들 믿을 것 같지도 않다. 권이두 선생은 학부모들이 뒤져 온 수첩이나 메모장들을 꿰어 맞추며 퀴즈 풀기가 한창이었다. 서슬 퍼런 퇴학 엄포에 학부모들이 다투어 아들 책상에서 거두어 온 듯한 수첩이며, 편지, 노트들이 권 선생 책상 위 바구니엔 그득하게 쌓여 있었다.

그런데도 그는 독서회만 파고들었다. 정작 시위 주동자를 찾는 일에는 관심을 꺼버린 것 같았다. 그 대신 집요하게 내 주변 아이들을 족치고 있었다. 이제까지 학교의 돈줄이었던 부유층, 든든한 배경이었던 권력층 자식들을 교장 배척 시위의 주동자로 밝힌다는 것이 마음에 안 드는 것일까. 그래서 나를 진짜 주동자로 만들 모양인가? 신 선생이 교원들의 노동조합이 발도 못 붙이고 있는 건 이 부근에서 이 학교뿐이라고 했었지. 학교는 차제에 신 선생을 엮어 단단히 예방주사를 놓고 싶은지도 모른다. 택주의 일기장은 그들이 기다리던 빌미가 되고도 남았다. 그동안 읽은 책들과 토론 내용이 고스란히 들어 있었기 때문이다. 어렵사리 시치미를 떼던 애들도 이젠 도리가 없을 것이다.

"야, 너도 눈 있으면 네 꼬붕들 진술서 좀 읽어봐라. 어디, 잘난 네 소감 좀 듣자."

권 선생이 어느 녀석의 자술서를 내 코앞에 흔들며 빈정거렸다.

— 처음 T교회에서 모임을 가질 때 신 선생님이 오셨습니다. 학

별들의 감옥

교에서 불허하는 모임이니 부모님께 알릴 필요 없으며 조심하라고 했습니다. 그다음부터는 신 선생님은 오지 않고 저희끼리 토론을 했는데, 저는 과외시간이 겹쳐 자주 못 나갔습……

그날 새벽 택주가 빨리 손을 썼더라면…… 아니 내 말을 듣고 택주가 정작 일기장을 챙기려고 했을 때는 이미 권 선생에게 넘어간 후였던 게 아닐까?

모르쇠로 나가던 나도 이제 독서회를 부정할 수가 없어졌다.

신 선생과 나와 독서회와 시위 — 권 선생은 끈질기게 이 기묘한 각본에 집착하고 있었다.

"너 택주에게 이상한 책들 읽으라고 했지?"

"서점에 얼마든지 있는 책들이었습니다."

"『쿠바 혁명과 카스트로』, 『철학의 기초이론』, 『해방전후사의 인식』…… 이런 책들이 청소년 금서목록에 있는 책이라는 거 몰랐다는 거니? 서점에 쌔고 쌘 책 중에서 네 눈에는 하필 왜 그런 수상한 책만 눈에 띄니? 하라는 공부는 안 하고 너희가 도대체 쿠바혁명에 왜 관심을 갖는 건데? 까닭 좀 들어보자. 냉큼 말 못해?"

"그냥 재미있어서 읽으라고 한 것뿐입니다."

"재미있다……? 흥 재미있었겠지. 형성사 『세계의 역사』 4권을 너한테 빌려 읽고 교회 뜰에서 밤을 새며 토론을 했다? 꽤 재미있었겠구나. 여기 네 눈으로 좀 봐라. 『해방전후사의 인식』을 읽고 세상을 보는 눈이 180도로 바뀌었다는구나. 이 나라보다 북괴가 좋아 보였다는 거야, 뭐야? 이런 새끼들을 일류대학 보내겠다고 밤잠을 설치는 선생들이 불쌍하지…… 너 같은 놈 퇴학시키는 거 진짜 나라에 보태주는 거다!"

만화 『쿠바 혁명과 카스트로』는 지난겨울 택주의 열일곱 번째 생일날 선물로 내가 사준 책이었다. 형, 이렇게 재미있는 책들을 금서로 정하는 사람들은 도대체 누굴까. 읽기는 읽고 그랬을까? 책을 주고 헤어진 지 단 두 시간 만에 다 읽어 치운 택주가 전화로 주절대던 기억이 엊그제 일처럼 떠올랐다.

억울하게도 내가 학교를 더 다닐 수 없다는 것은 어느 쪽으로나 뻔했다. 어머니가 제일 마음에 걸렸다. 선생들이 함부로 아버지를 비아냥거릴 때마다 울컥울컥 목구멍으로 불덩이가 치솟았지만 그때마다 아드득 어금니를 물고 견딘 건 어떻게든 어머니의 소원인 대학에 가고 보자는 생각에서였다. 그러나…… 순탄한 졸업조차 가능할 것 같지 않았다. 결국 소요사태를 일으킨 불온학생이 필요한 학교와 자식을 살리고 봐야 할 학부모들이 한판 거래를 하는 것이리라.

주임이 내민 종이를 받아든 나는 한 손에 볼펜을 든 채 눈을 감았다. 왜 이런 지경까지 왔을까? 인표 말을 따라 시위를 했다면 무사했을까? 나는 도리질을 한다. 결과는 크게 다르지 않았을 것 같다. 아버지의 원죄 때문일까?

"택주는 어떻게 됩니까. 제가 그렇게 나쁜 놈이라면 그 애는 죄가 없는 것 아닙니까?"

권이두 선생이 팔짱을 긴 채 풀 먹인 눈길로 나를 째려보면서 싸늘하게 대꾸했다.

"니 앞가림이나 해라. 걱정되나 본데 걔 걱정 마라. 걘 이번 모의고사도 봤으니까."

"……"

"니가 지금 남 걱정하게 됐냐? 참 그러잖아도 어제 어떤 얼빠진 기자가 전화를 했더라. 누구 짓인지 난 다 안다. 신정미 아니면 너희 아버지 짓일 걸. 놀아난 기자 놈들도 필시 뭘 모르는 피래미들일 거야. 지가 써 봤자지. 요즘 어떤 세상인데 지들이 그런 거 썼다구 눈이나 하나 깜짝할 줄 아나?"

"선생님께서도 제가 시위와 무관한 건 아시죠?"

"몇 번이나 말해야 알겠니? 너 불온서클 만들어서 애들 의식화하면서 운동권 선배 놈들과 내통한 걸 학교가 모를 줄 아니? 멋모르고 시위에 뛰어나간 순진한 놈과 음흉하게 뒷전에서 술수를 쓴 놈, 우리가 오줌똥 못 가릴 줄 알았나 본데, 너 계산 잘못한 거다. 너 같은 놈이 바로 잡초야. 어떠냐? 잡초는 발견 즉시 뽑아내야 다른 화초들이 잘 자라는 것 아니냐? 어디 시골구석 대학 맛이라도 보려면 지금이라도 내가 부르는 대로 쓰는 게 좋을 거다."

부르시죠. 원하시는 대로 쓰겠습니다. 차라리 그러고 싶다. 그리고 이 악마구리를 벗어나 경찰이든 어디든 부딪쳐보는 거야. 오후 내내 나는 그 유혹을 끈질기게 짓씹고 있었다. 개선장군이나 된 듯이 권 선생이 또 떠들었다.

"이 자식 참 아둔하네. 어디 전학이라도 가려면 교장선생님 지시대로 하라는 대두 말야. 너 지금 머리 잘못 굴리면 전학은커녕 인생 종친다."

인생 종친다? 나는 별안간 칼침이라도 맞은 듯 고개를 치켜들었다. 그래 시원하게 종을 쳐주마! 피가 배도록 입술을 깨물었다. 벌떡 일어난 나는 앞에 놓인 책상 모서리를 으스러뜨릴 듯 부여잡았다. 서슬에 책상 모서리에 높이 고였던 서류 뭉치가 와르르 옆으로 쏟아졌다. 맞은 쪽에 앉은 권 선생의 놀라 벌어진 동공을 똑바로 내려다보면서 나는 왈칵왈칵 참았던 말을 쏟아냈다.

"네. 전 바본가 봅니다. 절대 못하겠어요! 저를 중죄인 취급하는 학교, 반드시 후회하게 해 줄 거예요. 큰 실수를 하시는 겁니다. 제가 무슨 잘못을 했다고 이러세요? 왜 경찰에 갑니까. 인생 종을 쳐요? 제가 왜요? 대학에 가려고 시위도 안 한 놈한테 시위 주동자라는 너울을 씌우고 그것도 모자라 경찰에 넘겨요? 당신들 그렇게 할 일이 없습니까? 학교 안에 감옥을 만든 것도 모자라……"

"야, 닥쳐! 이거 완전히 실성한 놈 아냐? 입다물지 못해! 너……"

그러나 악을 쓰는 권 선생의 살기 띤 음성은 더 이상 들리지 않았다. 쿵쿵쿵 별안간 교무실 복도가 무너질 듯이 거칠게 울리는 발소리와 함께 출입문이 부서지는 소리가 났다. 교사 한 명이 복도에서 얼굴만 내민 채 문짝을 탁탁 손바닥으로 치면서 숨넘어가게 고함을 쳤다.

"학생이 투, 투신했어요! 빨리 앰뷸런스를, 앰뷸런스를 불러요!"

창가에 앉았던 백 주임이 콩 튀듯 일어났다.

"뭐야? 어디야, 어디?"

"서쪽 아파트 쪽으로 떨어졌어요. 2학년 교실 복도……"

재빨리 수화기를 든 권이두 선생이 119를 부르고 있었다. 주임은 벌써 복도 밖으로 뛰어나가고 있었다. 나도 따라 뛰었다. 주임과 내가 뒷마당에 도착했을 땐 아이들이 이미 새카맣게 몰려 있었다. 2학년 교실이 있는 3, 4층 복도 뒤쪽 창가에도 아이들이 닥지닥지 몰려서서 내려다보고 있었다. 동네 아파트 정원과의 경계에 쌓아올린 담장까지의 학교 뒷마당은 좁은 공간이었다. 거기 아무

　　　　　　　　　　　　　　　별들의 감옥

렇게나 자란 덤불 사이에 두 팔을 머리 위로 뻗친 채 길게 엎어져 있는 아이의 몸이 몰려선 애들 틈으로 보였다. 눅진한 선혈이 아이의 머리께에서부터 허리 위쪽의 흙바닥을 이미 질편하게 적시고 있었다.

인표 녀석이 사라진 것을 안 것은 택주가 그렇게 세상을 등진 후였다. 아둔한 나는 마지막까지 일이 그렇게 돌아간 것을 까맣게 몰랐다. 택주가 훨훨 둥지를 떠나버린 바로 그 시각, 인표는 제 어머니 손에 잡혀 미국행 비행기를 타고 있었던 모양이다. 인표의 마지막 인사를 전해준 건 승애였다.

"너한테 미안하대. 걔 엄마가 전화를 끊어버려 말도 몇 마디 못했어."

그해 봄 나의 고교 시대는 그렇게 어이없이 끝났다.

택주를 보내고 나는 미련 없이 고교 졸업장을 포기하는 길을 선택했다. 다시 그들을 마주하고 싶지 않았고, 더는 증오의 거품으로 내 한 시절을 더럽히고 싶지 않았다.

처음 며칠은 나까지 경찰서를 오락가락해야 했다. 물론 나보다 더 자주 불려가야 했던 건 권이두 선생이었지만. 한두 번 일간지에 토막기사가 나긴 했다. 그러나 얼마 안 가서 그 일은 별일 아니라는 듯이 망각에 묻혀버렸고, 한 생명을 죽음으로 몰고 간 내막쯤은 아랑곳없이 백브라더스들이 끄떡없이 위세를 떨치는 울타리 안에서 온갖 위악들이 상하고 곪아터진 채 세월이 흘렀다. 택주의 어머니만이 이 땅 어디서인지 녀석의 그림자를 가슴에 떠메고 슬프게

새가 된 아이

살아가고 있을 것이다.

　나 홀로 울타리 밖에서 어렵사리 치룬 입시지옥, 대학시절, 입
대…… 하룻밤에 6개의 종합병원 시체실을 돌거나 전직 대통령들
집 앞에 침낭을 펴고 토막잠을 자며 악착스레 특종 사냥을 하는 무
리들 속에서 끝없는 속앓이를 하면서 내 20대도 저물었다. 내무반
에서 군홧발로 정강이를 까일 때도 영하 30도의 휴전선 참호에서
언 발가락을 녹이면서도 가슴 저 밑바닥에서 떠나보내지 못한 택
주. 내 젊은 날의 그늘 속에서 아직도 녀석은 평생 나를 따라다닐
짐으로 남아있다. 부디 녀석이 그토록 그리던 먼 하늘을 기운찬 날
개짓으로 훨훨 날고 있었으면 좋겠다.

　　　　　　　　　　　　　　　　　　　　　별들의 감옥

슬픈 청첩장

"이 사람들 삼복에 웬 결혼식은……"

폭염으로 수은주가 33도가 될 거라고 기상청이 호들갑을 떨던 날, 남편이 우편물 꾸러미 속에서 내게 부쳐온 편지를 건네주며 한마디 했다. 직업상 윤조에게 오는 우편물이 많아 어쩌다 끼어드는 내 우편물을 골라주는 일은 항상 그의 몫이었다. 더위가 고비에 오른 한창 피서철인지라 결혼식이란 말에 고개를 갸웃거리며 봉투를 받아들었다. 뜻밖에도 인혜의 아들 수민의 결혼 청첩장이었다.

청첩장을 펴든 내 눈앞에 몇 해 전 신문 문화면 귀퉁이에서 본 인혜의 얼굴이 떠올랐다. 마지막 그 애를 만났을 때가 언제였더라? 오래 못 만나는 사이 인혜도 별수 없이 할머니가 되어가겠지. 그 팍팍하던 성미도 좀 곰삭아졌을까. 충청도 C시에서 초등학교부터 중·고등학교를 함께 졸업한 동창이건만 10년 전 무슨 행사에선가 딱 한 번 먼발치로 얼굴을 마주친 외에는 대면한 적이 없었다. 어쩌다 스치는 친구들 편에 인혜가 다니던 회사를 오래전에 사직하고 서예가로 활동하며, 여러 차례 전시회를 가졌다는 것 정도는 전해 듣고 있었다.

같은 해 두 달 먼저 태어난 우리 딸 현아가 이태 전 결혼했을 때 나는 인혜에게 청첩장을 보내지 못했다. 만나지 않는다고 해서 관심까지 꺼버린 것은 아니어서 빤한 서울 바닥에서 수소문하면 얼마든지 주소쯤은 알 수 있었다. 그건 피차 마찬가지였다. 더구나 인혜 남편 허영석은 현역은 아니지만 B신문사 국장까지 지낸 언론인이라 전화 한 통화면 충분했는데도 나는 그 부부를 우리 혼사에 부르지 못했다. 내 스스로 망각 속에 그들을 처넣어 버리자고 모진 마음을 먹은 지 오래였기 때문이다. 그렇게 해야 한다고 생각했을 뿐 아니라, 설사 부른들 올 리도 없다고 생각했었다.

그토록 마음밭에 소금을 뿌리고 돌아서 버린 사이가 아니었다면 인혜는 분명 둘도 없는 옛 친구였다. 처음 서로 얼굴을 맞댄 초등학교 5학년 때부터 우리는 줄곧 한동네서 살았다. 나는 갈데없는 서울 피난민의 자식이었고, 인혜 역시 땅뙈기 없는 시골생활을 접고 외가가 있는 C시로 일자리를 찾아서 올라온 가난뱅이의 자식이었다. 도시의 서쪽 끝 산동네에 자리한 우리집에서 40여 분을 걸어야 하는 통학길을 여고시절까지도 내내 같이 다닌 우리였다. 둘 다 눙치질 못하는 성격이라 티각태각 말다툼이 잦기는 했다. 중학교 때 한번은 정말 오랫동안 말 한 번 안 섞고 토라져 지낸 적까지 있었다.

그때도 발단은 인혜였다.

별들의 감옥

중학교 2학년 봄이었다. 2층집이 흔치 않던 시절인데, 우리 교실 창문에서 학교 담 밖으로 훤히 바라다 뵈는 2층집이 한 채 있었다. 수업시간에 창밖에 눈을 주면 올망졸망 늘어선 단층집 슬레이트 지붕들 위로 우뚝 솟은 그 푸른 기와지붕은 보기에도 위엄이 있었다. 그 집은 선생들도 벌벌 떠는 도 장학사 집이었다. 우리 반 반장 애가 바로 그 집 고명딸이었다.

아직도 장학사가 교장 목쯤 간단히 뗐다 붙였다 하는 무소불위의 존재인지는 모르지만, 그 시절 장학사는 학생들에게 뿐 아니라 교사들, 교장에게까지 참으로 상상 못할 위력을 가진 존재였다. 방과후마다 마루에 양초 칠을 하고 화단까지 뒤집어엎던 환경미화, 집에서 액자, 화분을 옮겨오고 지금처럼 흔하지도 않았던 생화를 한 아름씩 사와야 했던 꽃꽂이…… 그것도 모자라 교과서 한 대목을 통째로 외우라고 애들을 들들 볶고, 임박할수록 거듭되던 두발, 복장검사…… 온 학교가 벌이는 그 집단적인 광란 끝에 어느 날 도 장학사를 앞세우고 한 떼의 늙은 남자들이 거드름을 부리며 도착하곤 했다. 그리고 모두 약속이나 한 듯이 그 앞에서 얼어붙고 만다.

평소 제왕처럼 거드름을 부리던 교장선생까지 두 손을 맞잡고 벌벌 떠는 걸 보고 아이들은 지레 주눅이 들었다. 그렇게 위세 좋은 도 장학사 아버지를 둔 반장 애야말로 우리 반에서 위세가 대단했다. 성질 팔팔한 담임조차 그 애를 함부로 못하는 눈치였다. 그야말로 엎드리면 코 닿을 데 사는 그 애는 한 주일에도 두세 번은 지각을 했다. 툭하면 담장 너머로 어린 식모 아이에게 도시락을 가져오라고 호통을 치는가 하면 수업 준비물이 빠졌다며 제멋대로 담

슬픈 청첩장

을 넘어 집을 들락거려도 교사들은 못 본 척했다.

　그 애는 아무에게나 야릇한 별명을 붙여 놀리기를 좋아했다. 시샘이 많아 교사들에게 칭찬을 받는 아이들을 유독 못 살게 굴었다. 일찌감치 한자 박사로 통하던 인혜를 못 잡아먹어 안달한 것은 물론이다. 김천에서 초등학교 5학년 때 전학을 온 인혜는 충청도와는 사뭇 다른 고향 사투리를 아주 못 버려 그때까지도 자주 아이들의 놀림감이 되곤 했는데, 어릴 때 조부에게서 천자문을 떼어 한자 실력만은 놀라웠다.

　어느 날, 마지막 교시 한문시간이 막 끝났을 때였다.

　"야, 김천댁! 칠판에 사랑 애자 좀 써 봐."

　반장이라면 무조건 맞장구를 치는 패거리들이 뒤에서 킥킥 야유를 터뜨렸다.

　그 애는 아예 상대도 안 된다는 듯 저만큼 창가에서 고개를 외로 꼬고 서 있는 인혜 앞으로 다가가 한술 더 떴다.

　"와, 한자 박사가 못 쓰는 것도 있네. 치, 그럼 뭐 박사도 아니잖아?"

　"야, 너 입다물어라. 누구에게 함부로 명령이가? 내가 왜 니 명령대로 해야 되는 긴데? 자꾸 까불면 한 대 맞는 수가 있으니 조심하그라."

　평소 반장 애를 몹시 못마땅하게 생각했던 인혜였다. 거기서 고분고분 물러날 반장 애가 아니었다. 보란 듯이 뺨을 내밀고 의기양양하게 인혜 턱밑으로 쳐들어갔다.

　"그래애? 김천댁께서 감히 날 치겠다구? 그럼 어디 한 대 쳐보시지?"

그때였다. 볼기짝이라도 치는 듯한 철써덕 소리가 교실을 진동하면서 의자 넘어지는 소리와 함께 반장 애가 제 볼을 두 손바닥으로 움켜쥐고 책상 아래로 나가떨어졌다. 반장 애가 통곡을 터뜨린 것도 동시였다. 그 애의 히스테리는 대단했다. 구경하던 아이들이 달려들어 그치라고 달래거나 말거나 제 옷이며 제 머리칼을 박박 쥐어뜯으며 거품을 물고 그악스레 울어댔다.

종례를 하러 들어온 담임이 사색이 되어 그 애를 달랬지만 그 애의 난동은 그치지 않았다. 자초지종을 들을 새도 없이 담임은 반장 애를 손찌검한 인혜를 꾸지람했다.

"낸 하나두 잘못한 게 없구마요."

이번에는 인혜가 펄펄 뛰며 울기 시작했다. 이유야 어쨌든 네가 뺨을 때린 건 잘못이라고 꾸중하는 담임 앞에 인혜는 저쪽이 잘못하지 않았으면 절대로 뺨을 때리지 않았다고 꼬박꼬박 말대답을 했다. 화가 난 담임은 반장 애를 가까스로 달래서 귀가시키고 인혜에게 반성문을 써오라며 교실문을 메다붙이고 나가 버렸다.

창밖은 캄캄해지는데 분이 안 풀린 인혜의 질긴 울음은 그칠 줄을 몰랐다. 저녁 먹을 시간이 지나자 구경하던 반 아이들이 하나둘 흩어졌다. 남은 건 달랑 인혜의 길동무인 나 하나 뿐이었다.

"인혜야 고만 울어. 안 그치면 난 먼저 간다."

배도 고프고, 집에서 기다릴 어른들의 꾸중도 걱정되어 나는 비척비척 가방을 들고 일어섰다. 갑자기 질금거리던 인혜가 울음을 뚝 그치더니 나를 무섭게 째려보며 악다구니를 치는 것이었다.

"내 죽을 때까지 너 같은 종자랑 상종 안 할 기다. 뼈다구도 없는 가시나!"

슬픈 청첩장

칼바람을 일으키며 가방을 거머쥔 인혜는 횡하니 교실을 나갔다. 뒤도 안 돌아보고 휙휙 걸어가던 인혜는 이튿날부터 나와의 길동무를 거부했다. 같은 여고에 진학해서 다시 한 반이 된 봄까지 긴 시간을 우리는 서로 뒤엉킨 마음을 풀지 못했다.

반장 애를 손찌검한 그 사건은 결국 인혜에 대한 근신 처분과 부모님까지 교장선생에게 불려가 일장훈시를 들은 후에야 일단락되었다. 사흘이나 교실에도 못 오고 훈육실에서 반성문을 쓴 인혜를 담임은 반 애들 앞에 세우고 사과까지 하게 했다. 어린 마음에도 학교가 너무한다는 생각이 들었다. 한 가지 다행한 일이 있다면 드세디 드센 반장 애가 그 후 저를 향해 노골적으로 도끼눈을 뜨는 인혜를 다시 집적거리는 일이 없었다는 사실이다.

그날 이후 우리는 서로 길동무를 버리고 앞서거니 뒤서거니 마주치지 않으려고 애쓰며 같은 길을 이태 가까이 따로따로 다녔다. 한두 골목 다른 길로 비켜갈 수는 있어도 어쩔 수 없이 마주쳐야 하는 외길이었다. 쌩쌩 바람을 일으키며 내 앞을 통과하는 인혜의 뒷모습을 나는 물끄러미 지켜보곤 했다. 뼈다구도 없는 가시나! 인혜의 그 모멸 섞인 한마디는 오래 내 마음을 짓눌렀다. 부당하게 수모를 당하는 인혜를 한 번도 나서서 두둔해주지 못한 나의 비겁을 인정하는 건 어렵지 않았다. 그러면서도 학교에서 당한 분풀이를 하필 내게 쏟은 인혜를 도무지 용서할 수가 없었다.

문득 날아든 인혜네 청첩장을 머리맡에 놓고 나는 밤이 늦도록 잠을 이루지 못했다. 인혜가 이제야 30년 녹슨 빗장을 풀자는 걸까? 나는 쪼르르 달려가야 하는 걸까? 하나, 둘 나이테를 더할 때

별들의 감옥

마다 나는 인혜를 간절히 그리워하는 나 자신을 발견하고 놀라곤
한다. 어른이 된 내가 아는 사람들은 모두 인혜와 달랐다. 한 자락
을 깔고 짓는 그 우아한 몸짓들에 살아갈수록 넌더리가 났다. 뒤도
안 돌아보고 활활 제 속을 여는 인혜, 덤비고 쑤셔대는 그 결곡한
독설, 열화 같은 정직성이 비록 나를 쑤실지언정 딱하게도 못 견디
게 그립던 것이었다.

"당신 인혜 씨 그만 그리워해. 너무 심한 마조히스트 아냐. 그냥
덮어버려. 당신이 인혜 씨 기다리는 거 진정한 우정만은 아닐 거
야. 잘못했으니 용서해 달라고 빌어주었으면 하는 어리석은 기대,
그거 아닐까?"

글쎄, 전시회를 네 번씩이나 했다는 애가 나한테 엽서 한 장 안
보내다니 말이 되우? 우연히 만난 여고 동창한테서 인혜 근황을
듣고 푸념하는 내게 윤조는 시니컬하게 말했었다.

젊은 날 인혜와 지내던 일들이 빠른 동영상처럼 잠들지 못하는
나의 망막을 헤치고 덤벼들었다. 여고시절 내내 단짝이었던 우리
는 상경하면서 서로 다른 대학으로 나뉘었지만 주말만 되면 노상
함께 어울렸다. 우여곡절 많던 입주 가정교사 집을 뛰쳐나와 저희
대학 앞에서 한 방에 넷씩 사는 하숙집에 거처를 옮긴 인혜는 토요
일 밤엔 으레 내 자취방으로 왔다. 우리는 둘 다 낯선 서울 모퉁이
에서 쉬지 않고 돈을 벌어 대학생활을 지탱해야 했던 고달픔과 서
러움이 목까지 차 있었다. 밤이 깊도록 멍청한 제자들과 안하무인
인 그 돈 많고 무식한 에미들, 명색이 제 자식의 선생인 여자에게
도 짐승스러운 근성을 못 버리는 모자란 애비들을 도마에 올리고

슬픈 청첩장

입으로 난도질을 하다가 누가 먼저랄 것 없이 잠에 곤드라지곤 했다. 이른 아침 내가 눈을 비비고 일어나 보면 인혜는 어느새 일어나 풍롯불에 새색시처럼 보글보글 찌개를 끓이고 있었다.

어쩌다 〈르네상스〉의 쿠션에 파묻혀 커피를 마시는 사치도 부려 봤지만 한 푼이 아쉬운 우리에게는 종로나 명동 거리를 공짜로 어슬렁거리며 세상 구경을 하는 것만도 찢어지게 가난한 부모 앞에 발버둥을 쳐 가며 상경한 보람이 충분했다. 대학 2학년 때부터 사귄 첫사랑을 잃고 서계동 내 자취집을 찾아와 다짜고짜 이불에 얼굴을 파묻고 오래 울던 인혜. 제 유약함을 청산하겠다며 인혜는 4학년 때부터 이를 악물고 미국 유학을 준비하기 시작했다. 내가 여고 때부터 사귄 남자와 헤어진 후 오랜 방황을 끝내고 복학생 윤조와의 서클 어울림에 차츰 열을 올려가고 있을 무렵이었다. 비록 윤조를 통해서였지만 나는 처음으로 세상사를 아우르는 격정을 혼자가 아닌 여럿의 힘으로 뭉쳐가는 모습을 알게 되었고 그들에게 흠뻑 매료되고 있었다.

졸업 후 정작 바라던 미국 고학이 성사되는 시점인데 인혜는 저보다 일곱 살 많은 허영석을 만나 목숨만큼 사랑한다며 돌연 결혼을 선택해 버렸다. 졸업 후 3년이나 뜸을 들이다 나도 윤조와 결혼했는데, 공교롭게도 둘 다 신랑이 같은 직종이어서 결혼해서도 우린 나란히 교외 산비탈에 자리 잡은 마을의 몇 골목 건너에서 살았다. 서울과 경기도 경계가 맞닿은 야산을 깎아 자리 잡은 1970년대의 기자들 주거지였던 그 동네엔 각 일간지의 젊은 기자들이 100가구 더 넘게 살았었다. 80년대 초 서울로 편입되었지만 당시엔 진관외리로 불리던 시골 동네였다. 앞집도 뒷집도 기자들이었

별들의 감옥

던 동네에서 소속사는 틀렸지만 동업자였던 남편들끼리도 친구처럼 지냈다. 수민과 나란히 크던 딸애가 세 살 때 저녁 마실을 갔다가 인혜 남편 무릎에서 쉬를 한 적도 있을 만큼 격의 없이 살았던 시절이었다. 야 우리 아주 애네들 데리고 사돈 맺자. 좋아! 자, 우리 미래의 사돈에게 한잔! 잔을 부딪치며 파안대소했었다.

잇단 긴급조치가 발동되면서 남편 윤조가 몰고 온 회오리바람 속에 속절없이 허둥대는 시절이 닥쳤다. 하소연할 데라곤 이웃의 인혜뿐이었다. 큰일 났어. 우리 그이가 큰일에 휘말렸나 봐. 서재엔 위험한 책 천지인데, 인혜야 나 어떻게 하면 좋으니? 윤조가 집을 비우고 귀가하지 않은 지 나흘이 되자 초조해서 견딜 수가 없었다. 이 집 저 집에서 여자들이 소곤대며 귀가하지 않는 남편들의 행방을 묻고 있었다. 그러지 말고 대강 추려서 우리집 다락에 옮겨놓자. 먼저 그 말을 한 건 인혜였다.

11월의 싸늘한 야음에 커다란 배낭에 추려 넣은 책들을 끌어안고 인혜네로 향했다. 그땐 꼭 그렇게라도 해야 할 것처럼 나는 절박했다. 정부를 통박하는 기사 한 꼭지에도 낯선 이들이 들이닥쳐 집안을 뒤집어엎곤 사람을 데려가고, 엄청난 역적질이나 한 것처럼 해괴하게 기사화하여 신문지상을 엄지만한 활자로 채우곤 했다. 그럴 때면 빌미가 되는 게 으레 '불온서적'이었다. 골목 어귀 벽에 바짝 붙어 서서 초조하게 나를 기다려 주던 인혜가 담 밑에 쪼그리고 앉더니 제 머리를 찍으며 소곤댔다. 바보야 이럴 땐 머리에다 이는 거야. 자, 올려 봐. 뜻밖에도 인혜는 무거운 책 보퉁이를 머리에 얹은 채 끙,하고 일어나더니 비틀거리지도 않고 자분자분 앞서 걷는 것이었다. 나 어릴 때 엄마가 짐 들면 이렇게 이어 드렸

슬픈 청첩장

거든. 그래서 나 키가 못 컸나 봐. 달도 없는 밤, 그 숨막히던 불안 속에 머리에 책 보퉁이를 인, 키 작은 인혜가 빈 골목을 태연히 걸어가던 모습을 나는 아마 눈감는 날까지 잊지 못할 것이다.

그런 인혜가 어떻게 손바닥 뒤집듯이 나를 멀리하게 되었을까? 제 목숨처럼 제 사내를 사랑하는 여자의 우정이란 게 고작 그런 거였던가 싶다. 윤조와 동료들이 소속사의 경영주에 맞서다 어처구니없게도 끝내 집단 강제해고를 당한 후 악에 받친 그들의 반정부 투쟁이 격화될 즈음, 인혜네는 서울로 떠났다. 유례없는 검거선풍이 하루하루 도를 더해 가는데 나는 인혜네에 옮겼던 책 보퉁이를 되돌려받아야 했다. 이사 가기 전날 밤, 이삿짐을 싸느라고 분주하던 인혜는 대문에서 배낭을 내주고 돌아서면서 뚝뚝 끊어 말했다.

"태워버려. 결국 화근이 될 거야. 윤조 씨는 읽지 말라는 책을 왜 읽느라고 애를 써? 죄 없는 네가 이 고생이잖아. 너라도 제발 정신 똑바로 차리라구. 윤조 씨 더 이상 나섰다간 위험하대."

무거운 배낭을 끌고 터벅터벅 걸어 집으로 돌아오면서 나는 세상으로부터 내쫓긴 듯한 막막한 울분 속에서도 고개를 가로저었다. 이미 윤조는 내가 말려서 될 지점을 한참 벗어나 있었다.

인혜가 이사를 계기로 돌연 내게 거리를 두는 것이 느껴졌다. 신문마다 떠들썩하게 윤조와 동료들의 기사가 매일 오르내리건만 안부 전화도 없었다. 전화를 걸어도 받지 않았다. 윤조가 수감되고 지리한 재판을 거쳐 1심 형량이 선고되었다. 멀리 지방으로 이감을 간 얼마 후 발자취를 뚝 끊었던 인혜에게서 연락이 왔다.

윤조가 투옥된 후 내가 나가던 중학교의 교장은 내게 휴직을 강요했다. 말이 휴직이지 파면으로 이어지는 수순이었다. 핑계는 출입 기관원의 입질이지만 교단에서 반정부 사건 가족을 몰아내려는 의도가 분명했다. 일단 물러서는 것이 나을 듯싶었다. 생활 방편이 다급해진 나는 윤조 친구의 주선으로 조그만 출판사에서 임시직을 시작했다. 퇴근길에 광화문 어느 음식점에서 인혜와 마주 앉았다. 저녁식사가 들어오길 기다리는데, 작심한 듯 인혜가 말문을 열었다.

"나 궁금해서 물어보려고. 윤조 씨 원래 그렇게 무모한 사람이었어? 처자식이 있는 사람이 그게 할 짓이니? 그리고 너, 너도 그이의 그 잘난 투쟁에 동조하는 거야?"

"그럼 안 되니? 그이 잘못이 아니잖아. 난 폭악을 떠는 이 정권을 그대로 두어서는 안 된다는 그이 생각에 진정으로 공감하고 있어. 그이는 당연히 해야 할 일을 했다고 생각해. 동조는 못하지만 비난할 마음 없어."

"너하고 나, 이제 보니 아주 깊은 강이 흐르고 있네. 그거 너무 비뚤어진 영웅심 아냐?"

"영웅심? 감옥이 무슨 전리품인 줄 알아? 정말 영웅심 때문에 그랬다고 생각하니? 억지로 동조하라지는 않을 테니 제발 그 사람들을 더 이상 모독하지 마."

"모독하지 말라? 햐, 네 그 말 정말 놀랍다. 네가 그렇게 나올 줄 몰랐어. 실은 우리 그이가 너하고 인연 끊으래. 말은 그이가 먼저였지만 나 이제 너하고 왕래하는 거 부담스러워졌어. 그런다고 뭐가 해결되는데? 혼란밖에 더 오니? 왜, 너까지…… 네 재능, 미래, 다 포기해도 돼? 네 남편 너무 무책임하다는 생각 안 들어? 내 머리론 널 정말 이해 못하겠어."

슬픈 청첩장

"뭘 이해 못해?"

"난 너보다 더 가난하게 자랐어. 너도 알지? 우리 다섯 형제, 제대로 학용품 하나 못 갖추고 함부로 자란 거. 너도 그랬잖아, 우리 집 근처만 오면 이상한 냄새가 난다고. 왜 그랬는 줄 알아? 엄마가 낮일 나간 사이에 소나기가 왔어. 열어 놓은 장단지에 빗물이 들어가 된장이고 간장이고 홈빡 썩어버렸지. 우린 그게 밑천이었기 때문에 하얗게 올라오는 구더기를 건져내고 그 장으로 날마다 수제비도 해먹고 찌게도 끓여 먹어야 했어. 너 끼니 걸러봤어? 넌 몰라. 우리 엄마는 겹치기로 남의집살이까지 해야 했지만 늘 기본 생계비도 못 구해 쪼들렸어."

"인혜야. 네가 왜 지금 그런 이야기를 하는지 모르지만 넌 그 구듭을 잘 이겨냈잖아. 아무도 널 경멸하지 않아. 우린 뭐 잘 살았니? 전쟁 후에 성장기를 보낸 우리들 다 헐벗고 못 먹고 비슷했잖아?"

"들어봐. 윤조 씨 박 정권 타도하느라고 열 올리지? 우리 이렇게 밥술 먹는 거 그 대통령 덕분 아냐? 감사는 못할망정 힘자랑하니? 친구지만 너도 그 한패라는 거, 도저히 용서 못하겠구나."

"네가 그렇게 물어본다면 대답할게. 분명히 난 한패야. 너답지 않게 한쪽만 보는구나. 총칼로 위협하고 가두고 죽이고 입에 재갈을 물리면서 밥만 주면 되는 거니? 국민이 짐승새끼야? 그리고 그 사람이 밥을 준다니! 너 그거 굉장한 착각이야. 절대 아니다. 먹을 것 못 먹고 받을 것 못 받고 짓밟히는 사람들, 그 희생 덕분이라고 생각 못해봤어? 좋아. 너희 부부가 그렇게 우리가 부담스럽다면 맘대로 해. 너희, 우릴 그냥 너희와 생각이 다른 이런 사람도 있구

별들의 감옥

나, 그러면 안 되는 거니? 너희까지 그들과 한패거리가 되어 우릴 그렇게 규탄해야겠어?"

엉엉 울부짖으며 소리쳐도 분노가 지워질 것 같지 않았다. 힘자랑하냐는 말에 나는 얼마나 분했던지 인혜의 따귀를 갈길 뻔했다. 그걸 참느라고 나는 팔을 부들부들 떨며 안간힘을 썼다. 인혜가 말끄러미 그런 나를 건너다보면서 말했다.

"나 거짓말 못하니까 솔직히 말할 게. 징역 5년? 대한민국이 네 남편에게 그만하면 관대했다고 생각해. 너에게 듣기 좋은 말을 골라 하긴 싫다. 여기 나올 때만 해도 너만은 윤조 씨가 만든 수렁에서 건져내고 싶어서였어. 그런데 가엾게 넌 구제불능이구나. 윤조 씨의 빗나간 집착을 돌려놓지 못하면 지금이라도 너 그 남자 버려야 한다고 생각해. 애를 생각해서라두. 이건 내 우정에서 나온 진심어린 충고야."

"인혜, 네 우정이 그딴 거라면 난 필요없어."

둘 다 격해져서 그날 우리는 저녁식사를 하지 못했다. 밥상머리에 나를 남겨 놓은 채 인혜는 분을 못 참고 벌떡 일어나 먼저 방을 나가 버렸다.

그렇게 우리 사이는 끝났다. 박정희 대통령이 죽던 그해 봄이니까 31년 전이다. 그 후 부부가 모두 경계선을 친 듯 우리를 피하는 걸 느낄 수 있었다. 윤조가 출소했을 때 인혜의 남편은 군사정권을 발라맞추며 보수 우익을 대변하는 또 하나의 비대한 권력이 되어 버린 B신문사의 중간간부가 되어 있었다. 인혜의 남편은 거기서 계속 승승장구하다가 퇴역했다.

그동안 세상이 여러 번 바뀌었지만 우리들 사이의 강은 세월과

슬픈 청첩장

함께 더욱 깊어졌을 뿐이다. B지는 앞장서서 윤조와 그 동지들을 적색분자라며 공격하고 까내리느라고 극악을 떨었고, 윤조네들 역시 B사를 타락한 언론인들의 소굴로 치부하고 매도했다.

이튿날 나는 청첩장에 박힌 전화번호를 열심히 누르고 있었다. 아무도 전화를 받지 않았다. 하긴 혼사 준비가 오죽 바쁠까. 신호음을 기다리면서도 한편으론 이대로 모른 척 꽁무니를 빼고 싶은 심사도 들었다. 오랜 세월을 격한 서먹함을 어떻게 뛰어넘을지 두려웠다. 인혜도 그럴 것이다. 나는 다음날도, 그다음날도 늦은 시간까지 전화를 시도해 보았다. 결국 가족들 아무와도 통화를 못한 채 결혼식날이 닥치고 말았다.

결혼식이 있던 날은 폭서가 더욱 기승을 떨었다. 서울은 피서 떠난 사람들 덕분에 횅하니 비어버렸다. 흐르는 땀을 주체 못해 화장도 하는 둥 마는 둥 나는 끝내 마음 내켜하지 않는 윤조를 놔두고 혼자 서둘러 결혼식장으로 향했다.

예식장은 초만원이었다.

모두 피서를 갔으려니 했던 것은 오산이고 예식장 안은 옛날 기자촌 식구를 깡그리 집합시켜 놓은 양 낯익은 얼굴로 붐볐다. 내로라하던 왕년의 술꾼이오, 눈매 날카롭던 이웃집 초년병 기자들이 백발이 성성한 중후한 풍모로 탈바꿈된 모습들이 30여 년의 세월을 실감하게 했다. 비만 오면 진흙 수렁으로 변하던 서울 변방의 초라한 마을에서 밤마다 시끌벅적 시국을 논하며 정의감에 불타 풋감처럼 신선하던 시절과는 한참 거리가 멀다. 입성부터가 그 옛날 꺼정하던 소박한 사내들이 아니었다. 나이 탓도 있겠지만 세상이 요동칠 때마다 여론의 최전선을 곡예하며 꺾이고 삭힌 고단한 눈빛들. 삭아 내리다 못해 기름기가 덕지덕지 긴 이 나라의 배부른 언론인들이 궐기대회라도 하는 듯 발 디딜 틈이 없었다. 접수대 앞에는 벌써 값비싼 명품을 너줄너줄 걸친 귀부인들을 나란히 대동한 언론계 명사들이 봉투를 하나씩 들고 길게 길게 줄을 서 있었다. 아유, 안녕하시죠. 앞에 선 다이아몬드를 목에 건 우아한 노부인이 용케 내 얼굴을 알아보고 윤조 안부를 물었다.

마치 다른 나라 사람들 같은 그들 틈에 어색하게 끼어 서 있으면서도 나는 가슴을 두근대며 부지런히 눈으로 인혜를 찾았다. 신랑 부모가 하객을 맞는 자리로 발걸음을 옮기면서도 나는 자꾸 두리번거렸다. 하객들에게 둘러싸여 답례 인사를 하고 있는 혼주가 뜻밖에도 오도카니 혼자였기 때문이다. 그 옆에 있어야 할 인혜가 아무리 보아도 시야에 들어오지 않았다. 그러고 보니 옆에 늘어서 있어야 할 신랑 수민도, 그 여동생 수진도 도무지 자취가 안 보였다.

의아해하며 사람들 틈을 비집고 혼주 앞으로 다가간 순간, 나는 가슴이 써늘하게 식어 오는 걸 느꼈다. 애써 웃음을 띠고 있는 그의 얼굴은 실컷 울고 난 사람처럼 근심스럽다 못해 참담해 보였다. 호탕한 그의 면모에 낯익었던 나에게는 그의 주름진 굳은 얼굴이 너무도 생소한 모습이었다. 그때 흐르는 땀을 손수건으로 벅벅 닦으며 가슴에 꽃을 단 연미복 차림의 신랑이 뜀박질로 들어오는 게 보였다. 새로 산 태권도복을 뽐내며 담 너머로 목청껏 우리 현아 이름을 부르던 수민. 아담한 체구의 인혜와는 달리 길쭘한 눈매며 쑥 빠진 큰 키가 영락없는 제 아버지였다. 수민은 제 앞에 멈춰 선 나를 알아보지도 못했다. 알아보지 못할 뿐 아니라 정신을 어디 다

슬픈 청첩장

른 데 두고 있는 것처럼 힘주어 꽉 맞잡은 흰 장갑 낀 손을 연신 부들부들 떨고 있었다. 신부를 맞는 신랑의 황홀한 긴장? 그게 아니었다. 큰일을 저질은 사람처럼 불안한 기색이 역연했다. 어지러운 상념에 잠겨 눈은 떴으되 아무도 보고 있지 않는 듯 몹시 초조한 눈빛은 신랑 아버지도 마찬가지였다.

필시 인혜한테 무슨 사정이 생긴 거로구나. 대체 무슨 일일까? 이토록 경사스러워야 할 날에, 인혜가 오다가 어디 다치기라도 한 걸까? 교통사고? 나는 방정맞은 생각에 고개를 털면서 차마 입 밖에 내지는 못하고 우물우물 축하의 말을 삼키며 신랑 아버지 앞을 지났다.

"인혜가 몸이 좀 안 좋아서요…… 오늘 못 나왔어요."

삼십여 년 만의 조우였건만 다른 인사는 없었다.

벌써 얼마나 되풀이해야 했던 대꾸인지 만신창이가 된 듯한 그의 음성은 착 가라앉아 있었다. 옆에 선 신랑을 구석으로 돌려세우고 자세히 캐묻고 싶은 마음이 간절했지만 나는 꾹 참고 식장으로 떠밀려 들어갔다. 예정 시간인 12시가 되자마자 요즘 으레 등장하는 어머니들의 촛불 점화 대신 웨딩마치가 울리고 신랑 신부가 팔짱을 끼고 입장하면서 예식이 시작되었다. 허둥대는 듯 유난히 짤막한 주례사조차 귀에 들어오지 않았다. 나는 예식절차가 어서 모두 끝나기만을 기다렸다.

무슨 돌발사고일까? 혹시 몹쓸 병이라도? 오래 못 본 인혜의 한껏 멋을 부린 모습을 상상했던 나는 궁금해서 견딜 수가 없었다. 얼마나 급한 일이 생겼기에 사람들을 이렇게 초청해 놓고 정작 제 자신은 못 왔을까? 결혼식 전에 어떻게 하든 통화를 해봤어야 했

별들의 감옥

는데…… 전화통에만 매달렸던 나의 속 좁은 처신이 별안간 부끄럽고 야속했다.

식사가 나오기 시작했지만, 나는 도저히 평온할 수가 없었다. 체면 불구하고 옆자리의 낯익은 중년 부인에게 넌지시 질문을 던져보았다.

"그런데 신랑 어머니가 왜 안 보이죠?"

"모르셨어요? 암이라던데요."

"아, 네에. 전혀 몰랐어요. 그럼 어느 병원에……?"

"아마 A병원이라죠. 저도 못 가봤어요. 면회가 안 된다던데요."

거기까지만 듣고 나는 미친 듯이 자리를 박찬 채 피로연장을 나왔다. 곧장 A병원으로 차를 몰았다. 아들 결혼식에도 오지 못하고 앓고 있는 인혜를 따뜻하게 위로해주고 싶은 마음뿐이었다. 그동안의 회오, 원망쯤은 아무래도 좋았다. 제 아들 예식을 보아 달라고 경황 중에도 나를 불러주지 않았던가. 그것으로 충분해, 인혜야. 충분하다구. 어린 시절 숱하게 토라지고 끝내 화해했던 것처럼, 나는 왜 그동안 단 한 번도 내쪽에서 화해를 청해볼 생각을 하지 않았던가. 인혜의 손목을 꼭 쥐고 곧 나을 거라고 말해주고 싶어서 내 가슴은 미어졌다. 더운 눈물이 쉴 새 없이 두 볼을 타고 흘러내렸다.

A병원 입원병동 현관에 도착해 보니 오후 2시가 조금 못 된 시각이었다. 내가 환자 이름을 대자 수위가 컴퓨터로 조회하더니 그런 환자가 없다고 했다. 다른 병원으로 이송한 환자 명단이 있으면 살펴봐 달라고 부탁했지만 두 번 세 번 없다는 대답뿐이었다. 자세히 확인하고 왔어야 했는데…… 그때서야 내가 지나치게 허둥댔다

는 데 생각이 미쳤다. 모르셨어요. 암이라던데요. 면회가 안 된다
던데요. 이상하게 절박한 심정이 되면서 매라도 맞은 듯 두 다리에
힘이 쭉 빠졌다. 나는 거기 대기실 의자에 주저앉아 십여 분이나
넋을 빼고 앉아 있었다.

핸드백에 들어있을 청첩장 봉투가 생각났다. 행여나 하는 마음으
로 전화를 걸어보았다. 받지도 않는 전화를 나는 걸고 또 걸었다.
그때 문득 머리를 스친 게 원무과란 데였다. 맞아! 어느 병원으로
옮겼냐를 알려면 거길 가야 해. 나는 무슨 대발견이나 한 것처럼
기운차게 화살표를 따라 병원 안쪽으로 뛰어들어갔다. 두리번거리
며 원무과 팻말을 찾는데 바로 맞은편 문이 열리면서 한 여자가 마
주 걸어 나왔다. 울어서 퉁퉁 부은 눈에서 연신 뿜어 나오는 눈물
을 닦는 자그만 체구의 여자를 무심코 건너다보던 나는 화닥닥 정
신이 들었다.

인혜였다. 뱅뱅 돌아가는 듯한 다부진 동그란 입매. 내가 바브라
스트라이젠트의 매부리코라고 놀리던 길쭘한 콧날. 반듯한 이
마…… 그 고집스럽고 작고 어여쁜 젊은 날의 인혜. 나는 발작이나
일으킨 듯 그녀의 옷깃을 부여잡으며 소리쳤다.

"너, 너, 수진이지?"

여자애가 놀라 눈물 고인 눈으로 나를 물끄러미 건너다보았다.

"나, 네 엄마 친구 민옥이야. 넌 어려서 이사 가서 날 몰라볼 거
야. 네 오빠 기자촌에서 우리 현아와 소꿉 놀았는데. 그 현아 엄
마……"

"아…… 알아요. 엄마가 기다렸는데…… 왜 이제…… 그런데 엄
만……"

수진은 말을 못 잇고 고개를 숙이더니 가만히 고개를 가로저었다.

"뭐, 뭐야 그럼 인혜가……?"

나는 수진이 죄인이라도 된 듯 그 아이의 상체를 마구 잡아 흔들며 악을 썼다.

"아줌마, 우리 오빠 결혼식 보셨죠. 엄만 우리 오빠 연미복 입은 모습도 보시고…… 편안히 눈 감으셨어요. 결혼식 때깐 살아 계셨다구요. 결혼식 보, 보고 가신 거예요."

수진이 흐느껴 울기 시작했다. 무심한 인파가 넘쳐나는 그 병원 복도에서 둘은 뒤엉켜 걸신들린 듯이 한동안을 폭포수 같은 오열에 파묻혀 서 있었다.

자운영이 아지랑이처럼 자욱이 돋은 들길을 무거운 책가방을 기우뚱하게 들고 인혜가 앞서 걷고 있다. 새로 맞춰 입은 감색 교복 스커트 아래 겨우내 칙칙한 동복바지 밑에 감추었던 오동통한 인혜의 종아리. 뒤를 따라 처벅처벅 걷는 나. 여고 1학년 봄의 하굣길이다.

어디서 날아왔는지 나비 한 마리가 앞서 가는 인혜의 어깨에 앉는가 했더니 금세 파르르 그 애의 머리 위로 높이 날아올랐다. 진한 초록빛 반점이 두 개씩 찍힌 조그만 흰나비였다. 이번에는 팔랑거리며 나풀대는 인혜의 머리칼 위를 스치듯 내려오더니 내 가방 위에 살포시 앉았다.

"어머 얘, 나비!"

얼결에 나온 내 말에 앞서 가던 인혜가 얼른 뒤를 돌아보았다. 눈길이 마주치자 누가 먼저랄 것도 없이 싱긋 웃음이 터졌다. 가무스름한 얼굴에 활짝 벌어진 동그란 입술 사이로 인혜의 하얀 치열이 눈부셨다.

"너, 아직도 화났니? 고만 맘 풀어."

말하고 나니 그렇게 시원할 수가 없었다. 여고 신입생이던 봄, 비상하던 흰나비 한 마리가 중학시절의 그 사건 이후 두 해나 좁은 가슴에 꽁꽁 싸두었던 우리의 오랜 앙금을 그렇게 날려주었었다.

집으로 돌아오는 차 안에서 나는 너무나 자주 떠올려 한 폭 액자가 되어버린 그 봄의 정경을 바로 어제 일이나 되는 것처럼 차창에 또 떠올리고 있었다. 내 가슴에서 아직 인혜와의 결별은 끝나지 않았다. 끝낼 수 없을 것 같았다. 그렇게 가기 전에 인혜, 넌 날 만났어야 했는데……

눈을 번쩍 떴다. 이름을 부르며 다가갈수록 점점 멀어진다. 가지 마, 인혜!

베갯머리가 축축하다. 꿈에서도 나는 울고 있었다. 한 걸음 먼저 일어난 윤조가 현관에서 가져온 조간신문을 건네주면서 구시렁거렸다.

"당신 너무 충격받은 거 아냐. 잠꼬대까지 하더군."

부음란 첫머리에 허영석 부인 서인혜라고 고인의 이름이 찍혀 있다. 전날 12시 별세. 아들의 예식이 시작된 그 시간, 모두 식장으로 가고 딸의 품에서 숨을 거둘 때 그녀의 가슴은 얼마나 찢어졌을까. 도대체 어떻게 눈을 감았을지.

그날 밤 우리 내외가 장례식장을 찾았을 때는 어제의 하객들이

별들의 감옥

모두 퉁퉁 부은 눈으로 다시 모여 있었다. 차마 인혜 남편을 마주 볼 수가 없었다. 그의 얼굴은 눈물이 다 빠져나간 듯 담담하게 굳어 있었다. 30여 년 만에 마주 선 두 남자는 말을 잃고 서로 맞잡은 손을 놓기 어려운 듯 한참을 쥐고 있었다.

"아들애 결혼식 의논이 오가는데 갑자기 암 진단을 받았어요. 길어야 3개월이라는데, 어미 마음에 생전에 아들 결혼식을 꼭 보고 싶다고 조르지 뭐예요. 걱정들을 했지만 소원이나 풀어준다고…… 그런데 그만 예식에도 못 오고…… 몇 번이나 시간을 묻고 다짐하더니 사력을 다해 그 시간까지 버텼나 봐요……"

그는 목이 메어 더 말을 잇지 못했다. 식장은 온통 울음바다였다. 한 무리의 우리 또래 여자 문상객들이 상복을 입은 수진을 안고 하염없이 울고 있었다.

사진 속에서 나이 든 인혜가 동그란 입술로 부드럽게 웃음 짓고 있다. 이지적이고 고집스런 콧날을 푸근히 감싼 반듯한 이마에 새겨진 연륜의 흔적이 젊어서보다 따뜻해 보였다. 그 천연덕스런 미소를 찬찬히 올려다보면서 나는 뜨거운 눈물로 마지막 인사를 보냈다.

별들의 감옥

형광 번호판 마지막 숫자를 누르자 꺄웅, 잠금쇠가 미끄러졌다.
승재는 가만히 현관문을 밀었다. 처음처럼 떨리지는 않았다. 귀를
쫑긋 세워 안방 쪽 기색을 살핀다. 지금은 엄마가 꿈나라를 헤매는
시간이다. 지난주에도 그랬다. 오전 보충수업을 마치고 학교 근처
에서 점심을 때운 후 바로 주말반 과외에 가야 하기 때문에 일단
학원으로 갔었다. 종하 옆자리에 가방을 놔둔 채 핑계를 대고 부리
나게 학원을 나왔다. 지난주 이 시간엔 집에 먼저 들렀다가 학원에
지각을 했었지만 오늘은 미리 거기 들러 눈도장을 찍어놓고 왔으
니 안심이다. 조심조심 까치발로 주방 쪽으로 다가갔다. 싱크대 오
른쪽 맨 위 서랍을 소리 안 나게 연다. 손때에 절어 있는 낯익은 갈
색 지갑이 지난주처럼 불룩하다. 지갑 바로 아래 돈봉투도 있었다.
엄마는 학원비나 어디 줘야 될 돈을 가끔 봉투에 담아 여기다 둔
다. 액수를 딱 맞춰놓았을 테니 그건 손대지 않는다. 지갑에서 5만

원짜리 두 장과 만 원짜리 서너 장을 꺼내 주머니에 쑤셔 넣었다. 재빨리 원래 모양대로 해 놓고 서랍을 닫은 다음 까치발로 주방을 나왔다. 현관 왼쪽 방문을 살며시 밀고 들어가 책꽂이에서 참고서 한 권을 빼들었다. 아침에 일부러 놔두고 간 주말반 교재다. 옆구리에 책을 낀 채 조심조심 몸을 돌렸다. 빠끔히 열어놓은 방문 밖, 텅 비어 있어야 할 공간을 막고 누가 우뚝 서 있다. 혹 숨이 멎는다. 엄마다. 승재 눈이 화다닥 500원짜리 동전만 하게 열렸다. 자다가 막 일어난 잠옷 차림에 헝클어진 머리칼, 부석한 눈매가 여느 때 엄마 같지 않고 무시무시하게 보였다.

"……어, 엄마!"

엄마는 말없이 와들와들 떠는 승재의 몸부터 더듬는다. 바지 주머니에서 차곡차곡 뒤져낸 지폐들을 가지런히 하더니 한 손에 모아 쥐고 죽일 듯이 쏘아본다.

"너, 지난주에도 이랬지?"

"……아, 아닌데……"

"아냐? 너 냉큼 이리 나와. 경찰서로 가자. 도둑질에 거짓말까지 하니 큰 벌을 받아야지!"

"엄마, 잘, 잘못했어!"

"어물어물 넘어갈 일이 아냐. 아, 빨리 가자니깐 뭘 꾸물대!"

"엄마, 한번만, 한번만 용서해줘. 나, 알바해서 방학 때 갚으려고 그랬어."

"너, 고아야? 내가 너 도둑질하라고 가르쳤어? 뭐가 그리 급했어? 이유가 뭐야?"

"……"

별들의 감옥

"그래 엄마 돈 훔쳐다가 뭐했어? 누가 너 돈 가져오라고 협박하던? 어디다 썼는지, 누굴 줬는지 말해봐. 네가 바른말을 해야 널 용서하든지 벌을 주든지 할 거 아냐."

"……"

"너 주말반 때려쳤어? 아까운 과외비 내놓고 언제부터 이러고 다니는 건데?"

승재가 거푸 고개를 가로흔들었다. 두서너 개 여드름이 솟은 얼굴이 하얗게 질려 있다. 최악이다. 왜 이렇게 난 재수가 없는 걸까. 어떻게 해야 엄마를 진정시킬 수 있을까. 애원의 눈길을 쏟으면서도 승재는 곧이곧대로 대답을 해야 할지 말아야 할지 갈피를 못 잡는다. 말했다간 살아날 것 같지가 않다. 갑자기 엄마가 몸부림이라도 칠 것처럼 승재 발밑에 철버덕 주저앉는다. 부들부들 떠는 얼굴이 눈물로 질펀하다. 승재는 문득 아빠 얼굴을 본 지가 일주일도 넘었다는 생각이 들었다.

어깨에 찬바람이 휙 돈다. 여기가 어딜까? 눈을 비집고 둘러본다. 전날 남은 동료 몇이 위로주를 산다고 붙잡는 바람에 밤 11시경까지 폭탄주를 마셔댄 기억은 생생한데, 다음 장면이 얼른 이어지질 않았다. 그리고 보니 허벅다리에 감겨오는 폭신한 이불 감촉이 낯설진 않다. 무심코 옆자리로 팔을 뻗쳐보던 명서는 감전된 듯이 놀란다. 텅 비어 있다. 온기가 걷힌 지 오래다. 퍼뜩 뇌리에 꽂히는 게 있다. 나 다음 주부터 일 나가요. 쏘아붙이던 그녀. 담담하게 가라앉은 눈빛이 누가 말려도 일을 벌일 눈치였다. 또 그 이야기야? 말도 안 된다고 윽박질렀지만 순미는 이번에도 듣지 않은

별들의 감옥

것이다. 간밤 대취한 채 자정을 넘겨 들어온 그에게 냉수 한 그릇 내밀고 이불을 뒤집어써버리던 그녀 옆에 고꾸라지듯이 쓰러졌던 기억이 그제야 났다. 잠이 확 달아난다. 명서는 벌떡 일어나 옷을 찾아 입었다.

아직 부윰한 미명 속에 촘촘히 드리운 맞은편 키 큰 아파트들이 출격 직전의 병사들처럼 기세등등해 보인다. 한꺼번에 와락 밀치고 덤벼들 것처럼 섬뜩했다. 급하게 껴입은 얇은 점퍼 위로 이슬이 내리는지 머리칼부터 어깻죽지까지 써누룩하게 한기가 돈다. 외등이 환하게 켜진 동네 신문보급소는 벌써 새벽 일이 끝났는지 조용하다. 명서는 건너편 아파트 단지를 향해 무작정 뛰기 시작했다. 더 확실하게 말려둘 걸 그랬나? 2년 전에도 새벽 신문배달을 한 해 꼬박했던 순미였다. 약골 순미가 그런 일에 나설 줄은 몰랐다. 처음 아내가 운동 삼아 그 일을 한다고 우겼을 때 명서는 '길어야 사흘'일 걸, 속으로 코웃음을 쳤었다. 그래서 크게 말리지도 않았다. 이리로 이사를 오고 나서 사실 순미는 취업을 해보려고 무진 애를 썼었다. 자격증을 딴다며 뒤늦게 요리학원을 다니기도 하고, 어느 제약회사 영업사원을 시켜준다는 말을 믿고 임시직에 나섰다가 이용만 당하고 낭패를 보기도 했다.

소형 아파트와 낡은 빌라들이 뒤섞인 이쪽 단지와 대단지 아파트를 가르는 큰 길 건널목에서 내팽개쳐진 듯 그는 멈춰 섰다. 푸릇한 가로등이 불을 밝히고 있는 4차선 차로는 텅 비어있다. 이따금 차들이 길게 불빛을 그으며 피용피용 사라질 뿐, 사람 그림자라곤 없다.

건너편 고층 아파트 단지 입구를 찾자면 그 너른 단지를 반 바퀴나 돌아야 한다. 야트막한 아파트들 사이로 아름드리 고목들이 늘어섰던 맞은편 단지였다. 탱자나무 울타리 너머 꼬리를 물고 세워져 있던 차들이 재건축 공사가 끝나면서 지하주차장으로 자취를 감춘 대신, 밖에서 단지를 들어가려면 아파트 단지를 10여 분이나 빙 돌아가게 콘크리트 담을 쳐 버렸다. 이쪽 단지 아이들이 건너편으로 등교할 때 지름길인 자기네 뜰을 질러가지 못하게 막은 것이다. 잘 사는 것들 인심 한번 드럽군. 구시렁거리며 담을 따라 뛰기 시작한다. 명서는 한참만에야 안으로 들어섰다. 갑자기 단지 가운데로 뚫린 빈 길의 복판을 가르며 자전거 한 대가 달려왔다. 자전거는 명서가 서 있는 아파트 바로 앞에 와서 시동을 껐다. 아파트 현관 불빛에 비낀 얼룩말 무늬 파카가 낯익다. 모자를 뒤집어 쓴 순미가 옆구리에 신문 다발을 낀 채 튀어내렸다.

"순미야!" 놀랐는지 움찔 돌아선다. 옆구리에 낀 신문 뭉치하며 아주 틀 잡힌 배달꾼이다.

"왜 나왔어? 나 좀 그냥 두면 안 돼?" 목소리에 짜증이 확 묻어난다. 그 말투에 명서는 정신이 버쩍 났다. 그도 지지 않고 악을 쓴다.

"야 너 정말 내 말 그렇게 안 들을래? 나, 니 남편 아니니?"

"지금 시간 없단 말야. 나중에 이야기하게 일단 들어 가! 이거 빨리 넣어야 한단 말야."

"못해!"

"그럼 여기서 기다리기나 해!" 순미는 빠른 걸음으로 명서를 스쳐 지나더니 말릴 새도 없이 쩍 아가리를 벌린 승강기 안으로 사라져 버렸다.

별들의 감옥

"짤렸다면서 왜 말 안 해?"

무성한 잡풀을 헤치며 앞서 가던 승재가 툭 내뱉었다. 새벽에 부자가 집을 나와 금강휴게소에서 아침을 먹고 월성산 입구에 닿도록 자물쇠로 단단히 채워졌던 녀석의 입이 엉뚱하게 그렇게 열렸다.

"누가 그래?"

"시치미 떼도 다 알아."

"이 자식 너, 애비한테 그게 뭔 소리야?"

"그저께 현호네 아버지가 집에서 그랬다던데? 짤려 놓구 비겁하게 왜 시치미 떼? 엄마랑 나, 다 속일 거야?"

현호는 대학 선배인 박 이사의 막내다. 이사 와서 초등학교 6학년 땐가 승재와 한 반이었다는 이야기를 얼핏 들은 것 같은데, 중학교에 와서도 그렇게 가까이 지내는 줄은 몰랐다. 하긴 회사에서 어쩌다 마주쳐도 화제가 아이들에게 번질 여유조차 없이 살았다. 자기의 실직 소식이 거기까지 퍼져 하필 승재 귀에 먼저 들어갔을 줄은 상상도 못했다. 세상 좁기는!

"그래 맞아, 짤렸다. 뭐 좋은 일 아니니까 천천히 이야기하려고 했던 것 뿐야."

"그럼 이제 우리 어떻게 되는데?"

"넌 걱정 안 해도 돼. 너 굶길까 봐 그래? 엄마한테 벌써 쏙닥거린 건 아니지?"

"물어보고 말하려고…… 그럼 우리 이사 가는 거야?"

"이사? 글쎄…… 엄마하고 의논해봐야지."

아차, 싶다. 승재 녀석의 머리가 거기까지 돌아가는 게 놀랍다.

별들의 감옥

이사라? 사실 거기까지는 생각도 아직 못해봤다.

"이사 가더라도 너 다니던 학교는 마저 다니게 할 거야."

어렵사리 열었던 승재의 입이 또 닫혀 버린다. 성묘 올 때 늘 하듯이 아랫마을 과수원의 함씨에게서 낫 두 개를 빌렸다. 생전 처음 잡아보는 녀석의 낫질은 뜻밖에 시원스럽다. 시험이다 과외다 핑계를 대며 아내는 승재가 중학생이 된 후부터는 아예 시골 나들이에 동행을 시키지 않았었다. 오늘 모처럼 승재를 딸려 보낸 건 딴이유가 있었다. 승재가 아내의 지갑에서 돈을 훔쳤다는 것인데, 아무리 구슬리고 다구쳐도 입을 안 연다는 것이었다. 덮어놓고 담임에게 물어볼 수도 없어 혼자 애가 탔던 모양이다. 승재의 힘찬 낫질에 오리나무 잔가지며 상수리 우듬지들까지 퍽퍽 무너져 눕는다. 한 길 넘는 관목들을 베어 자빠트리면서 썩썩 앞으로 나아가는 녀석과 속도를 맞추자니 낫질이 자꾸 헛나갔다. 연일 직원들과 마셔댄 이별주 탓에 그렇잖아도 뒷골이 지끈거렸다. 며칠 전 마지막으로 회사 차 키를 반납하고 1층 총무부를 나설 때 어깨를 툭 치던 사람이 바로 박 이사였다. 탄자니아에서 막 귀국한 그에게 그렇지 않아도 하직 인사를 하려던 참이었다.

"이거 면목 없네. 자네만은 꼭 잡았어야 하는데……" 감원이 무슨 자기 죄나 되는 양 그는 미안해했다. "낙심 말게. 자넨 아직 젊어. 꼭 다시 복귀될 걸세." 속으로 제 가슴들을 쓸어내리면서도 남은 사람들은 그 비슷한 소리를 모두 입에 발랐다. 아무 확신도 조짐도 없지만 달리 해줄 말들이 없는 거다. 회사 안에서 유일하게 서로 속을 터놓고 지낸 사이라서 명서의 퇴장이 한쪽 팔을 잃은 것처럼 허전하다고 했다. 실은 박 이사 자신도 언제 어찌 될지 모를

　　　　　　　　　　　　　　　　　별들의 감옥

형편이다. 50대가 코앞에 다가온 사원들을 우르르 이사라는 직함으로 올려주고 직접 수주를 뛰게 하여 공사 따오는 데 따라 칼 같이 업무고과를 매기는 게 요즘 이 업계의 관행이었다. 바람 앞에 등불 신세가 된 이사들이 제 발로 공사수주를 따러 멀리 아프리카나 아랍권까지 뒤지러 뛰는 판이다. 오지를 헤집고 돌아온 그가 이번 구조조정에서는 빠졌지만 그 약발도 오래 갈 것 같지는 않다.

자넨 아직 젊어? 퍼뜩 명서는 제 나이를 세어본다. 이제 곧 쉰이다. 건설사 랭킹이 제법 괜찮다는 이 회사 현관을 들어서던 무렵엔 철없이 부풀었었다. 건설 붐이 한창이었던 무렵에 입사해서 IMF로 휘청대는 사내 광풍을 몸으로 맞기도 했지만 눈코 뜰 새 없이 현장을 오가며 지냈다. 첫 입사 원서를 냈던 회사에 주저앉아 이직 같은 건 맘도 안 먹어본 채로 고지식하게 20년 가까운 세월을 흘러온 그였다. 건설 경기가 곤두박질치면서 매년 솎아낸 사람들의 몫을 남은 사람들끼리 메우는 악순환이 이어졌고, 1인 3역, 4역쯤은 해야 살아남았다. 지난 2, 3년은 그야말로 악몽이었다. 팀별로 수주를 몰아오라는 채근에 명서 자신도 연일 관공서 건설 책임자들 술자리까지 챙기는 수모를 삭히며 살았다. 굵직한 공사수주를 놓고 건설사마다 신경전을 벌이다 보니 실권을 쥔 간부들의 술 이력까지 손바닥 안에 그리고 있어야 했다. 술자리 끝에 여자를 대령하거나 판을 벌여 한밑천 잃어주는 건 기본이고, 상대가 필름이 끊어지도록 취하게 해서 이쪽에 끔찍이 미안한 마음이 들게 되어야 안심이 되었다. 어쨌든 요 몇 년 단 하루도 맘 편한 일상이라곤 없었다. 지난봄, 설계팀에서만도 열 명 가까운 인원 삭감을 하면서 덜컥 이사 발령을 받을 때부터 해직은 예고된 거였다. 그 생활이나

마 다만 몇 년이라도 더 계속되기를 필사적으로 바랐던 자신이 한심하기도 했다.

작년 겨울 산불에 숯검정을 뒤집어썼던 산자락은 지난봄 벌초를 거르는 사이 억새와 잡초가 어디가 묘지인지 구분이 안 갈 만큼 무성했다. 다 타버리고 없을 줄 알았는데 그 사이 한 길 넘는 관목들이 전보다 더 왕성하게 입구를 빼곡히 덮고 있다. 키 큰 나무들이 사라진 덕분에 어린 관목들은 생장이 더 좋아졌나보다. 세상살이의 상처들도 이렇게 감쪽같이 복원된다면 좋을 텐데. 잡초로 뒤엉킨 봉분을 대강 다듬고 베어 놓은 풀 위에 털썩 주저앉는다. 작년까지 명서가 입던 카키빛 점퍼를 걸친 녀석의 널찍한 어깨가 턱을 쳐들고 봐야 할 만큼 높다. 훌쩍 커진 키가 앳된 얼굴에 비해 불안스럽다. 언제 이 녀석이 이렇게 됐나.

승재 문제로 속을 태우던 애 엄마가 간간이 하소연을 내뱉기 시작한 게 어제오늘은 아니다. 사실 그걸 마음에 담아 둘 여력이 없었다. 지난 1년 동안 무슨 일에든 합리적인 사고를 못하고 산 것 같다. 며칠 전 아내가 학교로 불려갔었다. 담임에게 단단히 호통을 듣고 온 모양인데, 도무지 믿을 수 없는 이야기였다. 3학년 아이들 중 인문고교를 지원할 수 없는 15%의 그룹이 있는데, 승재가 그 그룹에, 그것도 바닥에 들어있다는 것이었다.

"일반고 진학은 진작 포기하래요. 애가 저 지경되도록 당신 한 게 뭐예요?"

악다구니를 치는 아내에게 정작 중요한 퇴직 이야기는 꺼내지도 못했다. 제가 못 배운 한을 승재를 어엿하게 길러 갚으려던 마음만

별들의 감옥

은 잘 알지만 그걸 애비 탓이라고 몰아붙이는 처사가 심하다는 생각만 들었다.

"좀 쉬자."

못 들은 척 열심히 떼 위로 올라온 잡풀을 베던 승재가 힐끗 돌아보더니 한마디를 보탰다.

"나 혼낼 거지?"

"혼날 일 했으면 혼나야지. 너, 요즘 성적이 말이 아니라지?"

"씨이, 맞잖아. 엄마가 혼내주라고 한 거."

"그래 내가 여기서 흠씬 두들겨 패주면 공부할 거냐?"

"그딴 소리할 거면 나 귀 막을 거야."

먼저 살던 동네 학교에서 중간은 갔던 승재였다. 순미가 오매불망하던 8학군으로 이사 오고부터 꼬이기 시작한 것 같다. 순미는 하위로 곤두박질치는 성적을 만회해보려고 별 닦달을 다한 모양이었다. 이사 올 때 얻은 대출금을 아직 다 못 갚았건만 작년부터는 명서의 수입으로 버겁다 싶은 과외수업, 고가 학원으로 아이를 내몰며 뒤늦게 이곳 학부모들이 하는 짓을 모조리 해보려 들었으니 승재로선 더 고통스러웠을 게다.

"실업계 가는 게 싫어? 너 그런 거 좋아했잖아."

"난 싫다구."

"그럼 아예 학교 그만둔다는 거야? 중학교 졸업장 달랑 하나 가지고 할 수 있는 일이 있는 줄 알아? 실업계든 뭐든 한 가지 달통해야 먹고 살 수 있는 거야. 인문계 나와 봐야 실직자밖에 더 돼?"

틀림없이 제 어미가 중1 때부터 실업계 가면 하늘이 무너질 것처럼 겁을 주어왔을 터였다. 명서는 어쨌든 이 녀석하고 말길을 트고 싶었다.

"내가 그런 애들이랑 기술자 돼두 아빠 괜찮단 거야?"

"너, 왜 그래? 아빠가 밤낮 떠받드는 사람들 다 기술자들이야. 기술자 돼면 더 장래가 보장된다는 거 몰라? 일단 가보면 틀림없이 네 적성에 맞는 게 있을 거야."

"아빠가 뭐 안다구 그래? 실업고, 거긴 찐따들이나 가는 거야. 그딴 데 갈 바엔 나 다 때려치울 거야."

승재의 목소리가 알 수 없는 분노로 참담하게 갈라졌다.

"때려 쳐? 뭘 때려 친다는 거야?"

"학교구 뭐구 다 싫다구!"

"도대체 널 괴롭히는 거 선생이야, 학생이야?"

"……"

"말하기 싫어? 좋아. 너 혼자 해결할 수 있으면 해봐. 못 하겠으면 남자답게 속을 탁 터놓고 도움을 청해야 하는 거야. 넌 이제 겨우 중학생이라구."

"나 병신 취급받는 거 진짜 싫단 말야. 차라리 죽어버리고 말지."

"죽어버려? 이 자식, 너 정말 함부로 그런 말 입에 올릴 거야?"

풀숲에 깍지를 끼고 누웠던 명서가 벌떡 일어나 앉았다. 열다섯 살짜리 입에서 튀어나온 죽어버릴 거란 말에 울화부터 치밀었다. 툭하면 아파트에서 뛰어내리는 아이들 기사가 먼 이야기가 아니었구나. 머리꼭지로 와르르 전신의 피가 몰리는 것 같았다. 이 자식도 순미의 못난 성깔을 억세게 빼닮았다. 씩씩거리며 제 감정을 주체 못하는 아이의 손에 들려진 낫이 문득 맘에 걸렸다.

"너 그거 거기 내려놓고 여기 앉아. 이야기 좀 하자."

아이는 치켜들었던 낫을 봉분 옆 풀숲에 힘껏 패대기쳤다. 돌에
맞은 낫의 쨍그렁 소리가 늦가을 한낮의 숲을 울렸다. 그래도 분이
안 풀리는지 발에 와 닿는 돌멩이를 되는대로 두 번 세 번 거칠게
차 던진다.

"너 요전에 엄마 지갑에 손댔다지? 난 승재, 네가 엄마 지갑에서
돈이나 빼내가는 나쁜 놈이라곤 생각하기 싫어. 분명히 너에게 말
못할 무슨 이유가 있었을 거야. 왜 돈이 필요했었는지부터 내게 털
어놔 봐."

"……"

아이의 서슬 푸르던 시선이 갑자기 툭 꺾인다. 명서는 엉덩이를
털고 일어나 낫질로 봉분의 떼를 다듬기 시작했다. 어머니의 영혼
이 있다면 방금 부자가 나눈 이야기를 들었겠지. 그도 살점을 도려
내듯 어머니 마음을 아프게 했던 시절이 있었다. 딱 승재만한 나이
였다. 마을 아이들이 다 읍내 고등학교로 가는데 어머니는 막무가
내였다. 혼자 몸으로 십 리 밖 장터에서 조그만 건어물전을 꾸려
온 어머니였다. 진학을 접고 우선 장사를 거들라는 거였다. 몇 밤
을 울며 덤볐지만 막무가내였다. 명서는 서울서 대학 다니는 동네
형을 찾아 무작정 도망칠 궁리를 했다. 서랍장 맨 아래 바닥에 눈
독 들여 둔 돈뭉이 있었다. 조그만 가게 터를 사고 싶어 어머니가
한 푼 두 푼 어렵게 여축해 둔 것이었다. 그 돈을 훔쳐내 감행했던
가출은 꼭 한나절만에 싱겁게 끝나 버렸다. 이 천하에 나쁜 놈아,
니가 참말로 그 피 같은 돈 들고 하나뿐인 에밀 내버릴 참이었드
나? 차라리 내를 죽이삘고 가지 그랬나 말이다. 읍내가 떠들썩하
던 소동 끝에 동네 어른에게 붙들려 온 명서의 등줄기를 후려갈기

며 어머니는 통곡했다. 이듬해 어머니는 그 돈으로 명서를 읍내 고
등학교에 보내주었다.

"아빠가 이렇게 묻는데 너 입 안 열거야? 내가 직접 학교에 가서
조사해볼까?"

"졸라 웃기시네. 학교가 쥐뿔이나 뭘 안다구 그래?"

"학교가 모르면…… 너 혹시 바깥에서 그 일진흰가 뭔가 그런 놈
들하고 어울린 거야?"

"아빠 눈엔 내가 그런 쓰레기로 보여? 가서 실컷 조사하셔. 조사
하면 될 거 아냐!"

감정이 격해진다. 꽤나 자존심이 상한 눈치다.

"그럼 누구야? 잘못한 것도 없는 너한테 돈을 가져오라는 녀석
이. 말 안 해? 아빠가 바보냐? 왜, 경찰에 못 갈 줄 알아?"

"차라리 경찰에라두 갔으면 좋겠단 말야. 종하, 그 새끼가 자
꾸……"

승재는 제 설움에 겨워 고개를 주억거리며 더 말을 잇지 못했다.

서너 걸음 앞에 삐딱하게 걷고 있는 건 분명 종하였다. 어기적거
리는 걸음걸이하며 숫제 한쪽 다리를 질질 끌고 있다. 전날 마지막
일제고사 성적표 받았으니까 보나마나다. 지난봄에도 저랬었다.
종하가 주기적으로 아빠나 형에게 매타작을 받는다는 건 알고 있
다. 아빠가 빽세게 나올 때는 구두로 때린다고 했다. 때릴 게 그렇
게 없나, 더럽게 신발로 애를 때리냐. 어제도 그랬던 게 틀림없었
다. 승재는 뾰족하게 다듬은 종하 엄마의 형광색 손톱을 생각하며

별들의 감옥

으르르 진저리를 쳤다. 말은 촉새 같이 잘하면서 남편의 개 같은 짓을 말리지도 못하나. 명품 라켓을 사줄 땐 언제구. 하긴 그럴 때마다 조건이 붙었다. 밥 먹듯 50 몇 등 하는 애한테 덮어놓고 20등 안에 들라는 거다.

종하의 뒷모습을 보던 승재는 하마터면 저도 모르게 쫓아가서 위로의 말을 던질 뻔했다.

성묘 다녀 온 후 엄마는 종하네로 송금했다. 그 뒤로 승재는 종하와 아주 금을 그어 버렸다. 엄마에게 도둑질을 들키지 않았더라면, 그 지긋지긋한 고민 한가운데서 아직도 애를 태우며 졸리고 있었을 것이다. 그 오랜 시간 가슴을 쥐어짜던 고민의 종지부를 찍고 나니 도무지 꿈같다. 그놈의 탁구 라켓 한 개가 이렇게 큰일을 일으킬 줄은 상상도 못했었다.

두 달 전 종하는 아버지가 일본 여행을 다녀오면서 사다준 명품 라켓을 보여주겠다며 저희 집에 가자고 졸랐다. 지금껏 연습용 싸구려 라켓밖에 못 잡아봤지만, 종하네는 형이 탁구광이라 고가의 라켓이 열 손가락을 꼽고도 남았다. 어마어마하게 비싼 것들 뿐이었다. 종하도 중국의 세계 챔피온 왕하오 이름을 붙인 고급 라켓에 안달이 났었던 게 엊그젠데, 요즘은 유남규가 썼다는 일제 라켓 타령을 하던 중이었다. 마침내 소원을 이룬 모양으로 5백 달러도 넘는 고가품이라며 이번엔 형 몫이 아니고 제 몫으로 사온 것이라고 마구 촐랑댔다. 손바닥만 한 탁구채 하나가 그렇게 비싸다는 사실이 믿기 어렵지만 만져만 보고도 승재는 입이 딱 벌어졌다. 표면에 입힌 러버가 고양이털처럼 부드러우면서도 찰진 탄력이 만점이었다. 잠깐 볼을 튕겨보아도 타력이 귀신같다.

별들의 감옥

"야, 이것만 있으면 저절로 챔피온되겠다. 너 이걸로 한번 휩쓸어봐라." 둘이서 쓸어보고 튕겨보던 끝에 승재가 한 짝을 집에 가져오게 된 건 순전히 종하의 제안이었다. "괜찮아. 가지고 가서 실컷 봐라. 그런데, 조심해야 돼. 군 때 묻히면 너 물어내라구 할 거야. 알았지?"

집으로 돌아오면서 언뜻 승재의 뇌리에 떠오른 건 지난번에 제 라켓에 바르고 남은 고급 락카였다. 우드 쪽에 발라두니 군 때도 타지 않고 꽤 좋았었다. 종하가 나머지 한 짝도 발라달라고 성화할 거야. 한달음에 집으로 온 승재는 책상 속에서 락카 병을 찾아내고는 쾌재를 불렀다. 정성스레 우드 표면에 락카 칠을 한 후 잠자리에 든 승재는 이튿날 아침 놀라 자빠졌다. 그 보물 라켓이 꼬부랑 할멈처럼 허리가 휘어있었기 때문이다.

처음엔 종하에게 실토를 못하고 이 핑계, 저 핑계, 며칠을 우물거리며 지냈다. 혼자 끙끙 앓던 승재는 종하 몰래 스포츠 명품 가게를 서너 군데나 찾아갔다. 복원이 안 된다는 선고를 받고서야 종하에게 털어놓았다. 미친놈처럼 펄펄 뛰는 종하에게 주먹세례를 받을 때는 눈 딱 감고 맞아줬다. 하지만 종하네 부모에게 불려갔을 때는 가슴으로 이를 갈았다.

"너희 부모도 이 사실을 알겠지? 몇 푼 안 되는데 우물쭈물 말고 빨리 해결하시라고 해라. 원 아이두 어쩜 그렇게 경망스럽다니?"

거만을 떠는 종하 어머니 옆에서 점잖은 척 빙글거리던 종하 아버지는 한술 더 떴다.

"여보 너무 화내지 말구려. 그게 어디 애 잘못인가? 환경 탓이지."

별들의 감옥

보통 땐 모든 게 다 통할 것 같은 부모였지만 막상 이런 일을 치고 보니 부모는 한없이 먼 존재였다. 아빠는 뭐가 그리 바쁜지 아무 때나 만날 수도 없는 데다 눈에 쌍심지부터 켤 엄마를 생각하면 입이 떨어지질 않았던 것이다. 한 달에 받는 용돈에서 아낄 수 있는 건 점심값뿐이었다. 학기 초에 참고서를 사고 나면 학기 중에 더 큰 돈을 타낼 구실이 없었다. 종하는 제 엄마 독촉을 들먹이며 사정없이 보챘다. 용돈 지갑을 송두리째 바치고 때리면 맞았다. 열흘 남짓 점심을 굶어본 승재는 결국 엄마 지갑이 해결사란 생각을 굳히게 되었다. 죽기 살기로 해본 도둑질로 조금이라도 갚고 나니 날아갈 것 같았다.

종하와는 호호백발 될 때까지 같이 갈 친구쯤 여겼었다. 라켓 사건에서 보여준 종하의 모습은 그게 아니었다. 제 부모 앞에서 반 마디 지원사격만 해줬어도! 돈에는 도무지 피가 통하지 않는 놈이었다. 탁구대를 서너 대 놓아도 될 전망 좋은 응접실 소파에 기대앉아 애 친구를 앞에 놓고 그 따위 말을 건네던 종하 아버지를 생각하면 자다가도 웩! 이다.

종하는 이 바닥 엄지로 꼽힌다는 산부인과에서 귀가 빠진 강남 토박이다. 초딩 땐 제법 공부를 잘했단다. 컴퓨터에 코를 박고부터 종이책이 질색인 거다. 혹시나 컴퓨터 게임에 빠진 오관을 헹궈줄까 싶어 한때는 탁구가 그 집안의 권장종목이었나 보다. 형제가 탁구하난 잘 쳤다. 그래봐야 종하의 컴 병은 더 도졌지만 말이다. 승재와 통한 것도 집에서 컴 접수당하고 PC방 드나들면서였다. 학교라는 곳에선 하위권들은 그냥 찍소리 없이 밟혀주는 그림자들이다. 그림자들은 그림자들끼리 통한다. 의기투합한 혈맹 비슷하다.

그래서 더 종하를 용서 못하는지 모른다. 바닥으로 맴돌기가 얼마나 슬픈지, 얼마나 치욕스러운지 어른들은 절대 모른다. 그걸 알았다면 이런 델 머리들 굴려가며 골라서 짱박거나 이사 왔을 리가 없다. 여기서 학교는 몰랐던 것을 배우는 곳이 아니다. 몰랐던 것을 배우는 곳은 어딘가 은밀하게 따로 있다. 아는 것들을 까발리며 폼잡고 내신 석차나 받으러 오는 곳이다.

돈짱, 얼짱 많은 이 동네의 유일한 낙은 쪽 빠진 계집애들과 구경거리가 많다는 거다. 그러면 뭘하나? 게임 아이템 하나 살 카드가 있나, 캐릭터 키울 시간이 있나, 벽으로 사방이 막힌 음지에 갇힌 벌레처럼 꼬무락대는 애늙은이들 — 피기도 전에 쭉정이가 되어버리는 애물단지, 찐따들. 그게 바로 나야. 밤하늘에 숱한 떠돌이별들. 고층 아파트에서 한 놈 툭 떨어지면 잠깐씩 단체로 스타가 돼. 며칠 올려다보며 나라 전체가 와글거리지만 뭐 달라진 거 있냐.

행여나 옆길로 샐까, 엄마들의 지극정성 감시 속에서 〈버블 파이터〉라도 한 게임하려면 온갖 재주를 다 부려 지능범이 되어야 한다. 3학년이 되면서 컴퓨터는 방에서 아예 치워져 버렸고, 핸드폰마저 빼앗긴 지 오래다. 도대체 뭘 갖고 살라는 걸까. 줄창 책상에 매달려 날밤을 새는 신세가 되라는 건데, 젖 먹을 때부터 길이 잘 든 찌질이들이나 그 짓을 해낸다. 한 반으로 따지면 사실 태생적으로 절대 거기 못 끼는 좀비 같은 존재들이 3분의 1은 된다. 눈 뜨고 자는 애들 말이다. 나머지는 다 우왕좌왕이거든. 2학기가 되자 학교에서 대우가 달라지긴 했다. 5월 전국 모의고사 성적을 보고 나서부터 선생들이 어찌나 통이 크고 양순해지는지 수업시간에 조용히 자고 있는 애들을 절대 귀찮게 하는 일은 없어졌다.

별들의 감옥

부모가 다툴 때마다 자주 엿들어서 알게 된 것이지만 괜찮은 대학을 나온 아빠에게 고졸 엄마가 시집온 게 늘상 하는 부부싸움의 원인 같았다. 말끝마다 "그래요. 내가 못 배워서 그래요!"라든가, "내가 못 배운 한을 우리 승재한테 여봐란 듯이 풀 거예요."라든가, 이게 노상하는 입버릇이다. 엄마의 그 애창곡이 나오면 승재는 그 자리에서 폭 꺼져 버렸으면 싶다. 둘이 싸울 때 등장하는 나란 놈은 애초 없었어야 할 존재다. 평소엔 조용하다가도 내 문제만 나오면 양보가 없다. 작년에 옆 반에서 내리 1등만 하던 여자애가 2등 됐다고 아파트에서 뛰어내려 저세상으로 갔다. 나 같으면 2등 되면 춤을 출 텐데, 죽다니! 하긴 내가 학교에서 1, 2등을 다투는 수재였다면 아예 둘이 싸울 일이 없겠지. 성적이 떨어질 때마다 엄마는 그 원인이 아빠라고 생각하는 것 같다. 얼토당토않다!

승재는 요즘 눈앞에 자욱했던 안개가 확 걷히는 기분이다. 엄마가 새벽일을 다시 나가면서 약간은 예감했던 터라 아빠 일로 놀라지는 않았다. 어디로 이사를 가게 될까? 다시 먼저 살던 개봉동 비슷한 데로 가게 될까? 지금처럼 과외로 주말반으로 오랏줄에 묶인 포로처럼 보내는 건 면할까? 아니 중딩들 신세는 거기도 매한가지일지 모른다. 성적 상위권 애들한테 아양을 떠는 양아치 같은 여기 선생들과 영 작별한다면 그건 괜찮은 보너스다. 실직자가 된 아빠 구경만은 좀 자주 할 수 있겠지. 엄마가 알게 되는 날 울고불고 덤빌 거다. 사정없이 들볶일 아빠가 안됐다. 안 짤린 척 어디론가 출근시간에 집을 나서면서 하루하루 미루는 꼴이 아빠도 두려운 거다. 라켓값 졸릴 때 겪어봐서 그 사정 알만하다.

모히칸족처럼 머리를 올려 깎은 수학선생이 위로 볼록한 곡선 옆

별들의 감옥

에 아래로 볼록한 곡선을 연달아 칠판에 그려놓고 열을 내서 이차함수 설명이다. 책상 위에 두 팔을 포개 머리를 올려놓고 노곤히 잠이 든 여나믄 명 말고도 대체로 모두 비몽사몽이다. 생각할 게 많아선지 승재는 오늘따라 잠이 안 온다.

"이승재, 와, 너 오늘 웬일이냐? 한번 대답해봐. 여기 $y=ax2$의 그래프가 있다. $a〉0$면 어디로 볼록이냐, 아래냐, 위냐?"

아래. 그러나 대답하진 않는다. 설령 맞췄다 해도 대칭이니 절대값이니…… 계속 쏟아질 질문으로 야코를 죽일 게 뻔하다. "어렵냐?" 다행히 모히칸 선생도 금방 포기한다. 작년 같으면 터졌겠지만 때릴 시간을 아끼자는 거다. 나 같은 놈은 역시 자 두는 게 서로 편하다. 승재는 엎드린 채 눈을 감고 열심히 생각에 잠긴다. 망막에 도둑질한 자기를 부여잡고 흐느껴 울던 엄마 얼굴이 떠올랐다.

"순미야."

"당신 근무 안 하고 왜 갑자기 대낮에 날 불러내구 그래? 맨날 바쁘다면서……"

"나, 당신한테 조용히 이야기 좀 하려구."

"이따 집에선 안 돼? 무슨 얘긴데?"

"당신 눈치챘을 거라고 생각했는데…… 나, 회사 그만뒀어. 벌써 여러 날 됐어. 너무 놀라지마. 예상은 했었잖아."

"……"

나직한 바이올린 선율이 흐르는 실내가 한산했다. 한창 회사에서 바쁠 시간인데…… 명서 전화를 받고 예감이 이상했다. 집에서 여기까지 오면서 순미는 설마, 했다. 착하던 애가 도둑질을 하질 않

별들의 감옥

나, 나쁜 일은 겹쳐난다더니…… 올 것이 온 것이다. 벌써 5, 6년 전부터 엇비슷한 이야기를 명서로부터 듣긴 했다. 하나 둘씩 50도 안 된 윗사람들이 물러났다는 이야기를 들었을 땐 이렇게 빨리 닥칠 줄 예상 못했다. 어떤 건설회사는 더 호황이란 말도 오갔으니까 좋은 쪽으로 생각하고 지냈다. 이미 다 끝난 일이라니……! 마음을 다잡을 겨를도 없이 주르르 눈물보가 터졌다. 명서는 그러는 순미를 가만히 지켜봤다. 무슨 말로도 위로가 되진 않을 것이다.

"자재 납품받던 회사에 임시직 하나 봐두긴 했는데…… 받는 돈은 얼마 안 돼. 그래도 견디자. 나 건강하잖아. 옛날에 우리 살던 대로 살면 돼. 순미야, 울지 마."

반응이 없다. 차라리 집에서 악쓰고 덤비게 할 걸 그랬나. 자랄 때 누리지 못한 세속적인 꿈이 컸던 여잔데…… 하루아침에 바뀐 실직자의 여편네라는 처지에 천성적인 독기도 위력을 상실한 모양이다. 손수건을 얼굴에 대고 한참을 흐느끼던 순미가 고개를 들었다. 빨개진 눈동자가 무섭게 명서를 건너다본다.

"승재 어떡할 거야?"

"넌 어떻게 하고 싶어?"

"모르니까 묻잖아."

"네 방식으로만 승재를 사랑하려고 하지 마. 세상이 점점 인간답게 새끼 기를 만한 곳이 못 된다는 생각 너도 들지 않니? 자칫하면 우린 다 잃어버릴 수도 있어. 이제부턴 나, 그놈을 무슨 일이 있어도 지켜줄 거다. 그리고 부탁인데, 너부터 힘들게 살지 말았으면 좋겠어. 편안하게 승재를 바라봐 주자."

"그 지경인데 편안 소리가 나와?"

꼭지를 틀어놓은 듯 순미가 다시 서럽게 울기 시작했다. 옆자리로 다가간 명서가 순미 어깨를 싸안으며 애 달래듯 다독거렸다.

"야, 그만 울어. 나만 실직했냐. 쫓겨난 놈들이 세상에 얼마나 많은데. 승재 몰아붙이는 거부터 관두는 거야. 몇 년 속 썩이다 제자리로 돌아올 거다. 나도 그랬어. 중학교 때 내 가출소동 어머니한테 못 들었니? 그놈 한 짓 부전자전이거든."

갑자기 가방 속에서 순미의 핸드폰이 요란하게 울렸다. 순미는 전화받을 생각도 않고 그냥 훌쩍였다. 명서가 대신 가방에서 핸드폰을 꺼내 들었다. 승재의 울먹이는 음성이 다급하게 울려왔다.

"엄마! 엄마!"

"너, 승재지? 나, 아빤데 지금 엄마하고 있거든. 무슨 일 있어?"

"내 친구 종, 종하가 아파트에서 뛰어내렸대!"

"뭐어? 종하가? 그 라켓 친구 종하말야? 어떻게 된 거야, 그럼…… 의식은 있대?"

"병원에 실려 갔는데 살 가망이 없나봐. 아빠, 나, 나 어떡해?"

승재는 소리쳐 엉엉 울고 있었다.

"승재야, 침착해! 병원에 갔으니 살릴 수 있을 거야. 너 지금 있는 데가 어디지? 엄마 아빠가 곧 그리 갈게. 그 자리에서 꼼짝 말고 기다려야 해, 꼼짝 말고!"

핸드폰을 덮으며 명서는 꺼이꺼이 가슴으로 복받치는 울음을 삼켰다. 놀라 울음을 그친 순미가 당장 뛰어나갈 기세로 벌떡 일어났다.

악연

"서용주란 여자분 아시죠?"

지서에서 걸려온 낯선 음성의 서두가 그랬다. 어제 새벽 순찰 중에 3층 전철역사 아래 떨어져 있는 주검을 발견했다고 했다. 사인은 아직 모르는데, 그 주검의 안주머니에 내 이름이 적힌 쪽지가 있었고, 거기 적힌 연락처가 바뀌기 전 내 전화번호여서 찾느라고 하루가 지체되었다며, 참고인으로 지서에 출두해달라는 연락이었다. 달리 연고자가 될만한 이름이나 전화번호는 없었던 모양이다. 연고자를 못 찾으면 한 달이 지나 화장에 들어가고, 그런 유골들을 대기소로 보냈다가 10년 후 합동으로 매장된다며 연고자 찾기에 도움을 달라고 했다.

여러 해 전의 그 늦가을 날, 입귀를 비틀며 돌아서서 횡하니 내 집을 뛰쳐나가던 용주. 그것으로 마침내 인연을 끊었다고 가슴을 쓸어내렸던 나였다. 전화를 끊으면서 나는 망치로 뒤통수라도 맞

악연

은 것처럼 아뜩해지는 마음을 가눌 수가 없었다. 끝이 아니었구나. 어쩌면 그 애와의 인연이 또다시 나의 일상을 암담하게 짓누를 것 같은 예감에 가슴이 뻐개질 것만 같았다.

중학시절 나의 단짝이었던 용주였다. 어려서 부모를 잃고 친척 집에 얹혀 자란 용주였고, 나 역시 부모 없이 오빠 신세를 지며 올케 눈칫밥을 먹는 처지라 둘은 통하는 게 많았다. 용주는 졸업 후 서울 먼 친척집에서 그 집 가사도우미 겸 가정교사 노릇을 겸하며 상업학교를 나왔다. 떨어져 있어도 늘 편지로 마음을 주고받던 우리들이라 내가 여고 졸업 후 상경하자 이산가족이 만난 것처럼 기뻤었다. 내가 대학교 부근에서 옹색한 자취생활을 시작했을 때 용주는 마침 서너 정류장 떨어진 J은행 지점에서 첫 사회생활을 시작하고 있었다. 한참 멋을 부린 용주는 퇴근길에 쪼르르 나의 자취방으로 달려오곤 했다.

그런 용주와 먼저 연락을 끊은 것은 나였다. 별안간 내 인생이 꼬여버렸기 때문이다. 내가 자취방에 딱 한번 들여놨다가 일을 저질러 버린 남자와 불러오는 배를 안고 황급히 도둑질하듯 혼인이란 걸 하면서 나는 학업을 접었다. 결혼 후 나는 야멸차게 용주를 멀리했다. 만난을 무릅쓰고 대학생이 된 나에 대해 용주가 품는 환상과 부러움을 나는 그렇게 빗장 질러버려야 했다. 오빠 내외에게 고개를 못 들게 된 나는 용주뿐 아니라 내 주변 누구와도 인연을 끊다시피 하고 살았다. 그냥 연기처럼 사람들 앞에서 사라져 버리고 싶었다. 다니던 대학 근처나 용주의 직장 동네를 오랜 세월 얼씬하지 않았음은 물론이다.

별들의 감옥

그러나 연달아 태어난 어린것들에게 젖을 물리고 멀거니 누웠을 때나, 수족을 못 쓰는 홀시어머니를 수발하며 과로에 찌든 여편네에게 밤마다 유희를 거는 남편이 벌레처럼 느껴질 땐 어김없이 용주 생각이 났다. 느닷없이 시작된 결혼생활이라는 악몽에서 나는 다시 그 시절로 돌아가고 싶어 못 견뎠다. 용주만은 아무 거리낌 없이 내 절박한 신세타령을 들어주고 나를 거기서 건져줄 것만 같았다. 자취방에서 뒹굴며 그 애와 나누던 시간들이 바로 어제 일처럼 그리웠고, 그럴 때마다 용주가 어떻게 살아갈까 궁금해지곤 했었다. 서로의 인생을 마주 대보고 손뼉을 치며 수다를 떨 기회를 빼앗겼어도 그 빛나던 날의 향수가 내 가슴속에는 무늬 그대로 남아 있었다. 후에 나에게 불어닥칠 환난의 씨앗이 그렇게 잉태되고 있었다고나 할까.

내가 용주를 먼발치나마 다시 본 것은 결혼 후 생전 처음 단독주택 주인이 되어 문패를 걸고 난 무렵이었다. 사글셋방으로 시작한 신접살림에서 무려 여섯 번이나 셋집을 옮겨 온 끝에 어렵사리 이룬 첫 집 장만이었다. 마침 우리 아이들이 다니게 된 학교 부근에 슈퍼마켓이 문을 열었다기에 들렀었다. 저녁 시간이 임박한 그날 계산대 앞에는 제법 많은 사람들이 줄 서 있었다. 앞쪽에서 점원과 손님 사이에 벌어진 승강이가 시끌벅적 이어지고 있었다.

"이게 누굴 도둑으로 모는 거야? 너 눈깔 똑바로 뜨고 일해!"

"손님이야말로 눈 좀 똑바로 뜨시죠. 이거 분명히 우리 물건 맞는데요."

"뭐야? 아니, 그럼 내가 이걸 슬쩍했다는 거야, 뭐야? 너 말 다했어?"

악연

"여기 라벨 뗀 거 그럼 누구예요? 손님 가방에서 나왔잖아요. 왜 반말을 하고 난리예요, 도대체."

"야, 실수라고 했잖아. 내가 그러는 거 네 눈깔로 봤어? 너 생사람 잡고 무사할 줄 알아? 이 마켓 주인 나오라고 해. 당장 주인 불러오지 못해!"

점원을 향해서 앙칼지게 쏘아붙이는 여자의 음색이 이상하게 낯익었다. 에, 참 대강해두지, 원…… 사람들이 고개를 빼며 혀를 차기 시작했다. 뒤꽁무니에 서 있던 나도 고개를 길게 빼고 고함을 쳐대는 여자를 건너다봤다. 순간 내 가슴이 쿵 하고 내려앉았다. 꿈에도 그리던 용주를 빼닮은 여자! 뽀얗고 고왔던 예전 얼굴은 아니었지만, 그건 분명 용주였다. 노랑 유니폼의 여자가 마주 악을 써대자 사람들이 웅성거리기 시작했고, 마침내 늙수그레한 상점 주인과 건장한 종업원 한 사람이 억지로 여자의 팔뚝을 끌고 사무실 쪽으로 들어가고서야 소란은 끝났다. 여자가 힘에 못 이겨 끌려가면서 악다구니를 쳤다.

"이거 놔요. 놓으란 말예욧! 흥, 싸가지 없는 년이 누구한테 뒤집어 씌워, 씌우길!"

귀를 털고 싶었다. 아무리 세월이 격해있다고는 하지만 사람이 그렇게 바뀔 수도 있는 걸까? 필시 내가 사람을 잘못 봤을 거야, 고개를 가로저으며 나는 혼자 꿍얼거렸다. 돌아오는 내 발걸음은 무겁기만 했다.

그 무렵 남편 영도는 다니던 회사에서 한창 잘 나가는 중이었다. 연거푸 승진을 한 후 승승장구를 증명이나 하듯이 귀가시간도 늦어지고 있었다. 아예 새벽 두서너 시가 되어서야 술이 거나해서 들어오는 날이 더 많았다. 그럴 때면 예외 없이 안주머니에서 두툼한 흰 봉투를 빼들고 호기 있게 내게 명령하곤 했다.

"야, 이거 있지 한 푼 빼지 말고 거기 넣어놔."

심부름을 똑똑히 하란 말도 잊지 않았다. 영도는 제 이름 대신 내 이름으로 은행에 계좌를 만들라고 했다. 그리고 봉투가 생길 때마다 꼭 거기 넣어놓으라고 주문했다. 그 돈을 도로 내놓으라는 법도 없었지만, 단 한 푼 쓰라는 말도 없었다. 월말이면 자기가 따로 준 생활비 용처를 미주알고주알 쌀값, 연탄값까지 살피는 치밀함을 보이는 그였는데도 신기하게 그 통장만은 나에게 맡겨두고 되묻는 법도 없었다.

선반에 번쩍거리는 양주병이 그득해지고, 반주로 한두 잔씩 홀짝거리던 그의 술버릇이 병째로 마셔대는 폭주가로 바뀐 것도 그 무렵이다. 그는 입버릇처럼 투덜댔다.

"야, 너도 머리 좀 굴려봐. 이건 여편네가 무식해서…… 오 상무 여편네는 재테크로 몇 억을 모았다더라, 역시 대학 나온 여자가 재테크도 할 줄 안단 말야. 넌 뭐하는 여자냐?"

내가 학업을 엎은 것이 누구 탓인지 잘 아는 영도가 입만 열면 그런 복장 터지는 소리를 하는데 나는 아연했다. 애 낳고 복학시켜주마는 약속은 처음부터 마음에 없는 사탕발림이었던 게다.

물론 영도가 그 돈을 내 맘대로 부리게 놔둘 인간이 아니라는 것쯤은 나도 잘 알았다. 액수는 착실히 불어났다. 그 돈을 쓸 권리가 없는 게 분명한데도 이따금 내 손아귀에 든 돈처럼 생각되는 맛이 괜찮았다. 액수가 억대를 넘으면서 나를 대하는 은행원들의 말씨가 나긋나긋해지는 것 같기도 했다. 결국 그 달콤한 착각이 나를 그토록 엄청난 일에 휘말리게 했는지도 모른다.

그날 본 용주는 분명 기억 속의 용주가 아니었다. 적어도 내가 아는 용주는 잘 울고 잘 웃던, 표독과는 거리가 먼 다정다감한 여자였다. 별안간 모든 게 궁금해졌다. 만나보고 그게 진짜 용주가 아니라는 걸 확인해보고 싶었다. 용주가 있던 J은행 지점을 찾아 전화를 걸어 보았지만, 그곳 사람들은 그런 이름을 아예 못 들었다고 했다.

그 시절의 용주는 두 명의 남자로부터 집중포화를 받고 있었다. 한 사람은 경상도에서 상고를 마치고 갓 상경하여 행원이 된 박이라는 동갑짜리 행원이었고, 또 한 명은 용주보다 아홉 살이 위인 민 대리였다. 용모도 곱고 팔등신에 가까운 쪽 뻗은 몸매의 용주는 뭇 남성들의 시선을 끌만 했다. 여상시절에도 옆집 대학생이 몸살을 앓게 한 적이 있었던 가시내였으니까.

꽤 있는 집 자식이라던 민 대리가 용주를 아예 제 여자로 점찍어 두는 듯한 눈치였지만, 그 애는 웬일인지 촌티가 덕지덕지 나는 박에게 더 마음을 빼앗기고 있었다. 데이트에서 값비싼 핸드백이나 옷 한 벌을 들이밀곤 하던 민 대리의 선심에 껌뻑 죽으면서도, 고향 갔다 왔다며 슬며시 책상 서랍에 밀어 넣어주던 알밤 한 주먹에 가슴을 울렁이던 용주였다. 작달막한 키에 배가 나오기 시작한 민 대리보다 키다리 박이 아직 때를 못 벗은 촌티는 어쩔 수 없었지만 인물로는 훨씬 낫기 때문인지도 몰랐다. 나야 물론 박을 편들었다.

"용주야. 틀림없이 늙은 민 대리 그 작자, 네가 첫 여자 아닐 거야. 물량공세를 하는 사람 치고 제대로 된 위인 없어. 물질로 사람

별들의 감옥

꼬시고 덤비는 인간은 흑심이 있는 거야. 얼굴 반반한 여행원 숱하게 따먹었을 걸. 네가 몸을 주고 나면 백팔십도 달라질 거니까 정신 차려. 고때까지만 그러는 걸 테니까."

나는 밤마다 용주를 데리고 싸다니던 민 대리를 근거도 없이 최대한 모함하면서 박을 편들곤 했다. 빨간 루비 알이 박힌 목걸이를 스물한 번째 생일 선물로 받아든 용주가 박이 쓴 깨알 같은 연애편지 위에 목걸이를 펴놓고 깔깔대던 옛날 모습이 눈에 선하다.

나는 용주가 두 남자 중 누구와 결혼했을까부터 궁금했다. 분명히 마켓에서 목격한 용주는 직장 여성 차림은 아니었다. 용주가 박과 결혼했다면 분명 아직도 직장에 다닐 것 같았다. 민 대리의 아내가 되었다면 아마도 은행을 그만두고 행세깨나 하는 마나님이 되었을 것이다. 그런데 그날 본 용주는 그런 마나님답지도 않았다.

뜻밖에도 그런 궁금증은 금방 풀렸다.

아이 학교 육성회에 갔던 나는 거기서 옛 친구를 만났다. 중고교를 같이 다녔던 동창의 딸애가 마침 우리 아이와 한 반이었다. 졸업 후 왕래가 없었는데도 그 애는 나를 금방 알아보았다. 내가 중도에 학업을 접은 것도 소문으로 들었다며 알고 있었다. 그런데 바로 그 친구 입에서 용주가 나를 찾고 있다는 소식이 나왔던 것이다.

"중3 때 한 반이었던 걔 딸이 우리 작은애와 한 반이다. 왜 미스코리아감이라고 체육선생이 이뻐하던 그 쪽 빠진 애 말야. 처음엔 몰라봤었는데 이야기를 나누다 보니 서울로 여상 들어갔던 그 애지 뭐냐. 걔가 요전에 너 봤냐고 묻더라."

반가움에 앞서 왠지 가슴이 후둘거렸지만 나는 궁금증을 못 참아

악연

전화번호를 써주고 말았다. 그랬는데 수화기 너머로 용주의 음성을 들은 것은 딱 반나절 뒤였다.

"어머머 반갑다, 애. 그러잖아도 널 찾으려고 내가 얼마나 애를 썼는데…… 사람이 어떻게 그렇게 별안간 종적을 감출 수가 있니? 보고 싶어 혼났다. 이거 다 신의 계시야. 안 그럼 어떻게 한 학교 학부모가 되어 만나냐구. 이 넓은 서울 천지에서 말야. 이럴 게 아니라 당장 네 얼굴부터 좀 보자꾸나."

예전의 사투리 억양은 간데가 없고 깍듯한 서울말로 바뀐 용주의 말투가 새삼스러웠지만 그날 마켓에서 마구 히스테리를 부리던 음성과는 180도 달라 얼떨떨하기도 했다.

"야, 쇠뿔은 단김에 빼라지 않던? 나 지금 여기 혜화동 단골 살롱에 왔는데 이리 재깍 좀 나오렴. 사모님, 그 이쁜 얼굴 좀 보여주셔. 로터리에 있는 살롱인데, 〈호수〉라고 은색 간판 금방 찾을 수 있을 거야. 내 둘도 없는 친구가 온댔더니 마담이 학수고대다. 너 올 때까지 나 여기서 기다린다."

필시 그날 사람을 잘못 본 게야. 뜨악했던 마음은 어디 가고 십년 지기를 만난 반가움이 샘솟았다. 그렇다고 신바람을 내며 한달음에 〈호수〉로 달려갈 건 뭐였는지.

여전히 마음 한구석이 꺼림직했었지만, 만나보니 함박웃음 띤 곱게 화장한 얼굴과 화려한 차림새가 슈퍼마켓에서의 해프닝과는 거리가 멀어도 한참 멀었다. 일시나마 그런 망상을 했다는 사실이 미안할 지경이었다. 용주는 박을 차버리고 민 대리를 택한 사연을 호들갑을 떨며 들려주었다. 부잣집 아들이라던 민 대리였으니 용주의 선택을 나무랄 수만도 없을 것 같았다. 부모 없이 떠돌던 제 형

　　　　　　　　　　　　　　　별들의 감옥

편에 한이 맺힌 용주 아니던가.

내가 〈호수〉라는 살롱을 들어서면서 제일 먼저 눈에 띈 건 맞은편 벽면을 장식한 십자가였다. 십자가에 못 박혀 머리에 가시관을 쓴 예수상이 부조된 목각이었다.

"여기 미세스 함은 우리 교회 권사님이셔. 얼마나 신앙도 좋으시고 우리나라 패션계에서 이름을 날리시는 분인데…… 옛 친구를 찾았다니까 특별히 너 옷 한 벌 손수 디자인해주신 댄다. 얘, 나 아니었으면 이렇게 만나주시지도 않는 분야. 호호 영광이지 뭐니."

용주는 미세스 함이라는 여자에게 나를 소개하면서 요란하게 너스레를 떨었다.

"얘가 워낙 지독해서 그렇지, 원장님 패션 세례를 받고 나면 얘 잘 나가는 허스번드도 눈이 둥그레질 거예요. 얘는 여중시절부터 공부밖에 몰라요. 우리 모범생 한번 입이 딱 벌어지게 해 주세요."

홀 한쪽의 물빛 커튼 너머 아늑하게 배치된 응접실에는 그곳을 출입하는 귀빈들이 서너 명 차를 마시며 노닥이고 있었는데, 함은 그 여자들에 여왕처럼 둘러싸여 있었다. 어깨까지 늘어진 긴 머리칼 사이로 다이아몬드가 총총히 박힌 귀고리를 흔들며 거물 디자이너라는 그녀가 요란한 몸짓으로 나를 맞이했다. 무도회에라도 가는 여자처럼 가슴이 깊게 패인 검은 드레스에 굽이 한 뼘이나 되는 구두를 신고 있었다. 늙은 얼굴에 화장이 너무 짙어 한물간 여배우의 풍모였어도 말솜씨가 비단이었다.

"인사들 하세요. 이분들은 성북동에서 여기까지 오시는 우리 고객분들예요. 지점장 사모님이 새 손님을 모시고 오셨네요. 어쩌면 친구분도 이렇게 멋쟁이실까! 우리 의상실 베스트 드레서가 또 한

악연

분 탄생하실 것 같은 예감예요. 호호."

사실 그런 곳을 출입하기에는 한참 격이 떨어지는 차림새의 나를 아찔하도록 떠받드는 솜씨로 봐서 이런 방면에 도가 튼 여자 같았다. 함의 몇 마디에 맥을 못 추고 그날 나는 어이없게도 생각지도 않았던 옷 한 벌을 맞추고 말았다. 그 옷값을 물자면 구두쇠 영도에게 뺨을 맞을지도 몰랐다. 기성복 한 벌로 몇 년씩 때우는 게 고작이었던 내가 그런 상류사회들의 별천지에 연이 닿았다는 사실만도 놀라웠다. 가슴을 두근대며 그곳을 나오는데 용주가 귓속말로 한술 더 떴다.

"너 오늘 땡잡은 거야. 보통 사람들이야 요새 감히 꿈이나 꾸니. 저 여자 옷 한 벌이 얼만 줄 알아? 명동 손님 비위 맞추기 귀찮다고 이리 옮겨왔지만 거기 드나들던 손님들이 줄줄이 여기까지 찾아오는 걸 보면 보통 실력 아니다. 너도 눈으로 봤으니 알 거야. 마담 디자인 받기가 하늘에 별따기란다. 그 값이면 너 횡재다, 횡재!"

"아니 그런 유명 디자이너 작품이 내 팔자에 맞기나 하니? 아무래도 내가 무슨 마술에 단단히 걸렸나 부다."

"그 까짓 옷 한 벌 가지고 뭘 그러니? 이왕 마술에 걸리려면 제대로 걸려보려무나. 미세스 함 남편이 큰 무역회사를 하거든. 이번에 엄청나게 사업을 확장하나 봐. 너도 투자 좀 해라. 얘기 들어보니 땅 짚고 헤엄치기더라. 나도 미세스 함 덕분에 몇 년 전에 투자를 해봤는데 재미가 아주 깨소금 맛이다. 부부가 신의도 있고 어찌나 성실한지 투자한 만큼 고스란히 돌려주더라. 너 시집가서 잘 산다는 이야기 다 들었어. 돈은 그냥 쌓아두면 못써. 부지런히 돌려야 하는 거다. 재테크를 부려야 요즘 세상 남편 내조 잘하는 거야,

요 맹꽁아."

용주는 만날 때마다 여기저기 투자처를 추천했다. 음료수 자판기 1대를 사놓으면 월 몇 백만 원은 따 놓은 당상이라며 만날 때마다 입이 침이 마르도록 권했다. 어림쳐도 은행 이자의 서너 배는 되는 액수였으니 의심 많은 내 귀라도 번쩍 뜨일 만했다. 영도가 잠꼬대처럼 해쌌는 재테크 타령이 바로 이거였구나 싶기도 했다. 용주의 채근에 못 이겨 자판기 2대를 계약했다. 저지르고 보니 그런 횡재가 따로 없었다. 달마다 꼬박꼬박 건네주는 두툼한 봉투가 그렇게 생광스러울 수가 없었다. 영도 앞에 보란 듯이 불어난 돈을 들이밀 공상을 하면서 한 푼도 축내지 않고 모으는 재미가 여간 쏠쏠하지 않았다.

그렇게 반년을 지났을 때 어느 날 미세스 함이 황공스럽게도 나에게 전화를 걸어왔다. 그녀가 특별히 전화를 걸어준 일은 처음이라 당황스러웠다. 점심을, 그것도 머리털 나고 단 한 번도 발 들여놓은 적이 없는 그 유명한 P호텔 레스토랑에서 낸다는 거였다. 함은 제가 공들여 디자인해준 상아빛 투피스를 떨쳐입고 서투른 칼질로 스테이크를 써는 나를 건너다보면서 입을 떼었다.

"사업이 좀 된다는 소문이 도니까 여기저기서 투자해주신다고 난리지 뭐예요. 어젯밤에는 평창동 송 여사께서 한 장 들고 오셔서 맡아달라고 사정하시는 거예요. 그분 벌써 세 장째랍니다. 마땅한 투자처를 찾으시던 중이라는데, 우리 사업에 투자를 늘려주신다니 얼마나 고맙던지요. 오늘 아침에 연락 주신 성북동 사모님은 벌써 넉 장쩬 걸요. 이 여사님도 생각있으시면 망설이지 마시고 얼른 결정을 하세요. 저희 능력이 무한대는 아니니까 이쯤에서 마감을 할까 하구요."

"그래 우물쭈물 말고 너도 두어 장 해두려무나. 에이 무얼 망설이셔. 부잣집 사모님이…… 너 지금 하는 자판기 수입 그건 댈 것도 아냐. 세 갑절은 짭짤할 거야. 안 그래요 미세스 함?"

"아무럼요. 자판기야 기계가 나날이 소모되니까 감가상각비랑 생각하면 도리어 제 살 깎아 먹기예요. 그거와 비교가 되나요. 궁금하면 서 여사님께 자세히 물어보세요. 저희야 수익금만 꼬박꼬박 통장에 얹어드리는 거니까 그거완 품격이 다르죠. 안 그래요? 호호."

"그럼 용주 너도 벌써 투자를 했었구나?"

"서 여사님은 벌써 몇 해째인데요. 아마 그동안 받으신 배당이 못해도 원금 3분지 1은 넘었을 걸요."

옆에서 고개를 까딱이는 용주를 보면서 까짓것 한번 호기를 부려보고 싶은 충동이 솟구쳤었다. 대학물을 먹은 여자가 재테크도 잘하더라는 영도의 빈정거림을 여봐란듯이 까내리고 싶었다.

어느새 나는 통장의 돈을 제 돈처럼 굴리고 있었다. 미세스 함에게 2억 원을 송금한 다음달부터 계산 바르게 날짜 한 번 안 어기고 배당금이라면서 은행 이자의 다섯 배 가까운 돈이 송금되어 쌓이기 시작했다. 정말 횡재였다. 새 수입 원단이 왔다기에 내 발로 찾아가서 미세스 함에 대한 감사의 의미를 표한답시고 언감생심 몇백짜리 코트 한 벌을 맞추기까지 했다. 그야말로 간이 배 밖으로 나오는 판이었다. 영도의 귀가가 늦을 때면 아이들을 재워놓고 장롱 밑에 넣어둔 통장을 남몰래 꺼내 쓸어보면서 행복이 바로 이런 거구나, 신바람이 났다.

별들의 감옥

들어온 이자와 배당금이 제법 쌓여가던 어느 날, 갑자기 자판기 수입과 투자 배당금이 한꺼번에 끊어졌다. 한 달 안 왔다고 교양 없이 앵앵댈 수 없어서 처음 한 달은 꾹 참고 넘어갔다. 둘째 달이 되자 어떻게 두 사람이 한날한시에 잊어버리나 문득 궁금해졌다. 어쩐지 용주의 전화가 뜸했다 싶었다. 나는 부리나케 두 사람에게 전화를 걸었지만 받지 않았다. 의상실로 찾아갔다. 뜻밖에도 의상실은 그 새 빗장이 걸려 있었다. 닫힌 문에 '폐업'이란 종이쪽만 너풀거렸다. 건너편 가게에 물어보니 문 닫은 지 달포가 넘었다는 것이었다. 나는 뒤통수가 얼얼해지는 기분이었다. 손에 쥔 건 미세스 함이 돈을 받고 건네 준 영수증 한 장 뿐이었다. 'ㅇㅇ 인터코'라는 커다란 스탬프 아랫줄에 즐비하게 박힌 전화번호들을 하루에도 열서너 번씩 눌러댔지만 통화는 되지 않았다.

그제야 정신이 번쩍 들면서 그날 슈퍼마켓에서 눈에 날을 세우던 여자의 얼굴이 또렷이 떠올랐다. 어둑서니가 따로 없었다. 왜 좋은 쪽으로만 매사를 생각했던 걸까. R교회 권사라던 생각이 나서 한 걸음에 R교회로 달려갔지만 그런 성씨의 권사는 있지도 않았다. 처음부터 짜고 저지른 일이 틀림없었다. 생각다 못해 학교로 용주의 딸애 담임을 찾아 나섰다. 벌써 석 달 전에 시골로 전학을 가고 없었다. 함이 지점장 사모님이라고 부르던 것이 기억나서 J은행에 용주 남편 이름을 수소문해 봤지만 그런 지점장은 없었다. 손을 뻗치면 다 닿을 것 같던 그 많은 단서가 단 하나도 맞는 것이 없었다. 콩닥거리는 가슴을 짓누르며 행여나 용주를 만날까 싶어 아이가 전학했다는 시골 학교로 전화를 걸어 멀리서 찾아온 친구라며 사정했다. 아이의 연락처를 겨우 알아내 전화를 걸어봤지만 용주 친척이라는 노인은 용주 연락처도 몰랐다. 정신마저 온전치 않은지 노인은 그저 애 엄마 다녀간 지 오래고, 애가 불쌍하다며 같은 말만 되풀이했다.

내가 큰돈을 고스란히 날린 것을 알면 영도가 나를 죽일지도 몰랐다. 나쁜 일은 겹치는 법인가 보다. 그 며칠 후 우리집엔 대들보가 뽑히는 태풍이 몰아쳤다. 영도를 기다리며 9시 뉴스를 보다가 나는 소스라치고 말았다. 영도가 다니는 회사가 통째로 압수수색을 받는 장면에 이어 최영도 전무를 수배한다는 자막이 이어지고 있었다. 그날 밤부터 영특하게도 영도는 귀가하지 않았다. 밤마다 안주머니에서 마술처럼 나오던 흰 봉투가 그예 사단이 난 거였다. 나는 가슴을 치면서도 남편의 닦달을 당장은 모면하게 되니 살았구나, 싶었다. 그런데 웬 걸, 날이 밝기도 전에 형사들이 들이닥쳤다. 그이들은 얼마나 영험한지 다짜고짜 장롱 서랍부터 뒤집어엎더니 다 알고 있었다는 듯 감춰둔 그 통장을 찾아냈다. 닷새가 지나 어느 교외 모텔에서 수염도 못 깎은 모습으로 영도가 수갑을 차고 나오는 모습이 또 TV 화면을 탔다.

그로부터 3년 반을 나는 영도 옥바라지를 해야 했다. 영치금을 넣고 쇠창살 너머 면회를 하는, 팔자에 없던 고난보다 나는 철창 바깥에서 그와 맞닥뜨릴 일이 더 겁이 났다. 내심 그가 하루라도 더디 나오기를 빌지 않았다면 거짓말이다. 내가 통장에 모은 돈을 날린 것을 취조 중에 영도는 물론 알게 되었다. 한 가지 생각지도 않았던 행운이 있었다면 내가 애써 발품을 팔지 않고서도 도둑들을 잡은 것이었다.

　　　　　　　　　　　　　　　　　　별들의 감옥

남편이 통장에 넣으라는 돈을 몰래 투자했다가 사기를 당했다는 내 진술서와 집에서 뒤져간 통장 하나로 경찰은 용주와 그 패거리였던 함을 찾아냈다. 용주와 함은 다른 데서도 서너 차례나 비슷한 일을 저지른 상습범들이었다. 함은 일본으로 가려고 배를 타려다 붙잡혔고, 용주는 변두리 판자촌에 숨어 지내다 잡혀왔다고 했다.

경찰서에서 범인과 대질을 한다며 나를 불렀다. 그들을 마주볼 일이 두려웠다. 서에 도착해 보니 두 여자가 오도카니 수갑을 차고 앉아 있었는데, 그 방면에 도가 튼 건지 둘 다 미안한 기색도 없이 무덤덤했다. 둘은 그렇게 모은 돈을 어디다 털렸는지 빈털터리들이었다. 함은 무역회사하는 남편은커녕 아예 결혼도 한 일이 없는 떠돌이였다. 지점장이라던 용주의 남편은 은행을 나와 사업을 하다가 부도를 내고 멀리 줄행랑을 쳐버린 채였고, 그 전에 이미 용주와는 남남이 된 사이였다. 무엇보다도 용주가 자판기를 사지도 않고 나에게 이자를 꼬박꼬박 보냈었다는 사실이 믿기지가 않았다. 피해자는 나 말고도 20여 명이 넘었다.

영도가 출옥하고 요지경 같은 몇 년이 흘렀다. 이른 추위가 찾아왔다고 기상대가 호들갑을 떨던 어느 늦가을 저녁, 놀랍게도 출소한 용주가 어떻게 알아냈던지 우리집 인터폰을 눌렀다.

"나, 용주야."

인터폰 화면에 찍힌 그 애 면상을 보자 싸늘하게 피가 식는 느낌이었다. 울컥 오기가 치솟았다. 한번은 마주 보리라. 생각 같아서는 따귀라도 올려붙이고 싶었다. 삶의 나락을 헤맸던 그 환난 이후 첫 대면이었다. 그 입으로 과연 무슨 말을 할지 궁금했다. 그러나

악연

거리낌 없이 현관을 들어서는 그 애를 마주 보면서 나는 또 내가 큰 실수를 했다는 걸 알았다.

차라리 마주하지 말았을 걸. 나는 그 애의 남루한 행색과 목까지 추켜올린 낡고 때 묻은 코트 깃 사이로 내밀어진 푸릇푸릇한 얼굴을 보고 기함을 했다. 너무 초췌해서 마주 보기 민망했고, 병색이 역력하여 위태로워 보이기까지 했기 때문이다. 용주는 무너지듯 소파에 몸을 얹으며 말했다.

"어머 집이 아주 따뜻하구나. 나, 앉아도 되지?"

내가 내민 찻잔을 두 손으로 감싸 쥔 채 용주는 맞은편에 걸린 가족사진을 넋이 나간 듯 눈으로 더듬으며 말했다.

"너, 나 반갑지 않지?"

나는 있는 힘을 다해 모질게 굴자고 맘을 먹었다. 외출했던 남편이 불쑥 얼굴을 들이밀 것 같아 가슴이 타들어갔다.

"그거 마시고 어서 여기서 나가. 그이가 너 보면 죽일지도 몰라. 여길 제 발로 찾아오다니…… 넌 정말 무서운 게 없구나. 난 서용주, 너 몰라. 절대 몰라. 다시 보고 싶지도 않아!"

"몸뚱이로 벌을 받은 사람이니 옛 정을 생각해서라도 너무 박대하진 마라."

용주가 빈정거렸다.

"너 그런 짓을 하고도 맘이 편하던?"

"네 남편도 깨끗한 사람 아니기는 마찬가지잖아? 일해서 번 돈도 아닌데……"

"뭐어? 너 정말 철면피구나."

"빚만 쳐지고 멀리 튄 인간 찾아낼 방법도 없고, 길바닥에 나앉

별들의 감옥

은 몸으로 하루하루 새끼와 연명은 해야겠고…… 너한테 빌려달라
면 빌려줬겠니? 너 잘 나가는 남편 만나 떵떵거린다는 소식 듣고
구세주 만났다 싶었는데……"

"그래서 또 이 구세주를 찾아온 거니?"

"지금 내 처지가 나중에 갚겠다 그 말은 못한다마는 너, 옛 우정
을 생각해서 날 한 번만 더 봐줘라."

"우정이니 그런 말 쓰려면 좀 다르게 살지 그러니?"

"잘 사는 마나님이 그만 일로 고상한 척 엄살 좀 그만 펴. 너 언
제 고생해 봤어? 친정에선 오빠 덕에 살았고, 결혼 후엔 네 남편이
퍼온 검은 돈으로 잘 살았잖아. 괜히 내 앞에서 시건방 떨지 마라."

"그 사람이야말로 죗값 충분히 치렀어. 네가 그런 말할 자격 있
어?"

"흥, 자격이라?"

용주의 코웃음에 몸서리를 치면서 나의 두 눈은 왈칵 분한 눈물
을 쏟았다.

"네 말대로 우정이 털끝만치라도 남았다면 나 좀 그만 괴롭히고
여기 오지 마. 내게 더 뭘 바라지도 마, 제발."

"나한테 얼마만이라도 빌려줬으면 해."

"돈? 너 지금 나한테 돈을 빌려 달라는 거니?"

"큰돈 안 바래. 그저 조금이면 돼. 시골에 애를 맡겨놓고 여러 해
가 되었는데 한 푼도 보내지 못했어. 너라면 도와줄 거라고 생각했
는데…… 안 되니?"

"너 아주 대단하구나. 검은 돈이라면서? 어쩜…… 그런 말이 술
술 나오니?"

악연

영도의 말 그대로였다. 영도는 얼마 안 가 용주가 또 나를 찾을 거라는 사실을 벌써부터 꿰고 있었다. 이 세상에 너 같은 호구가 또 있냐? 승냥이가 먹이 찾아오지 어딜 가겠어? 이번엔 정신 차려 이 머저리 같은 여편네야. 또다시 그딴 짓거리 했다간 내 손에 둘 다 죽을 줄 알아. 떼인 돈을 찾아오라며 끝없이 영도에게 닦달을 당하던 날들이 있었다. 날이면 날마다 미쳐 날뛰는 영도의 발밑에 꿇어 엎드려 빌었다. 감옥살이까지 하고도 손바닥에 남은 게 없으니 심술을 낼만 했다. 그 참담했던 기억이 어제 일처럼 생생했다.

그날 나는 숫제 용주에게 통사정을 하고 있었다.

"이제 너와 나 그만 딱 끊자. 제발 돌아가 줘. 다시는 여기 오지 마. 그럴 기운 있으면 애를 위해서 하루라도 제대로 살려고 해 봐."

"니가 뭘 안다고 주제넘게 설교야? 한번 나락에 처박힌 넌 양지로 올라가는 거 봤어? 그건 너 잘 보는 드라마에나 있는 거야. 너, 내가 깨끗이 사라지는 게 소원인가 본데, 좋아 그럼 그렇게 해줄게. 그 대신……"

입귀를 앙다물며 벌떡 일어선 용주는 문을 향해 돌진하려다 말고 휙 돌아섰다. 용주는 응접탁자 위에 반으로 접은 쪽지 한 장을 찍어 누르듯이 놓으며 악을 썼다.

"마지막 부탁이라구. 조금이면 돼. 네 소원대로 영원히 사라져 줄 테니까!"

그날의 결별 이후 용주는 나를 더 찾아오지 않았다. 끊자고 했던 용주와의 인연은 그 애가 발걸음을 끊으면서 오히려 악착스레 내 마음을 어지럽혔다. 초라하고 가엾기까지 했던 용주의 마지막 모

별들의 감옥

습이 눈을 감아도 지워지지 않았다.

그 애가 준 쪽지의 주소로 몇 번 송금을 했었다. 물론 영도의 눈을 피해야 했다. 사건 이후 나는 금치산자나 다름없었다. 그나마 영도에게 들통이 나버린 후에는 한 푼도 보내주지 못했다. 몇 해가 지나 내가 몰래 시골 주소를 찾아갔을 때는 돌보던 노인이 세상을 떠나 아무도 아이가 간 곳을 몰랐다. 거기까지가 인연이거니 돌아서야 했었다.

용주의 죽음을 전한 한 통화의 전화는 갑자기 내 삶의 밑둥을 잡아 흔들기 시작했다. 나를 곤두박질치게 했던 수렁 속에서 도망칠 궁리만 했던 내 뒷덜미를 잡고 용주가 마지막 펀치를 날린 것일까? 네 소원대로 영원히 사라져 줄 테니까! 그 애의 외마디가 환청처럼 잠 못 드는 내 귀를 울리고 또 울렸다. 가슴을 먹먹하게 하는 아픔으로 다친 짐승처럼 앓아누웠던 나는 며칠 만에 자리를 털고 일어났다.

결국 용주가 최후에 마주한 것은 한 어미로서 새끼를 챙기는 모정이라는 것, 그리고 그걸 위해 내게 도와달라는 마지막 신호를 보냈다는 것, 그 두 가지에서 나는 도저히 헤어날 수가 없었다. 아이부터 찾아야겠다는 결심이 들었다. 보나마나 영도가 펄펄 뛰겠지. 그러나 나는 더 이상 남편을 핑계대지 않기로 했다.

지서에 출두했다. 용주의 사인은 자살로 결론 났다고 했다. 이번에도 경찰은 솜씨 좋게 용주의 딸애를 찾아냈다. 뜻밖에도 아이는 절도죄로 만기를 넉 달 남긴 채 소년원에 수감되어 있었다. 정보산업학교라는 이름을 붙인 소년원에서 직업 기술을 배우고 있다고

　　　　　　　　　　　　　　　　　　　　　　악연

했다.

　고인의 시신이 화장장으로 옮겨지던 이른 아침, 나는 지서로 아이를 만나러 갔다. 그 애가 용주의 유일한 연고자여서 소년원은 교도관을 딸려 하루 귀휴조치를 내려주었다.

　아이는 그 또래였을 때의 제 어미를 닮았으리라는 내 상상과는 딴판이었다. 치켜뜨면 사람을 서늘하게 했던 용주의 길쭘한 눈매 밖에는 닮은 데가 없는 민 대리 판박이의 얼굴에 영양실조가 아닐까 싶을 만큼 깡마르고 키만 컸다. 열여덟 살의 절도범이라는 게 믿어지지 않게 어리숙해 보였지만, 작정한 듯 날선 표정을 좀처럼 풀지 않았다. 울거나 눈물짓지도 않았다. 얘가 제 어미가 이 세상 사람이 아니라는 사실을 알기나 하나 싶었다. 부지깽이 같은 아이의 어깨를 안고 펑펑 울던 내가 정신을 차리고 겨우 물었다.

　"넌 나를 모를 거다. 네 엄마와 친했던 학교 때 친구야. 서로 연락이 끊어져서 어떻게 지내는지 몰랐는데, 별안간 소식을 듣고 왔단다. 넌 마지막으로 엄마를 만난 게 언제였어?"

　아이는 말끄러미 건너다볼 뿐 입을 열지 않았다. 아예 마음의 문을 모조리 걸어 잠가 버려서 누구를 상대할 마음이 없는 듯했다.

　"얜 10년도 넘었다는데요."

　옆에서 맨 처음 전화를 걸었던 형사가 말했다.

　"딸하고 연락도 없었나 봐요. 참 딱하네. 넉 달 후엔 거기서 내보낼 건데, 나오면 갈 덴 있냐?"

　아이는 제 무릎만 내려다볼 뿐 대답이 없었다. 소년원에서 아이를 데리고 온 교도관이 함께 장의차에 올랐다. 시신을 옮겨 싣고 먼 길을 다 가도록 아이는 내내 그러고 있었다. 소리쳐 울부짖는

　　　　　　　　　　　　　　　　　　　　별들의 감옥

화장장 사람들 속에서도, 산골할 때도, 아이는 울음을 보이지 않았다. 이따금 얼굴을 쳐들고 꽉 감은 눈에 고이는 눈물을 몰래 손등에 찍어내는 모습이 더 애처로웠다. 차라리 소리쳐 흐느껴 울었다면 나을 텐데…… 슬픔을 받아들이지 않으려고 안간힘 쓰는 모습이 더 슬펐다. 그렇게 제 어미와의 마지막 작별을 마치고 소년원으로 돌아가는 아이의 손목을 쥐면서 내가 말했다.

"남은 기간 몸조심하고 잘 지내도록 해. 널 꼭 데리러 가마. 우리 다시 만나."

아이는 잡힌 손을 슬그머니 빼더니 뒤도 돌아보지 않고 차에 올랐다. 그 썰렁한 뒷모습을 보면서 내 남은 생을 가득 채울 것 같은 또 하나의 악연이 행보를 시작했다는 사실을 나는 또 우두커니 가슴으로 삼키고 있었다.

악연

대법원 판례

　"뭐라구, 이젠 지들 맘대로 10부? 관두라고 그래. 우리가 무슨 재주로 그걸 말려. 그건 그렇고 당신 직접 그리로 올 거지?"

　"아, 참 오늘 보문동 가는 날이라고 했지? 거기 정말 나까지 가야되나?"

　"오라는데 가야되지 않아? 변명하기도 귀찮아. 거기서 만나. 저녁은 준댔어."

　용미는 수화기를 내려놓고 주섬주섬 가방을 챙겼다. 대형서점들도 사정이 있겠지만 하루 매출 10부 미만의 책은 아예 받지를 않겠단다. 신간 내놓고 목을 매는 용미네 같은 출판사는 앉아서 죽으란 이야기다. 광고비 지출은 엄두도 못내 본 지 오래니 대형서점이 진열을 안 해주면 찔끔찔끔 인터넷 서점에나 목을 매는 수밖에 다른 도리가 없다.

　"어이 그만 퇴근하지. 사장님은 안 들어오신다니까 뒷정리 좀 부

　　　　　　　　　　　　　　　　　　대법원 판례

탁해요."

　김 양에게 문단속을 부탁하고 횡하니 일어서는 용미는 제 의자 옆의 방석만큼 뚫린 공간까지 치받고 들어온 재고 책 더미를 칼눈으로 노려본다. 이러다간 사무실 내려앉고 말지. 종이값만도 선불로 2백만 원 넘게 들여 제작한 신간이 단 2백 부도 나가주지 않으니 신경이 곤두설 대로 곤두선 요즈음이다. 그렇다고 함부로 때려치울 수도 없는 게 이 업종 아닌가.

　우당탕거리며 계단을 내려온 용미는 지하철역 쪽으로 걸어가면서 핸드폰을 열고 방금 도착한 문자를 짜증스레 들여다본다.

　늦지 마라.

　용화 언니다. 정확하고 오지랖 넓기론 형제들 중 따라갈 사람이 없다. 오늘은 그제 치른 아버지 삼우제에 이어 형제들이 장례비도 결산할 겸 어머니 앞에서 갖는 첫 모임이다. 다섯 살 위의 하나뿐인 언니지만 용미는 이상하게 그 앞에 서면 주눅이 들곤 한다. 30년 가까이 꼬맹이들과 쳇바퀴를 돌려온 교사라는 직업 때문일까, 아무튼 같이 나이 들어가는 처지인데도 용화는 용미만 보면 입을 못 다물었다.

　"너 옷차림이 그게 뭐야? 너 벌모레면 오십 대야 오십 대."

　"언니 내 나이도 잊었수? 난 분명히 사십 대 초반인데…… 내 옷차림으로 책 파는 거 아니니까 좀 봐주구려. 난 이걸로 충분해. 빼입고 다녀봐야 누가 이쁘달 사람도 없고."

　"우거지 짜지 말고 안될 사업이면 진작 엎어버려. 오 서방 차라리 그 학력으로 잘 나가는 학원 강사나 하지. 똑똑한 운동권 출신들은 다 거기 있던데. 하고 만날 안 팔리는 책 만들며 우거지상 하지 말고."

남의 아픈 곳을 아무렇지도 않게 찔러대는 사람. 용화가 바로 그런 사람이다. 어릴 땐 꽤나 곰상스럽던 언니였는데 오랜만에 만나도 돌아서면 이상하게 요즘은 마음에 가시가 돋곤 한다. 까짓 거 가지 말까? 용미는 이유 없이 끓어오르는 심술을 애써 누르며 지하철 입구 계단을 터덕터덕 내려갔다.

보문동 집에는 벌써 형제들이 다 모여 있었다. 댓돌에 놓인 신발 속엔 오 서방 것도 있었다. 안마당에서부터 음식 냄새가 진동하는 게 흡사 잔칫집 분위기다. 엊그제 아버지를 화장장 불구덕에 집어 넣은 사람들 같지 않게 맞대어 놓은 교자상 두 개에 차려진 음식들 앞에 둘러앉아 희희낙락하는 오빠들과 형부가 눈에 들어오자 용미는 울컥해진다. 앞치마를 두른 가냘픈 용필이 처만 분주하게 부엌에서 서성대고 있지 올케들과 용화 언니는 어머니 방에 모여 앉아 손님 노릇을 하고 있었다. 대학을 다니다 영화에 미쳐 학업을 접은 뒤 이렇다 할 직업을 못 갖고 두 아이의 아버지가 된, 형제들 중 유일한 무주택자 용필은 더 못 버티고 이태 전 아버지를 모시겠다며 이 집으로 들어왔다. 뇌졸중 후유증으로 보행이 자유롭지 못하던 아버지를 수발하느라고 어머니가 고생하던 터라 용필이 처가 나선 것이 천만다행이어서 아무도 말리지 않았다.

아무리 그래도 집안 행사 때 두 올케가 용필이 처를 종 부리듯 하는 걸 볼 때마다 용미는 속에서 불덩이가 치밀곤 했다. 큰오빠는 젊어서 잘 나가는 회사에 적을 올렸지만 IMF 때 그만 거기서 밀려 났다. 그 오빠가 밀려난 동료들과 차린 조그만 택배회사가 대박을

대법원 판례

올려 신수가 훤해지자 큰올케는 이 집안에서 은근히 말발이 세졌다. 친정 돈이 아니었다면 큰오빠가 어떻게 회사를 차렸겠냐고 요즘 들어 부쩍 친정 노래를 부르는 그녀다. 부모님 집에 와서도 손에 물을 묻히려 하지 않는, 그야말로 공주과 며느리이다. 둘째 오빠 부부는 아예 직업이 먹물이라 한술 더 뜬다. 둘째 올케는 조부모 제사 때조차 학회에 가네, 논문을 쓰네, 아예 얼굴도 내밀지 않는 일을 당연하게 생각했다. 어쩌다 얼굴을 내밀어도 입으로 간을 치지 끝까지 마무리하는 일이 없다. 공부밖에 모르던 둘째 오빠는 어릴 때부터 이기심으로 똘똘 뭉쳐진 사람이라 매사에 까칠한 용화가 늘 타박이지만 여전하다.

아버지가 중동으로 일 나가고 안 계실 때 살던 금호동 비탈 집에서는 단수되는 날이 많아 번갈아가며 식구들이 한밤중에 나가 줄을 서서 식수차를 기다리곤 했다. 그때도 어머니와 장남 옆을 따라다니며 심부름이라도 거드는 건 막내 용필이었고, 둘째 용진은 물통 한 번 드는 일 없이 노상 평계가 도서관이었다. 하긴 그래서 박사가 된 거겠지만.

대청에 빙 둘러앉은 가족들은 여느 때 같지 않게 조용히 밥만 퍼넣는다. 올케들과 방에서 나눈 대화가 언짢았던지 어머니는 침울해보였다. 분위기를 풀어야겠다는 듯이 맏이 용재가 하필 오 서방을 향해 입을 열었다.

"자네 요즘 사업 잘 되나?"

"저야 뭐 늘상…… 사업은 형님네가 잘 되시잖아요."

"아, 모르는 소리. 지금 우린 확장 적기를 놓친 처지인데 말야.

별들의 감옥

잘 나가면 뭘 해. 바탕이 영세해 놔서 말야. 욕심대로 하면 확 키우고 싶거든. 아무튼 우리나라 사람들은 택배 없인 이제 못 살 것 같애. 컴퓨터가 효자지. 오픈 마켓이 이렇게 빨리 죽을 줄 누가 알았냐구."

"1년 동안 떠다니는 우리나라 택배 상자가 15억 개라더군요. 형님한텐 좋지만 전체적으로 보면 좋은 현상은 아닌 것 같애요. 동네 장사를 다 말아먹고 있으니."

"아니 자네 말에 뼈가 있네. 우리한테 뭐 유감이라도 있나? 자네가 만든 책도 우리 덕을 보지 않나?"

"오빠, 맞아요. 덕을 보는 정도가 아니라 사실 목을 매고 있죠. 동네 상권이 망가지는 게 어디 택배 때문 만인가요. 워낙 대형마트들이 설치니……"

어색해지는 분위기를 돌려보겠다고 용미가 끼어든 건데 용화가 발끈해서 수저를 내려놓으면서 핀잔을 준다.

"지금 시사토론하자는 거유? 큰오빠 우리 본론으로 들어가요."

밥상을 물리자 용재가 커다란 상자에 담긴 부의금 꾸러미를 들고 나왔다. 좌중의 눈이 모두 그리 쏠린다. 다섯 남매와 배우자들의 조문객들이 두고 간 부의금은 2억 원이 좀 넘었다. 거기서 3천 만 원 가까운 장례경비를 쓰고 남은 액수가 오늘의 주제였다. 아버지의 유언대로 수목장을 하다 보니 묘지 비용이 줄어 제법 큰 액수가 남은 것이다. 이 돈을 어떻게 나눠 가질 것인가? 결혼식이나 기제사 때 외에는 모이는 일이 거의 전무한 5남매 부부가 오늘 자리를 같이한 이유였다. 의논이 시작되기 전에 먼저 어머니의 의견부터

대법원 판례

들자고 용재가 장남답게 제안했다. 형제들의 시선이 일제히 쏠렸지만 정작 어머니는 미동도 않은 채 방바닥만 바라보고 무슨 생각엔지 골똘히 잠겨 있었다.

"어머니 이걸 어떻게 처리하면 좋을지 먼저 말씀해 보세요."

"……"

"어서요. 왜, 뭐 언짢으세요?"

두 아들이 채근을 해도 어머니는 좀처럼 입을 열지 않았다.

사실 어머니는 장례를 치른 사흘 내내 별로 입을 연 적이 없었다. 용재, 용진 두 아들이 장례식장을 진두지휘하는 동안 시종일관 침통했던 어머니다. 반세기 한솥밥 먹던 짝을 잃고 홀로된 어머니라는 존재가 갑자기 부담스럽게 다가온다. 시원섭섭하시려나? 오랜 병구완으로 지친 어머니였으니 해방감이 상실감을 어느 정도 상쇄할 것도 같지만 친자식들도 넘볼 수 없는 속내가 느껴진다. 실은 그 속내에 무엇이 있는지 누구 하나 관심이 없기도 했었다. 각자제 손님을 맞기에 바빠 사흘 밤낮이 어떻게 지나가는지 몰랐다. 용미도 어제, 그제 밀린 일거리에 파묻혀 따뜻한 음성 한번 못 건넸다. 어머니 바로 옆자리에 앉은 용화가 달래듯 어머니를 다그쳤다.

"엄마, 우리에게 못할 말이 어디 있어? 그냥 생각하신 거 이야기하세요."

"……"

"어머니 뭐 서운하셨어요? 왜 말씀을 안 하세요?"

둘러앉은 자식들의 이구동성에 어머니가 천천히 고개를 들어 장남 용재에게 시선을 맞춘다. 눈길도 말투도 평온치가 않다.

"나 할 말 없다. 잘난 너희가 알아서 하려무나. 아버지 생전에 조금씩이나마 재산 있는 거 다 나눠주지 않으셨냐. 내가 얼마나 살지 모르겠다만 네 아버지가 쓰라고 남겨준 돈 있으니 그거 안 줘도 산다!"

좌중은 놀라서 서로 마주 보았다. 어머니의 음성에 잔뜩 서린 노기가 감당이 안 되었기 때문이다. 아버지는 당신의 발병을 예감이라도 한 듯 5년 전 아끼고 아꼈던 시골 땅을 처분하여 다섯 자식에게 똑같이 나누어 주었다. 구세대답게 어머니 앞에는 남존여비가 확실한 아버지였는데, 하긴 그 균등분할이 좀 뜻밖이기도 했다. 칼같이 공평한 분배였지만 아들네들은 볼멘소리를 했었다.

"요즘 세상에 딸자식 설음 줄 일 있냐. 난 공평하게 할란다."

아버지는 고집을 꺾지 않았다. 지금 사는 집을 아예 어머니 앞으로 명의변경까지 마치고 눈을 감았다. 아버지는 어머니 몫으로 얼마간 저축도 남겼다. 중동에서 돌아와 친구와 운수업을 시작했다가 여의치 않자 환갑 지나 사업을 접고 70세까지 거의 10년을 택시기사를 했던 아버지였다. 그런 인생역정이 아버지를 변해가는 세상 이치에 통달하게 한 것도 같았다.

어머니가 내보인 노여움의 정체를 용미는 조금은 알 것 같았다. 부의금 잔액을 어머니는 당연히 당신의 몫이라고 생각했던 게 틀림없다. 그게 아니라면 저렇게 노기를 띨 이유가 없다. 장남은 어머니를 찬찬히 건너다보았다. 꽤나 당혹스러운 듯했다. 그런 침묵이 답답한지 둘째 용진이 큰 기침을 하고 나섰다.

"그러지 말고 어머니가 생각하신 거 속 시원히 말하세요. 원래 부의라는 게 그동안 저희가 사회생활에서 차곡차곡 쌓은 걸 되받은 거니까 저희한테는 큰 빚이거든요. 어머니가 이 점을 좀 헤아리셔야 되는데……"

"오빠, 그래도 역시 이런 일엔 어머니 의사가 제일 중요한 거 아니유? 뭔가 어머니 생각이 있는 것 같은데 꺼내질 않으시네. 일단 어머니를 드리고 어머니 결정에 따르는 건 어때요?"

널름 말을 해놓고 보니 오해할 소지가 있다는 생각이 들어 용미는 아차, 싶었다. 용미네 조문객이라야 전체의 10분지 1도 안 되었기 때문이다. 그러나 그런 것을 계산해서 한 말은 맹세코 아니었다.

"아가씨. 그건 아니죠. 그동안 우리가 남한테 부주한 게 얼만데, 도련님 말씀대로 그 알음알음으로 상부상조하는 게 부의금 아닌가요? 앞으로 그 빚들을 갚아 나가야 하는 건 어머니가 아니라 우리잖아요."

맏며느리의 대꾸에 둘째 며느리도 기다렸다는 듯 거들고 나섰다.

"형님 말이 맞아요. 저희만 해도 생각보다 부의가 많아 옴팡 빚쟁이가 된 느낌예요."

"내가 있을 자리가 못되는구나. 난 들어갈 테니 너희가 자알 결정하려므나."

어머니는 한 손으로 이마를 짚으며 일어나 치맛바람을 일으키며 당신 방으로 들어가 버렸다.

"용화, 네 생각은 어느 쪽이냐? 웬일로 잠잠하냐, 네가?"

"제 의견보다 오빠가 먼저 어머니부터 달래고 오셔야겠어요."

용재가 마지못해 일어나 안방으로 들어갔다. 모두 우두커니 앉아 있는데 용화가 빈 건넌방으로 들어가며 용미를 불러들였다. 뒷손으로 방문을 닫으며 용화가 쏘아붙였다.

"넌 왜 그럴 때 빙충맞게 나서고 그러니? 어머니 손에 들어가면 우리 한 푼이나 구경할 것 같애? 넌 몰라도 난 돈 좀 받아가야겠다. 모르겠어? 어머니 용필이 주려고 떼 쓰시는 거야."

"당연하잖아? 용필이만 집이 없는데. 비빌 언덕이라도 만들어 주시려는 거 아냐? 원래 막내 사랑 유별났지 않수."

"아버지가 제 몫 준 것도 불리기는커녕 다 까먹고 이리 기어들어 온 애들이 그 돈 주면 제대로 간수나 할까? 그리고 어차피 여기서 살면 따로 집 걱정할 거 뭐 있어. 돌아가시기 전에 아마 용필이 주실 걸. 어쨌든 안될 소리야. 올케들 설치는 거 봐라. 어수룩하게 어머니 셈법이 통하겠니?"

"그래서 어쩔 건데?"

"장례 때 온 사람들 인사 치르려면 어휴 골치 아파. 너도 그렇잖아? 이런 일은 다 원칙이 있는 거야. 형부만 해도 벌써 밥 산 데가 한두 군데인 줄 아니? 세상 물정 모르는 건 어머니나 너나 진배 없구나. 오빠들 속 긁지 말구 가만히나 있어 이것아."

안방을 나온 용재가 비장하게 좌중을 향해 입을 열었다.

"내가 어머니를 잘 설득했다. 다른 의견이 좀 있으시다만 어머니도 우리가 의논해서 정하면 따라주시기로 했다. 그런데 내가 너희들에게 먼저 좀 양해를 구해야겠어. 이즈음 사업은 곧잘 돌아간다만 처남이 급한 사정이 생겨서 이 사람 친정에서 돌려온 돈을 정리하느라고 골치를 앓고 있는데…… 이걸 다 넣어도 모자란다만 너희도 큰일 끝에 인사들 치러야 하니 조금씩 나눌 테니 양해를 해다오. 내가 명색이 이 집안 장남 아니냐. 나누면 몇 푼 안 되지만 몰

아주면 단단히 요긴할 것 같으니 이번만은 너희가 양보해줬으면
한다."

별안간 좌중은 숨소리 하나 없이 심각해진다. 침묵을 깨고 용화
가 물었다.

"오빠, 대체 얼마나 나눠주실 건데요?"

"그야…… 뭐 2, 3백 있으면 대충 인사 치를 수 있지 않겠냐?"

"형, 그걸로 밥 한 그릇 사고 끝나는 게 아니라는 거 알잖아요.
그리고 지금 한참 뜨는 게 형네 사업인데 하필 아버지 부의금으로
빚을 갚는다는 게 이해가 안 가요. 다른 방법으로 융통하고 이건
원칙대로 합시다. 공으로 생긴 돈이 아니고 이건 돌아서서 당장 내
일부터라도 갚아야 하는 빚이란 거 아시잖아요. 두고두고 갚아야
되는 빚이라구요 빚!"

"큰오빠가 앞으로 우리가 부주할 거 대신 내주실 것도 아니잖아
요. 그건 말도 안 돼요."

역시 간간한 용화가 잘라 말했다. 용재 처 얼굴이 금시 붉으딕딕
달아올랐다.

"흥 말이 안 된다구요? 내 이럴 줄 알았다구. 아버지 안 계시면
장남이 가장이란 소리두 못 들으셨나 봐. 도무지 앞뒤가 없는 집이
라니까. 여보 집어쳐요. 더 이야기해봐야 뻐언해요. 회의구 뭐구
내 진작에 관두라구 했잖아요!"

용재가 처를 향해 손사래를 치며 언성을 높였다.

"아, 당신은 좀 가만있어요. 함부로 나서지 말아요!"

"왜요, 내가 뭐 못할 말을 했나요? 나 이 집 맏며느리예요. 왜 또
5분의 1씩 나누지 그래요? 선생이면 뭐하고 박사면 뭘 해. 차라리

별들의 감옥

나처럼 못 배웠으면 이러진 않지. 이 집은 애초 기본이 잘못된 거라구요. 아버지가 시골 땅 파시고 분배하실 때 다 알아봤어요."

"언니, 왜 돌아가신 아버지까지 들먹이구 그래요? 거기 선생, 박사는 왜 나오며 기초가 잘못되었다니! 남이 들으면 무슨 아사리판인 줄 알겠어요."

"그래요. 굽이굽이 한이 맺혀서 그래요. 이 집에서 장남한테 해준 게 뭐예요?"

"형님 그만 하세요. 이 집에 들어오신 거야 저보다 한 발짝 먼저 오셨지만 아버님 어머님 위해서 특별히 해드린 것도 없는 형님이 말끝마다 장남, 장남 하시는 거 너무 권위주의 같아요."

"아니 동서, 보자보자 하니 못하는 말이 없구먼. 그러는 동서는 부모님을 위해 뭘 했는데 그런 입을 놀려? 지금 그 입에서 나온 말, 아휴 내 귀를 씻어버리고 싶네."

"저도 형님만큼은 했다고 생각하는데요. 동생들도 있는 자리에서 그렇게 천박하게 사람을 놓고 야유나 하고 그러세요? 형님은 형님답게 좀 체통을 지키셔야지……"

"아니 왜들 이래? 대체 이 여자들이 정신이 바로 백인 거야, 뭐야. 여기가 어디라고 할 말 안 할 말 섞는 거요? 당신 가만히 입다물지 못해요? 용진이 너도 계수씨 입 좀 다물게 해라. 말이면 함부로 하는 게 아니다. 다 그만두자. 엣다 너희가 알아서 맘대로 해! 사업을 내일 엎어버리는 한이 있어도 이 돈 안 쓰마."

화가 치미는지 용재는 부의금 봉투를 힘껏 마룻바닥에 동댕이쳤다. 바닥에 널부러진 봉투에서 고무줄에 묶인 지폐들이 와르르 비어져 나왔다. 우두커니 지켜보던 용필이 무릎걸음으로 다가가 봉투 안으로 수표들을 쑤셔 넣으며 퉁명스레 말을 뱉았다.

"형들, 어머니 듣고 계신데 대관절 왜 이러셔요······"

"관둬라. 더 듣고 싶지 않다. 내가 자리를 피해 줄 테니 너희끼리 의논해서 결론을 짓도록 해라. 내가 한 이야기는 없던 걸로 하자. 여보 우린 이만 갑시다."

"가긴 어딜 가요. 가시려거든 당신이나 가시구려. 난 엄연히 이 집 맏며느리예요. 어디 얼마나 명안이 나오나 구경 좀 하고 내 몫 챙겨 가야죠."

"형도 그냥 앉아 있어요. 난 없는 시간 내서 왔는데······ 형 의견 만 물리면 하나도 어려울 거 없어요. 남들 하는 대로 공평하게 나 누면 누군들 불만 할랴구요. 쉬운 방법 놓고 왜 멀리 돌아갑니까?"

"맞아요. 나한테 장부나 주세요. 내가 다 계산해서 넣어 줄 테니 모두 돈 받을 은행 계좌번호나 써놓고 가요."

"공평하게? 대체 어떻게 하는 게 공평하다는 거냐?"

"오빠 모르셨어요? 우리 학교 사람들 다 그렇게 해요. 그거 대법 원 판례에도 있는 거예요."

"아니, 너 방금 대법원이라구 했냐? 아니 이게 거기까지 갈 일이 냐?"

"방금 보시구서도 그러시네. 아, 이 집도 한 발짝 더 나가면 소송 하고도 남겠는데 뭘 그래요? 액수가 커 봐요. 대법원 아니라 더 한 데까지 갈 거 같은데요. 늦었는데 다들 자 이제 그만 가요. 오늘 회 의 폐회합니다."

대꾸를 해 붙인 용화가 봉투를 다부지게 그러안고 몸을 일으키자 모두 우르르 일어섰다.

"아유 머리야 내 이럴 줄 알았어. 일복 많은 놈은 엎어져도 일이라니까. 결국 내 일이 되어버렸네."

다음날 용미는 용화가 은행계좌에 원 단위까지 계산해서 넣어준 송금을 받았다. 어머니와 다른 형제들도 받았을 것이다. 용화가 보내준 메일엔 친절하게도 이런 문구가 딸려 있었다.

……대법원은 판례를 통해 "장례비용의 부담은 상속에서 근거를 두는 것이 아니라 망인과의 친족관계에서 비롯된 것으로 파악함이 옳다"고 밝혔다. 부의금이 많이 들어와 장례비용을 넘는다면 누구 앞으로 들어온 부의금이냐에 따라 금액을 나눠서 비율대로 장례비용을 충당하고 나머지는 각자 자신의 지인으로부터 받은 부의금을 가지면 된다……

인터넷으로 통장을 검색한 오 서방이 툭 내뱉았다.
"똑순이 처형 덕분에 잘됐군. 이걸로 가게 월세 몇 달 걱정 안 해도 되겠는 걸."
"두고두고 갚아야 되는 빚이라구요 빚!"
용진의 그날 말투를 고대로 흉내 내며 용미가 씁쓸하게 웃었다.

대법원 판례

그 여름의 귀환

공항에서 강희 모녀를 태우고 출발한 희원의 차는 아직도 여의도를 못 지나고 있었다. 환하게 불을 밝힌 63빌딩이 차창에 들어온 지 40여 분도 더 지났건만 도로에 달라붙은 차는 그 언저리에서 꼼짝을 않고 있었다.

"하 참, 누구 오는 날이 장날이네. 지금 시내가 시위대로 꽉 막혔어. 아직 시작도 안 했는데 아휴, 이 사람들 모여든 것 좀 봐라. 오늘도 굉장하겠어."

운전대를 잡은 희원이가 한 손으로 핸드폰을 켜서 강희에게 건네주며 말했다. 찍찍대는 전파를 타고 와글대는 사람들의 소음, 여러 사람이 엉켜 부르는 노랫소리와 요란한 박수가 바로 옆에서인 듯 별안간 차 안을 울렸다. 노란 점으로 알알이 채워진 좁은 사각의 화면이 어둑한 차 안에 푸른 섬광을 던지며 번쩍였다.

"이번 시위 참 대단한가 보네. 벌써 두 달 가까이 됐지?"

"그러게 말야. 나가는 사람도, 집에서 구경하는 사람도 일과가 되어버렸다니까."

뒷좌석에서 강희 딸 승주가 앞으로 손을 내밀며 탱탱한 음성을 보탰다.

"아줌마, 저도 봐요. 촛불시위죠? 그거 미국서 뉴스 봤어요. 저도 거기 구경 갈 거예요."

LA에서 두어 시간 전 여기 도착한 그 순간부터 좀이 쑤시는 승주다. 3년 전 고교생으로 처음 어학연수를 다녀갔던 그 애는 이번 열흘 동안 정말 오만 가지가 다 해보고 싶은 모양이었다. 강희는 승주가 전에 왔을 때 주말마다 또래들과 자주 갔다는 홍대 거리쯤으로 촛불시위를 생각하는 것 같아 괜히 애가 쓰였다. LA에서도 두 달 내내 촛불시위가 화제였다. 실은 가는 곳마다 비난 일색이었다. 함부로 끼어들었다가는 말 폭격을 당할 만큼 그 반응들이 격렬했다. 강희가 근무하는 학원의 박 원장만 해도 광화문에 10만이 모였다는 CNN 보도를 봤다며 술좌석에서 "그것들 다 총살해버려야 해요!"라고 치를 떨었다. 그 바닥에서 내로라하는 사람일수록 반응이 격했다. 떠나 있는 고국보다 몸담고 사는 나라에 대한 충성심일까. 한인타운에서 꽤 떵떵거리는 친정을 둔 올케부터도 그랬다. 지난번 어머니 제삿날 오빠네 갔을 때는 그녀의 지나친 비아냥에 승주까지 울컥했었다.

"홍 저희들이 언제부터 이것저것 가려 먹었다구. 고기라면 눈을 까뒤집는 형편에 주제 파악을 해야지. '미국 쇠고기 고우'는 핑계야. 저거 보나마나 빨갱이들의 소행이지, 뻔해!"

그 올케가 젯상에 올린 건 값비싼 고오베神戶 와규和牛였지만 그

별들의 감옥

녀는 TV 화면의 데모대들에게 삿대질을 해가며 욕을 퍼부었었다. 교민들 중에는 그들이 떠나온 1970년대 사정대로 모국 상황을 함부로 입력해 버리는 사람들이 의외로 많았다. 오빠 내외도 마찬가지였다.

미국에서 한국과 관련된 껄끄러운 뉴스가 나올 때마다 마치 강희 탓이라도 되는 듯이 가시돋친 말로 공격하는 올케 앞에서 입을 자물쇠로 채워버리듯 하는 어미를 승주는 자주 못마땅해 했다.

"아서라 승주, 구경을 가다니! 그건 축제가 아니거든. 여기 사람들 시위라구."

"아 엄마, 물론 알아요. 그냥 저, 한번 구경꾼 해보고 싶은 거예요."

"위험해. 중무장을 한 진압대가 좍 깔려있는 뉴스, 너도 봤잖아?"

"강희, 너 오버야. 뉴스 봤다며 왜 그래? 더러 충돌이야 있지만 전혀 그런 분위기가 아니란다. 이번엔 중, 고교생도 많고, 엄마들이 네다섯 살 꼬마를 데리고 나올 정도로 진짜 평화 무드야. 공짜 콘서트도 한두 군데가 아냐. 어젠 나도 갔다니까. 우리 인수는 저녁마다 친구들하고 간다더라."

"인수 오빠두요? 아, 참 인수 오빠 잘 있죠? 저두 데려가 달라구 할 거예요. 괜찮죠?"

강희는 한숨이 나왔다. 망막엔 벌써 그 옛날, 최루탄이 우박처럼 쏟아지던 어둠 속으로 피범벅을 이루며 끌려가던 시위대들의 처참한 실루엣과 닭장차 바닥에서 무릎을 꿇던, 아수라장의 뿌얀 매연이 떠오른다. 부서진 안경, 신발짝, 가방들…… 아스팔트 위의 난

장판 속에 힘없이 짓이겨지던 장면들이 악몽처럼 줄줄이 떠올랐다. 저도 모르게 진저리가 쳐진다.

"난 하필 왜 이럴 때 왔는지…… 희원아 제발 애 거기 안 가게 좀 네가 말려다우."

"호호 괜찮대두. 너도 내일 같이 가자. 너 정말 할망구처럼 그럴래?"

한국행 티켓을 예약하던 두 달 전만 해도 하루 이틀 그러다 말려니 했었다. 승주의 철없는 호기심도 예상 밖이었다. 평화 무드? 강희는 낭패스러워 도리질을 했다. 교원 노동조합에 앞장섰다가 해직까지 당했던 희원이니 여태 그 대열에 합세하고 있을 거라는 건 놀랍지도 않았지만 이럴 때 철없는 딸을 데리고 서울을 찾은 자신이 한심스러웠다.

오랫동안 망설였던 귀국이었다. 두 달 전 강희는 묘원 아래까지 파고든 아파트 단지 주민들의 민원이 법정까지 번졌다며 새로 조성하게 된 묘원으로 남편 진우의 묘지를 이장하라는 통지를 받았다. 강희는 오랫동안 이장보다는 아예 진우의 묘지를 정리해 버리려고 별러 왔다. 어렵사리 열흘이나 휴가를 얻어 여기까지 날아온 것은 차제에 파묘를 하고 승주와 함께 그의 마지막을 지켜주고 싶었기 때문이었다.

지난해 중학교 교사인 희원이 동료들과 단체 여행을 와서 LA에 들렀을 때 강희는 그녀가 묵는 호텔로 찾아가 둘이 아침을 먹었다. 둘도 없는 여고시절부터의 친구였건만 희원과는 한국을 떠나온 후 세 번의 만남이 모두 LA에서였다. 어린 승주를 데리고 도망치듯

이곳을 등졌던 시간으로부터 열여섯 해 동안, 시간을 쪼개며 살아온 강희의 가파른 삶이 까닭이기도 했지만 실은 아직도 가슴에 응어리로 남은 어두운 기억들이 그녀의 귀국을 늘 가로막곤 했다. 이제 그만 너도 훌훌 다 털어버려. 그날 헤어질 때 희원이 말했었다. 그럴게. 선선히 고개를 끄덕였던 강희였다. 아등바등 나이테를 보태왔지만 이제 곧 오십이 아닌가. 나이 탓일까? 그 어디에도 마음의 뿌리를 내리지 못했다는 아픔이 갈수록 그녀에게 절실해지고 있었다.

"애비한테 절 해라."

고모의 채근에 승주가 넙죽 절을 했다. 강희마저 마지막 절을 올리자, 상석과 비석이 뽑히고 파묘가 시작되었다. 이런 일엔 이골이 난 듯한 텁석부리 사내가 먼저 떼가 더부룩하게 얽힌 봉분의 정수리를 삽으로 쩍 갈랐다. 곧바로 다른 인부들까지 합세하여 봉분 흙을 파 내리기 시작했다. 묘가 움푹 파이자 구덩이 아래쪽으로 내려간 사내가 삽을 던져놓더니 장갑 낀 손으로 북북 흙을 긁어냈다. 관 뚜껑인 듯한 검은 나무 삭정이들을 조심조심 들어내던 사내는 작두 같은 길다란 물체를 들어 올리더니 소리쳤다.

"히야, 이 양반 육탈 한번 그만이네. 터 한번 잘 잡았시다."

사내는 다시 시누이 쪽으로 정강이 뼈인 듯한 뼛조각을 흔들며 말했다.

"보세요, 하야니 깔끔하잖아요?"

강희의 시누이는 말없이 손가방에서 만 원짜리 석 장을 꺼내 흙 위에 가지런히 펴 놓은 한지 밑에 찔러 넣더니 아예 그 옆에 바짝 쪼그리고 뼛조각과 이야기라도 나누듯이 차근차근 들여다본다. 축축한 봉분 밑에서 환한 볕 아래로 옮겨진 뼈들이 종이 위에서 대충 형태를 되찾았다. 영혼이니 넋이니 그런 말들은 이럴 때 사치스럽게 느껴졌다. 떠밀리고 찍히던 서슬 푸른 시달림 속에서도 꼿꼿하던 망자의 혼은 덧없이 증발해버린 걸까. 흉물스런 부스러기가 되어 희디흰 한지 위에 고즈넉이 누운 뼈들이 부끄러움을 타는 것만 같았다. 한지 위에 엇비슷이 인체도가 완성되자 지금까지의 조심스런 손길과는 달리 사내가 옆에 입을 벌린 라면상자에 유골을 거칠게 쓸어 넣었다.

화장장에서의 절차들은 간단히 끝나 버렸다. 칸칸이 들어박힌 다른 유족들의 질긴 울음들이 귀를 먹먹하게 했다. 진우의 유골은 뜨뜻미지근한 한 줌 가루로 강희의 품에 안겨졌다.

인천 부둣가에 도착하니 시누이가 예약해 둔 조그만 고깃배가 일행을 기다리고 있었다.

따따따…… 포말을 잡을 듯이 헐떡이며 달리던 배가 멀어진 해안 쪽으로 뱃머리를 틀자 선주인 듯한 사내가 냅다 고함을 쳤다.

"아줌마, 다 왔거든요. 어여 냉큼 뿌려요!"

상자를 기울이자 그 안에 들었던 골분이 좌르르 하얀 포말 위에 부어진다. 바람을 타고 흩어지는가 싶더니 거꾸로 날아오르다 물거품 속에 곤두박혀 흔적도 없다. 몇 초나 걸렸을까. 파도가 한차례 쓸어가자 수평선만 끝없이 푸르렀다. 뱃전에 등을 대고 퍼질러 앉은 반백의 시누이가 비로소 입을 뗐다.

"그래도 기두리던 자식을 보았으니 애비도 좋아하것다. 네가 이렇게 커서 대학생이 됐으니…… 고맙구나."

그 말에 승주가 고모의 목을 끌어안으며 훌쩍이기 시작했다.

"고모, 사진에 있는 아빠와 눈이 어쩌면 그렇게 똑같으셔요. 저 대로 떠가면 이북일까요, 중국일까요? 진작 이랬으면 좋았을 텐데. 아빠 혼자 너무 답답했을 거예요."

강희는 잠자코 두 사람의 대화를 등 너머로 들었다. 예전처럼 눅눅한 감상이 없는 게 야릇했다. 회한마저 증발해버린 모양이다. 그래 다 놓아주는 거야. 이제야말로 당신을 보낼게요. 멀리 가고 싶은 곳으로 가요. 그녀는 수평선에 시선을 묻은 채 마지막 배웅을 했다.

소문난 밥집이라는데 점심 손님이 한물 쓸고 간 뒤인지 당주동 골목에 있는 한옥 사랑채의 온돌방은 한산했다. 노랗게 기름 먹인 장판 위에 놓인 옛스러운 나무 밥상에 강희, 희원, 주명 셋이 둘러앉았다.

"너희와 이렇게 밥 먹어보는 게 도대체 몇 년 만이냐……"

짧게 자른 부수수한 머리칼을 뒤로 넘기며 입을 떼는 주명의 눈시울이 얼핏 젖어오는 듯했다. 헐렁한 티셔츠 밖으로 들어난 팔뚝의 근육과 억센 손마디에 주명이 살아온 세월의 더께가 고스란히 묻어 있었다. 주명은 여전히 현장에 남아 노동계의 '쌈닭' 역할을 하고 있었다. 치장과는 거리가 먼 차림새, 잔뜩 기미가 앉은 거무죽죽한 얼굴은 마흔여덟이라기보다 예순 살도 넘어 보였다. 우렁우렁하던 음성만은 여전했다. 숱 많은 윤기 나는 머리채를 한 올 흐트러짐 없이 뒤로 잡아 묶던 주명의 통통하던 얼굴을 강희는 기억해보려고 했다. 서클 신입식에서 세탁소집 넷째 딸이라고 제 소개를 하며, 좋아하던 〈모닥불〉을 그 여가수만큼이나 잘 부르던 주명이었다. 그녀에게 그런 앳된 시절이 있었다는 사실이 믿어지지가 않았다. 목숨 걸고 울부짖는 이들 옆에 항상 주명이가 있다고 생각하면 돼. 희원이 말했었다. 그러나 강희가 마주 앉아서 보는 주명은 그저 지치고 고달파만 보이는 초로의 여자였다.

출옥 후 아예 대학을 등졌던 주명을 강희가 재회한 건 남편 진우의 환후가 가망 없이 깊어지고 나서였다.

대학 2학년 봄, 그 삼엄했던 5월이었다. 빈 강의실에 계엄 철폐 유인물을 살포하던 주명은 하필 그곳을 지나던 이홍자 교수에게 붙잡혀 연구실로 끌려갔었다. 수사관 뺨치는 솜씨로 배후를 조목조목 따지던 이 교수는 주명이 한사코 입을 다물자 교정에 좍 깔려 있던 무전기 든 기관원을 주저 없이 불러 들였다. 이학계열의 주명은 그녀의 강의를 듣는 제자였다.

"얘 현행범예요. 필시 배후에 어마어마한 조직이 있을 거예요. 철저히 뒤를 캐서 이것들을 일망타진해야 돼요."

주명은 그녀가 글자 한 자 안 틀리게 그렇게 말하더라고 했다. 일단 그렇게 기관원에게 넘겨지면 학교도 냉혹했다. 그 시절 교수 중에는 캠퍼스에 상주하며 거들먹거리던 기관원 뺨치는 부류들이 더러 있긴 했다. 이홍자 교수는 억지로 그런 역할을 떠맡아야 하는 보직교수도 아닌 이과대학의 평교수였는데도 '운동권 족집게'로 소문이 나 있었다. 교수들이 학생지도라는 명목으로 제자들을 A, B, C……로 분류해 올린다는 건 그냥 소문만이 아니었다. 문제학생으로 찍혀 삼엄한 감시는 물론 학부모까지 직장에서 쫓겨났다는 이야기가 파다했다.

별들의 감옥

그렇게 기관원에게 넘겨진 주명은 취조실에서 초동부터 머리채를 잡혀가며 숱한 닦달을 당했다. 그녀가 잘 아는 사람은 서클 지시를 전달하던 복학생 진우와 선배들, 동기생 회원, 강희 등 대여섯 명 뿐이었다. 그러나 주명이 아는 이름만이라도 대지 않으려고 이를 악물고 매를 맞은 보람도 없이 며칠 후 진우는 자기가 맡은 후배들을 몽땅 범의 아가리로 집어넣는 실책을 저질렀다. 진우는 주명과 가까운 여자 회원들을 데리고 이 교수가 새벽이면 오른다는 집 인근 약수터를 찾아갔었다. 기관원들이 좍 깔린 학교보다는 훨씬 안전할 것 같았다. 그러나 그녀에게 간곡하게 선처를 빌어보려던 그 만남은 그들 모두를 끔찍스런 나락으로 몰아넣고 말았다.

그날, 진달래 빛 트레이닝복을 입은 그녀가 살을 떨며 고함을 지르던 모습이 강희는 아직도 눈에 선하다. 흙바닥에 무릎을 꿇은 채 올려다본 그녀의 번득이는 시선은 잘 벼른 칼날 같았다. 말을 이을 틈도 주지 않고 악부터 썼다.

"오, 너희가 바로 그 패거리들이구나. 잘 왔다. 살려줘? 우리 대한민국이 그렇게 물렁물렁한 줄 알아? 내 두 눈으로 너희들 얼굴 똑똑히 봐 뒀으니 내 무슨 수를 써서라도 모조리 잡아넣을 거다. 두고 봐라!"

발을 구르며 돌아서는 그녀의 옷자락을 진우가 무릎걸음으로 다가가 붙잡고 두 번 세 번 애걸했다.

"교수님. 저희 모두 진심으로 뉘우치고 있어요. 이렇게 빕니다. 학교에서 무슨 처벌이라도 받을 테니 그 애가 학교로 돌아오게 해주세요. 맹세해요. 다시는 그런 일 없을 겁니다."

"이거 놔! 이 빨갱이들! 너희들 내 몸에 손가락 하나만 대봐.

그 여름의 귀환

거기 누구 없어요, 사람 살려요!"

히스테리라도 발작한 듯 그녀는 두 귀를 막고 죽기 살기로 고함을 쳐댔다. 분이 치받친 진우가 벌떡 일어서서 이 교수의 멱살을 거머쥔 건 순간이었다. 말릴 새도 없었다.

"당신이, 당신이 인간입니까? 우리더러 빨갱이라니요? 왜요? 당신이 진짜 스승이라면 어떻게 그런 말을 입에 담을 수 있습니까?"

함께 간 일행이 흥분한 진우를 황급히 밀쳐냈지만 이미 비명소리에 놀란 등산객들이 모여들고 있었다. 펄펄 뛰는 이 교수 앞에서 폭도로 몰린 진우네 여섯 명은 고스란히 달려온 순경들의 포승을 받고 말았다.

"이것들이 새벽에 나를 죽이려고 미행했어요. 이런 불순분자들은 배후를 가려내 뿌리를 뽑아야 해요."

모질게 뱉어내던 그녀의 증언에 공판정의 가족석에서 전율 어린 한숨과 통곡이 쏟아지던 기억이 여태도 생생하다. 결국 그 사건으로 함께 갔던 여섯 명 모두가 대학에서 제적된 채 실형을 받아야 했다. 진우와 주명을 뺀 나머지는 1년 후 출옥했다. 주명은 그보다 1년을 더 감옥에서 지내야 했지만 출옥 후 곧장 복학을 기다리지 않고 그곳에서 만난 사람들을 따라 구로공단으로 들어가 버렸다. 진우는 그 뒤 4년을 홀로 감옥에 남았었다. 처가의 도움으로 겨우 미국 LA에 터전을 잡은 강희의 오빠는 누이동생 소식에 곧장 연을 끊겠다며 어머니를 모셔가 버렸다.

선배들의 혹독한 비난을 들으며 진우는 나머지 삶을 끔찍한 회한 속에 보냈다. 진우의 구속으로 실직과 충격 속에 어렵게 살아가던 진우 부모는 병을 얻어 세상을 떠났다. 배후를 대라는 수사기관의 끈질긴 시달림을 이를 악물고 버틴 진우는 관할서로 넘겨지기 전에 이미 장출혈로 만신창이가 된 채 긴 수감생활을 견뎌야 했다. 감옥 안에서도 그는 외톨이였다. 강희만이 진우를 마음에서 쫓아내지 못했다. 출옥한 진우를 그녀는 제 자취방으로 데려갔다. 1984년 대학에 제적생 복학 조치가 내린 후 어렵게 이어가던 학업마저 작파해버린 채 강희는 오직 진우를 회생시켜 보려고 몸부림쳤다. 그랬건만 겨우 여섯 해를 못 채우고 어린 핏줄만 하나 남긴 채 그 결합은 허망하게 끝나 버렸다. 몸져누운 진우와 어린것을 두고 생계를 꾸리려고 허우적거리던 이 땅에서의 마지막 몇 해, 그 쓰라린 기억들은 강희에게 다시는 떠올리고 싶지 않은 악몽으로 남았다. 진우를 묻고 돌아서서야 강희는 비로소 어머니의 간절한 부름에 마음을 돌렸다. 아이만이라도 건사해 줄 어머니가 있는 미국행을 결심했던 것이다.

"그 죄 많은 인간이 그렇게 찾아도 없더니 거기서 여전히 피둥피둥하더래. 으윽, 갑자기 소름이 끼치지 뭐니. 그 인간도 이제 갈 때가 다가오나 보지? 우리 거기 한번 가보지 않을래?"

지난겨울, 희원은 국제전화로 수다를 떨었다. 양평 부근의 한 요양원으로 이모를 문병 갔던 희원의 과 후배가 우연히 거기서 이 교수를 봤다고 했다. 이 교수가 대학을 그만두었을 때 이미 60대였으니 이제 80대가 다 되어 요양원에서 간병인의 도움으로 살고 있더라는 소식 자체가 이상할 건 없었지만, 그동안 종적이 묘연했던 그녀가 서울 교외에 건재하고 있다는 소식은 분명 놀라운 뉴스였다. 도대체 그 늙은이 아직 정신이 온전하대? 오랜 세월이 격했어

　　　　　　　　　　　　　　　그 여름의 귀환

도 여전히 가슴은 노여움으로 후들거렸다.

　강희가 서울을 떠난 이듬해 겨울, 1993년 3월 문민정부가 들어서기 직전에 이 교수는 정년퇴임을 두 해나 남겨둔 채 사직원을 내고 캠퍼스에서 홀연 자취를 감췄다. 강희는 이곳 죄 많은 사람들이 노상하듯 어디 먼 나라로 숨었거니 했다. 처음 희원에게서 이 교수가 사라졌다는 소식을 듣고 LA에서 사람이 많은 쇼핑몰에라도 가면 괜히 살펴보곤 했더랬다. 먼발치로 비슷한 체구의 여자를 보고 다가갔다가 무색했던 적도 몇 번이나 있었다.

　"난 가끔 생각해봐. 그 여자, 왜 그렇게 집요했을까? 월남한 부유층 자식의 피해망상이라지만 하는 짓이 너무 무서웠어. 그 여자에게 신세 망친 게 우리만이 아니었는데, 그 애들 지금은 뭘 하고 사는지……"

　주명은 유치장에서 만났던 여자 선배 이야기를 했다. 가두시위를 알리는 전단을 화장실 한쪽에 몰래 놔두러 들어가다가 '족집게' 한테 가방을 통째로 빼앗기고 경찰에 넘겨졌다는 것이다.

　"귀신같이 냄새를 맡고 그 앞을 지켰던 모양이라고 혀를 차더라. 하여간 그 여자 그런 소식이 빨랐어. 죽은 남편도 모 기관에서 활약했던 인물이라던데 맞는 얘기니?"

　"후배들은 그렇게 알고 있더라. 나도 한참 후에야 들었어."

　"일제 때나, 자유당 때나, 어느 시대든 그런 사람들 한 가지 공통점이 있어. 자기들의 든든한 보호막이 승승장구할 거라고 철통같이 믿는 거. 하긴 세상이 바뀌어도 그 사람들은 끄떡 없었으니까 버릇들을 못 고치는 거지만."

　　　　　　　　　　　　　　　　　　　　　별들의 감옥

절망스러운 듯 주명은 말을 끊고 나직이 한숨을 쉬었다.

"우리가 그렇게 진심으로 빌었는데…… 그 여자, 아직 제정신이라면 죽기 전에 우리에게 무릎 꿇고 빌어야 해!"

강희가 음성을 바르르 떨며 내뱉는 말에 희원은 눈을 동그랗게 뜨고 핀잔을 주었다.

"빌어? 와, 홍자 여사가 자다가 웃겠다. 내가 널 거기 데려다 주긴 하겠다만, 그런 허망한 꿈은 아예 버려. 네 말대로 아직 정신이 온전하기나 할지……"

"그때 법정에서 말야, 포승에 묶여 마지막 본 그 여자 포악 떨던 모습, 난 아직도 눈에 선해. 사람 구경하며 살다 보니 알겠는데, 대체로 그런 인간에겐 후회라는 게 없더라. 그런 기대를 한다면 차라리 가지마셔."

주명이 푸하하 웃으며 한술 더 떴다.

툭 트인 맑은 하늘 아래 강줄기가 사금파리 같은 물비늘을 날리며 누웠다. 강을 끼고 달리던 차가 댐을 벗어나 20여 분 내리막길을 내닫자 이내 아담한 정원에 둘러싸인 흰 건물이 나타났다. 널따란 주차장 한 편엔 노각나무를 타고 올라간 능소화가 연주황빛 봉오리를 열고 있었다. 차를 세운 희원은 앞장서서 휘적휘적 들어가다가 강희를 돌아보며 또 오금을 박았다.

"강희 너, 무슨 꼴을 당하더라도 놀라지 마라."

면회 절차가 웬만한 관공서보다 까다롭다. 희원이 꼬치꼬치 묻는 안내원에게 문병 온 옛날 제자들이라며 제가 준비해 온 과일 바구니를 흔들어 보였다. 한 사람씩 기록을 시키더니 증명서를 달래서 맞춰보기까지 했다. 그렇게 입구를 통과했는데 4층으로 올라가니 안내원이 운동시간이라며 대기실을 가리켰다. 20여 분 남짓 기다렸을까, 맞은편 승강기가 열리면서 휠체어를 앞세우고 환자복을 입은 노인들이 아장아장 걸어 나오기 시작했다.

첫눈에 섬서한 흰 머리칼 사이로 훌렁 벗어진 이마가 낯익었다. 틀림없는 그녀였다. 휠체어가 철렁, 굽이를 트는데 그녀가 힐끗 이쪽을 건너다보는 것 같았다. 분홍빛 가운을 입은 오동통한 간병인이 복도 가운데 있는 그녀의 방문을 열고 휠체어를 안으로 밀어 넣었다. 셋은 따라 들어갔다. 상아색 대리석 벽면에 고급스런 집기들이 갖춰진 너른 방이었다. 도저히 감당이 안될 것 같은 덩치건만 간병인은 익숙한 몸놀림으로 노인을 침대에 가볍게 부려놓았다. 노인은 널부러진 채 두 눈을 꽉 감고 한참을 그러고 있었다. 조선 무처럼 앙바틈한 체격은 몸피가 좀 더 거대해졌고, 보행만 아니라 몸을 전혀 쓰지 못하는 것 같았다.

숱 적은 머리칼을 훌렁 뒤로 밀어낸 넙적한 이마, 불콰하던 분홍빛 살피듬은 백발에도 불구하고 면적을 조금 더했을 뿐 옛 모습대로다. 연녹색 헐렁한 환자복에 싸여 침대에 여덟 팔자로 사지를 내던지고 누워있는 노인을 셋은 잠자코 내려다보았다. 그대로 잠이 들었나 싶었다. 저 입에서 나오는 말 한마디가 얼마나 위력을 발휘했던가. 이 사람이 정말 그 혹독한 시절에 소위 문제학생들을 조여들며 쫓던 공포스런 존재였던가 싶었다.

"할머니 눈 떠 보세요. 서울서 이렇게 제자들이 과일도 사 오셨는데……"

간병인이 물수건으로 이마의 땀을 훔쳐 주며 노인의 상체를 흔들

별들의 감옥

자 퍼뜩 노인이 눈을 떴다. 앉혀 달라고 한 손을 높이 휘젓는다. 침상을 꺾어 상체를 바로 세워주자 더듬거리며 무엇을 찾는다. 간병인이 냉큼 안경을 찾아 눈두덩에 걸쳐주었다. 돋보기 너머로 마주 앉은 세 사람을 한 사람 한 사람 살핀다. 눈길이 백발의 노파답지 않게 쏘는 듯 맵다. 오래오래 셋에게 시선을 꽂던 노인에게서 마침내 툭 첫마디가 건네 왔다.

"난 제자 둔 일 없는데…… 댁들 뉘시우?"

"저 P대 다니던 사람들인데요."

"P대? 나, 거기하고 아무 상관없어요. 사람 잘못 보셨수."

"시치미 떼지 마세요. 그때 감옥 보내려고 기를 쓰던 학생들 기억 안 나세요?"

"몰라."

"모를 리가 없으실 텐데요. 이진우도 생각 안 나세요?"

갑자기 노인의 동공이 커다랗게 열렸다. 두리번거리던 노인이 도리도리하는 아이처럼 체머리를 흔들기 시작했다.

"나는 몰라. 내가 뭘…… 이보라우요. 사람 잘못 찾아왔시다. 간병인! 너, 이 간나들 왜 여기 들어오게 했어?"

갑자기 그녀가 사투리를 섞으며 언성을 높였다. 간병인이 의아해하며 일어나서 다가왔다.

"아니, 제자님들 아니세요?

"이 간나들 쫓아버려! 날 해코지하러 온 것들야. 뭘 꾸물대? 휘이휘이 재바르게 쫓아버리라우!"

강희가 노인에게 다가가며 쏘아붙였다.

"엎드려 빌지는 못할망정, 아닌 척 하다니! 당신 정말 사람 탈을

그 여름의 귀환

쓴 악마야!"

"나가세요. 어서요. 안 나가시면 경비 불러요."

셋이 간병인에게 등을 떠밀려 나오는데 노인이 기어이 한마디 보탰다.

"저 빨갱이 간나들 다신 여기 못 들어오게 해!"

울긋불긋한 가판대를 기웃거리는 새까만 얼굴, 누런 얼굴, 흰 얼굴…… 카메라를 든 외국 관광객들이 좁다란 골목 가득 어깨를 부딪쳐야 할 정도로 몰려 있었다. 갖가지 인종의 체취 때문인지 코까지 알싸하다. 바로 길 건너에선 촛불집회로 법석인데 여기만은 아랑곳없다는 듯 잔치판이다. 희원은 일행을 인사동 후미진 골목 안 막술집으로 데려갔다. 삐걱대는 쪽대문을 밀치니 어둠침침한 마루에서 드문드문 몰려 앉아 술상을 받던 손님들의 눈길이 온통 세 여자에게로 쏠렸다. 셋은 마룻바닥에 주저앉아 동동주를 청했다. 희원이 연신 조롱박으로 잔에 술을 부어주며 구시렁댔다.

"이러니 도대체 얼마나 세월이 흘러야 슬픈 원혼들이 한을 풀게 될까. 묵은 한이 풀리기도 전에 새 원한들은 또 첩첩 쌓여 가는데…… 나라 전체가 대대적인 씻김굿부터 해야 할까 봐."

강희는 목이 메어 왔다. 진우야말로 아무에게도 구원받지 못한 슬픈 원혼이었다. 옥중에 있던 5년 내내 고문 후유증과 병마에 찌들어 지냈던 진우는 젊은 나이에 저세상으로 갔지만 정작 당사자는 한 톨의 죄의식도 없이 그렇게 천수를 누리고 있지 않은가.

"난 그래도 그 늙은이가 우릴 보면 입에 발린 사과라도 한마디 할 줄 알았어……"

별들의 감옥

울음을 터뜨린 강희 곁에서 입을 꾹 다물고 술잔을 들이키던 주명이 흐느끼는 강희의 어깨를 토닥이며 담담하게 말했다.

"강희야 그런 인간들 입에 기름칠하고 사죄하면 뭐가 나아지겠어. 두고 봐. 그들이 도로 우리더러 사죄를 하라고 우기는 날이 올지도 몰라. 그것들이 우릴 망가트렸지만 거기서 헤어나지 못하면 우린 더 망가져. 그것들 미워할 시간이 어디 있어?"

희원이 강희의 팔을 억지로 잡아끌어 잔을 채웠다. 한참만에 셋이 들어올린 잔을 쨍그랑 부딪는데, 걸려온 전화기를 귀에 대던 희원이 갑자기 방이 떠나가라고 고함을 쳤다.

"뭐라고? 어디야 거기가……!"

인수를 따라 갔던 승주가 퇴로를 못 찾고 허둥대던 군중에 짓밟혀 병원으로 옮겨진 건 바로 그 시각이었다. 인수 전화를 받고 놀란 희원 일행이 물어물어 충정로 부근의 병원으로 달려갔다. 입구부터 아수라장이었다. 팔이 부러졌거나 머리를 다친 아주머니들, 아이들, 노인들, 찢겨나간 허벅지를 내놓고 피를 흘리는 청년들…… 앰뷸런스로 사람들이 연이어 실려 오고, 의사와 간호사들은 아예 입구까지 나와서 바닥에 누운 환자들에게 응급처치를 하고 있었다. 마당 안쪽의 벤치 한구석에 승주가 오른쪽 정강이에 붕대를 둘둘 감고 누워 있었다.

"어떡하죠. 무릎 밑 여기가 골절이 된 것 같대요. 응급처치는 받았지만 여긴 X레이조차 찍을 경황이 없는 것 같으니 큰 데로 옮겨야겠어요. 아줌마, 죄송해요. 제가 잘 살펴줘야 했는데, 그만……"

그러는 인수도 말이 아니었다. 안경이 부서지면서 깨진 렌즈에 얼굴을 다쳤던 모양으로 한쪽 뺨이 길게 긁혀 있고 밟히고 찢긴 채 핏자국이 나 있는 상의는 가스 냄새를 풍기며 너덜거렸다.

"오빠 없었으면 난 죽었을 거예요, 엄마. 갑자기 폭탄 같은 물대포와 독가스가 나와서 사람들이 쓰러지기 시작했어요. 우린 한참 뒤에 있었는데, 넘어진 날 일으키려다가 오빠 옷 저렇게 됐어요. 안경도 깨지고……"

찔찔 짜고 있을 줄 알았던 승주는 뱅글거렸다. 붕대에 둘둘 묶인 다리가 아프련만 뜻밖에도 쾌활하게 종알대기만 했다. 꽉 막힌 도심을 빙 돌아 자정 가까이에야 겨우 변두리 병원으로 승주를 옮길 수 있었다. 하루 이틀 치료받아서 될 일은 아니었지만 남은 체류기간 내내 다리에 깁스를 한 채 병원 신세를 져야 했다.

서툴게 목발을 짚은 승주와 강희를 태운 채 희원은 공항을 향하고 있었다. 강희는 등받이에 몸을 기댄 채 두 눈을 질끈 감았다. 한 줄에 꿴 듯 지난 열흘의 일들이 줄줄이 떠올랐다.

16년 전 떠날 때와는 비교가 안 되게 번쩍거리고 높아지고 대단해진 거리로 쏟아져 다니는 사람들의 모습이 그렇게 활기찰 수가 없었다. 별별 인종들이 들끓는 서울 골목골목의 모습은 화면으로 낯익은 모습보다 더 다르지도 않았지만 어느 곳이나 음식점, 가게들로 넘쳐났다. 강희도 희원을 따라 두세 번 광화문으로 나갔었다. 진우 또래의 늙수그레한 남자들이 아내와 아이들까지 대동하고 소나기가 퍼붓는 아스팔트에 퍼질러 앉아 목청껏 노래를 부르던 모습을 잊을 수가 없었다. 지하철에서 내려 계단을 올라갔을 때 어둠 속에서 말없이 제 촛불을 기울여 불을 붙여주던 어린 소녀들의 눈

별들의 감옥

빛이 가슴 아리도록 해맑았다. 구호로 내뱉는 하나의 문제가 아니라 제가끔 가슴에 뭉친 응어리들을 토해내고 있는 것만 같았다. 아는 노래를 몽땅 꺼내 부르며 어깨를 부딪치던 사람들이 마치 피붙이 같았다. 오랜만에 맛보는 그 사람끼리의 온기가 강희의 가슴을 내내 저리게 했다. 자신이 이들로부터 그토록 멀어져 있다는 사실이 소스라치도록 고통스러웠다.

갑자기 뒷좌석의 승주가 부르는 소리에 강희는 감았던 눈을 퍼뜩 떴다.

"엄마, 인수 오빠가 뭐랬는지 알아요? 나 한국말 하는 거 교포 같지가 않대요. 정말 한국 사람처럼 잘한다고 칭찬했어요."

그 말에 희원이 픽 웃음을 터뜨리더니 승주를 놀렸다.

"얘, 한국 사람처럼이라니, 너 진짜 한국 사람이거든."

"아, 그래요 아줌마. 사실은 저요 어제 중대한 결심을 했어요. 궁금하지 않으세요?"

"궁금하구나. 그게 뭔데?"

"엄마도 들어보세요. 저요 대학 졸업하면 한국으로 와서 살 거예요."

강희가 놀란 듯 승주를 돌아다보았다.

"아니, 너 그거 정말이니? 언제부터 그런 생각을 한 거야? 여긴 친척도 네 친구도 없잖아…… 그게 말이 돼?"

"친구요? 와서 아주 많이 만들 거예요. 나, 엄마가 그렇게 놀라실 줄 알았어요."

"승주, 넌 아직 여기를 몰라. 여긴 네가 자라고 공부한 미국이 아니거든! 너 그렇게 혼나고서도 무섭지 않아? 여긴 요전 같은 위험

　　　　　　　　　　　　　　　그 여름의 귀환

한 일들이 아마 끊이질 않을 거야."

"상관없어요. 한국 와 있는 미국 친구들은 여기가 위험하단 생각 전혀 안 하던 걸요. 엄마도 보셨죠? 그렇게 다치고 깨지면서도 끄떡없이 웃고 노래하고 어깨동무하는 걸요. 모두 얼마나 친한지 몰라요, 한식구처럼요! 저, 그거 너무 부러웠어요. 외숙모가 왜 여기 사람들을 그렇게 욕했는지 모르겠어요."

"너 여기 겨우 두 번째잖니? 그걸로 어떻게 네 장래를 정한다는 거야? 미국에서 엄마와 살아온 시간들이 얼마나 나빴으면 그런 생각을 하나 싶구나."

"그건 아녜요. 어린 시절은 제 선택이 아니었잖아요. 물론 아직 2년이 남았으니까 더 많이 생각해볼 거지만, 여기 온다는 생각은 달라지지 않을 거예요."

"……물론 네 선택은 아니었지. 그렇지만 넌 거기서 컸어. 여기서 넌 이방인이란다."

"엄마가 말려도 전 할 거예요. 그리고…… 엄마도 여기로 모셔와 버릴 거예요! 난…… 다 알아. 엄마도 친구들이 계신 이곳에 얼마나 오고 싶은지 안다구요!"

격하게 말을 쏟아낸 승주가 흐느끼기 시작했다. 아픈 다리를 비스듬히 시트 위에 뻗은 채 등받이에 얼굴을 묻은 승주의 자그만 어깨가 한참이나 들먹였다. 차창에 들어오기 시작한 바다 풍경에 멀거니 눈길을 보내며 강희는 승주를 다독여 줄 생각도 못하고 오래오래 생각에 잠겨 있었다. 얼마나 지났을까. 희원의 핸드폰이 고요한 차내에 요란스런 신호음을 토해냈다. 희원이 강희에게 제 전화기를 건네주며 말했다.

별들의 감옥

"주명이네. 너한테 작별 인사하려나 봐. 네가 받아 봐."

강희가 전화기를 받아들었다. 주명이 승주 일을 묻나 보았다.

"아 뭘, 괜찮아. 애들 뼈라서 두어 달 고생하면 감쪽같이 나을 거야. 걱정 마. 이번에 오랜만에 네 얼굴 보니 좋더라. 네가 해준 말 고마웠어. 내가 뭘 할 수 있는지만 생각할 게. 이젠 다 잊고 앞만 보고 살 거야. 뭐야, 너도 그 소리야? 오십 다 되어가는 여자가 여기 오면 누가 밥벌이하게 해준대? 그러잖아도 승주, 이 녀석, 돌아오자고 조르기 시작했어. 정말 뜻밖이야. 글쎄 모르겠어. 너, 어느날 혹시 내가 다 싸들고 돌아오더라도 구박하지 않을 거지? 주명아 사랑해. 건강하게 잘 있어야 한다!"

뒷좌석에서 울음을 그친 승주가 화뜩 눈물 젖은 얼굴을 쳐들었다.

그 여름의 귀환

지식인, 여성작가, 그리고 자기 서사

기울어진 운동장

버지니아 울프가 여성이 작가가 되려면 자기만의 방과 연 5백 파운드의 돈이 필요하다고 한 말은 진리다. 고경숙은 결혼과 함께 직장을 그만두려고 했다. 작가의 길을 가고자 해서였을 것이다. 그러나 현실은 사표를 강요하는 폭력과 싸우는 것으로 되었다. 33년간 직장생활을 하며 기울어진 운동장에서 만고풍상의 삶을 겪었다. 2018년 여름, 44년 만에 남편의 무죄판결을 귀로 듣고 법정을 나오면서 작가는 비로소 이제는 '내 몫'의 삶을 살아도 되겠구나, 생각했다고 한다. 이제는 쉽지 않았던 삶의 체험이 그의 문학적 입지가 되어줄 것이다. 아니 그는 이 체험을 낱낱이 증언해야 할 사명이 있다. 분단, 이산, 간첩, 계엄, 독서회, 불온서적, 빨갱이, 학생시위, 서빙고호텔, 서대문구치소, 가택수색, 사표 강요, 자생 게릴라, 군사문화……우리 현대사 한복판을 가로지르는 이런 용어를 건너오는 동안 그가 써야 할 소설은 저절로 규정지어졌다. 고경숙의 소설은 7, 80년대로부터 2천 년대에 이르는 민주 항쟁기에 화약을 지고 뛰어든 남편의 삶에 가려졌던 여성 작가의 자기 서사로 독특한 세계를 이루고 있다.

작가가 마침 《한국소설》(12월호)에 「나의 인생, 나의 문학 ; 내 반생에 육화된 대못들」을 썼다며 원고를 보내주었다. 내 눈에는 이 대목이 먼저 들어왔다.

결혼을 앞둔 그 어느 날, 신랑감이 내 방에 왔었다. 그이는 내가 알바로 피처럼 모은 200여 권의 장서를 한눈에 드르륵 살펴보더니 "이거다 두고 오세요." 했다. 내가 재학시절 우리 대학신문이나 교지, 남의 대학신문 등에 기고한 글들이 오려 붙여진 두툼한 스크랩북을 펴서 획획 넘기더니 "이건 이제 그만 버리죠." 했다.

놀라웠다. 내가 아는 고경숙의 수준도 만만치 않은데 그의 남편(임헌영 평론가)은 서가의 책을 가져올 필요가 없으며 그때까지 쓴 글도 버리라고 했다 한다. 그렇다면 지금 고경숙은 얼마나 성장했을까, 짐작이 가지 않았다기보다 기대가 되었다. 고경숙이 보기에 그는 기자나 문인 같지도 않고 '공부에만 미친 사람' 같았다고 한다. 고경숙이 읽지 못한 어려운 책을 놓고 이야기하는데, 잘 들어보면 자기가 알던 세계가 아니더라는 것이다. 어려운 공부를 할 때처럼 고경숙도 흥미가 발동했고 질문도 늘었다고 했다. 자전소설 「푸른 배낭을 멘 남자」에 나오는 주인공이 남편과 나누는 대화는

별들의 감옥

이 부부의 범상치 않았을 만남을 잘 보여준다. 남편 현우는 항상 자기가 질만큼의 화약을 지게 되면 짊어지고 뛰어들겠노라고 말했었다. "무엇을 위해서지?" "남자가 목숨을 거는 건 딱 하나밖에 없어. 자기가 옳다고 믿는 것." 세영은 묻는다. "현우 씬 그럼 결혼이 하나의 과정이네요. 언제부터 그런 생각을 했어요? 나를 만나기 전부터?" "훨씬 전이지."

작가는 주인공 세영을 통해 "그 열화 같은 집념이 불러오는 귀결을 이제와서 몰랐다고 할 수는 없다. 어떤 대가를 치르고라도 그 남자를 잘 볼 수 있는 거리에서 그가 어떻게 늙어가는지 정말 어떻게 화약을 지고 불구덩이로 들어가는지를 지켜보고 싶다고 그녀는 생각했었다."고 했지만 책 읽기를 좋아한 그 역시 남편과 나란히 지식인이 되고자 했던 것이다. 다만 자신은 맹렬한 작가 지망생이라는 차이가 있었다. 출발은 그랬다.

여성 작가의 성장

고경숙은 결혼한 다음 남편을 스승으로 삼아 지적인 성장을 거쳐 작가로 등단, 작품활동을 시작할 계획이었음이 틀림없다. 그러나 예상외의 상황이 전개되자 고경숙은 심각한 고민에 빠진다. 작가 고경숙도 결국 결혼을 한 다음에 '성장'을 하는 셈이었다. 이것은 여성성장소설의 공식이다.

내가 점점 이경자나 박완서 소설에 나오는 여자 같이 되어간다는 생각을 하면서 이 결혼은 정말 내가 감당하기가 벅차구나, 실감이 나기 시작했다. 사람들이 왜 이혼을 하는지, 왜 친정어머니가 나를 그토록 모질게 말렸는지 알 것만 같았다. 이혼을 하든지, 학교를 그만두든지 무슨 선택을 해야 되지 않을까 연신 궁리를 하면서도 배는 점점 불러와 해산일이 다가왔다. (「나의 인생, 나의 문학 : 내 반생에 육화된 대못들」)

이 인용대로라면 고경숙의 소설은 가부장주의에 억압을 받는 여성의 현실을 고발하는 이야기에서 출발해야 맞다. 위의 글에 나오는 남편을 만난 첫인상이 사정을 암시한다. "맑고 단호한 눈빛과 신문을 둘둘 말아 쥔 희고 길쭉한 손이 인상적이었다. 얼마나 일을 안 했으면 남자가 그리 손이 고울까를 상상 못했던 나는 헛똑똑이였다." 그러나 페미니즘 소설을 쓰기 전에 다가온 파란은 자연스럽게 시대적 주제에 몰입해가지 않을 수 없게 만들었다. 1974년 1월 소위 '문인 · 지식인 간첩단' 조작 사건으로 남편이 시련을 겪게 됐다. 단지 박정권에 비판적인 재일 잡지 《한양》에 기고했다는 것이 죄목이었다. 그 잡지를 북한의 사주를 받은 불온지로 단정하여 기고한 다섯 문인 · 지식인을 간첩으로 엮은 것이다. 많은 변호사 · 문인들의 변론과 도움으로 용공 조작으로 판명이 났지만 한 번 씌워진 굴레는 쉽게 지워지지 않았다. 두 번째 파란은 1979년 10월 '민족해방 지하조직 적발' 사건으로 대학생 · 지식인 76명(나중에 84명) 지명수배로 시작된다. 폭력 단체가 지식인과 학생을 포섭하여 국가 전복을 기도했다는 죄명이었다. 10 · 26사건 한 달 전이다. 남편으로 인한 두 차례의 파란을 겪으면서 가정을 지키기 위해 자신이 해야 할 '몫'을 실감했고 작가의 관심은 가족을 넘어 사회로 열려갔다. 변화는 그것만이 아니었다. 남편에게 내려진 낙인이 부당한 굴레가 되어 압박해왔다. 그 굴레는 '당자만이 아니라 사돈의 팔촌까지' 미쳤다.

그러나 얼마나 다른가. 「푸른 배낭을 멘 남자」의 현우는 결혼 훨씬 전부터 자기 삶의 목표가 뚜렷했고 세영은 결론적으로 현우의 삶을 지켜보며 그를 돕고 주어진 여성의 삶을 살아가야 하지 않았는가? 그러나 가족을 돌보는 자신의 몫에는 수배자의 아내로 끌려가 남다르게 겪은 고난에서 얻은 것, 그의 남다른 체험이 있었다. 가부장주의는 가정 안에서만이 아니라 우리 사회와 제도에 뿌리 깊게 박힌 인습이며 여성에게는 어디에나 불평등이 구조화되어 있다. 고경숙이 쓴 『별들의 감옥』의 자전적 소설들을 중심으로 한 자기 서사는 그런 점에서 대단히 의미가 있다. 다시 버지니아 울프의 말을 인용해보면 18세기 이전에 여성이 쓴 자기 서사는 전혀 없었다고 한다. 우리나라의 경우에도 여성의 저작으로 추정하는 것은 무명씨의 글이 대부분이다. 혁명가와 함께 독립운동에 나섰을지라도 주세죽, 고명자 등 근대의 여성들은 자기 서사가 없어 그들의 삶을 알기 어렵고 그리하여 하우스키퍼, 아지트키퍼의 자리에 머물러있다. 육화된 대못을 풀어나가는 작가 고경숙의 문학세계가 기대되는 이유다.

지식인의 수난과 윤리

고경숙의 등단작 「어머니의 천국」(1988)은 육이오 전쟁으로 두

　　　　　　　　　　　　　　　　　　해설

아들이 월북함으로써 이산가족이 된 어머니가 행여나 아들들이 돌아올까 이사도 가지 않고 옛집을 지키고 살다가 가족묘지를 마련해 그곳에서나마 가족을 한 자리에 모으려는 꿈을 쓴 이야기다. 분단이 아직도 계속되고 있다는 점에서 그 꿈은 아직도 꿈에 머물러 있다. 장남 오윤수는 모처에서 동생이 찾아오지 않았느냐 닦달을 당하기도 했으나 어머니에게는 말하지 않는다. 이산가족찾기가 한창일 때 어머니는 광목에 동생들의 이름을 써 달래서 '찾아오지 않는(또는 않을)' 아들들이 자기의 얼굴을 보도록 여의도로 간다. 말을 하지 않았을 뿐 노인도 모처에 가서 아들이 찾아왔는지 추궁당했고 아들이 오지 않을 입장인 것을 눈치채고 있었다. 가족끼리도 말하지 못하고 사는 소통 부재의 무시무시한 세월이 거기에 있다. 분단의 현실을 상징적으로 짜임새 있게 잘 그린 작품이다. 등단작에서 어머니가 등장하는 것이 주목된다. 고경숙의 소설은 '모성'이 중요한 역할을 하고 있다. 모성을 집중적으로 살피면 고경숙 소설의 변화를 살필 수 있다.

자전소설「푸른 배낭을 멘 남자」는 지식인의 윤리와 수난의 이야기이자 책의, 또는 책으로 인한 수난사라고도 할 수 있다. 주인공은 '옳다고 믿는 것'에 목숨을 건 남편 덕에 책으로 하여 수난이 가중할까 전전긍긍한다. 책을 대추나무 밑에 묻기도 했었던 세영은 연탄광의 엄청난 연탄을 일일이 들어내고 그 속에 책을 감춘다.

『도이치 이데올로기』, 『경제학 철학 초고』, 『반(反)뒤링론』, 『레닌주의의 기초』, 『자본론』…… 그는 뭐든 다 밤새워 읽었다. 레닌도, 마르크스도, 김일성 전집도, 트로츠키도, 루카치도. 다 읽고 싶어 못 견뎠다.

별들의 감옥

책 껍데기만 쥐고 있어도 몇 년씩 옥살이를 하는 세상에 살면서 밤새워 가며 밑줄을 쳐가며 그것들을 읽는다. 배낭을 메고 도망질을 다니고 하도 끌려다녀 이젠 닳아빠진 저 낡은 배낭에 목숨을 위협하는 무서운 책을 숨기느라고 그렇게도 피를 말렸다. 그러면서도 그는 그 읽는 것을 참을 수가 없는 것이다. (중략) 그는 왜 그것을 목숨을 걸고 읽는가. 그것들을 비판하기 위해서, 또 그것들 속에 자기가 찾는 옳음이 있는가 확인하기 위해서였을 것이다. (「푸른 배낭~」)

어디선가 걸려온 전화를 받고 서둘러 서가를 훑어 감추어야 할 책을 뽑아두고 푸른 배낭을 메고 남편이 나간 다음, 책을 감추는 일은 세영의 몫이다. 세영은 자꾸 누군가가 빙 둘러서서 망을 보고 있을 것만 같다. 처음 남편이 붙잡혀 갔을 때 자기도 서빙고로 두 번이나 붙잡혀 가서 취조를 받았기에 아는 만큼 두렵다. 지치기까지 같은 물음을 되물어 답하게 하고 마음에 맞지 않으면 수없이 따귀를 때리던 그들. 드디어 다음날 밤, 고함과 철문을 걷어차는 소리와 함께 담을 넘은 십여 명의 남자들이 유리를 깨고 현관문 열라고 총구를 세영의 턱밑에 갖다 댄다. 노인과 세영, 아이들만 있는 집에 구둣발은 방마다 다니며 천장을 찢고 서랍을 뽑아 엎고 방망이로 벽을 쳤다. 남편이 없는 걸 확인하고 포기한 다음 그들은 이층 서재로 올라가 서가의 책을 뽑아 조사를 시작한다. 세영이 감춘 종류의 책이 아니라 다른 무언가를 찾던 그들은 엿새 동안 아홉 개의 서가에 꽂힌 책을 던지고 쏟고 짓밟고⋯⋯주인보다 먼저 책들을 고문한다.

세영은 이런 수난을 지켜보면서 차츰 강한 모습으로 변해간다.

해설

남편의 서재를 온통 뒤집어 놓는 모습을 보며 "죄 없는 사람을 놓고 이런 짓을 한 너희들을 절대로 절대로 용서하지 않을 거다." 입술을 깨문다. 그리고 석간신문에 보도된 남편의 기사를 보며 경악하던 세영은 오히려 새 힘을 얻는다. 세상에서 가장 어리석은 남자 현우에게 그토록 많은 동지가 있었다는 것, 그 많은 사람들이 목숨을 걸고 (남편처럼) 자기들의 꿈을 합쳤다는 사실이 오히려 숨 막히는 감동으로 다가온다.

　지식인이란 무엇인가. 사르트르에 의하면 '실천적 지식의 기술자 즉 학자·기사·의사·법률가·교사 등 지식의 전문가를 일단 가리킨다. 이러한 지식의 전문가는 한편으로는 보편적 진리를 추구하면서 동시에 다른 한편으로 지배계급에 봉사한다. 이 모순을 자각하여 보편성(보편적 진리)을 위해 지배계급에의 봉사를 거부하는 곳에서 마침내 참지식인이 성립된다는 것이 사르트르의 고정관념이다. 이러한 주장의 배후에는 지식의 전문가란 단지 지식의 영역에의 보편적 진리를 추구할 뿐 아니라 사회 속에 인간으로서 지켜야 될 보편적 진실(자유 평등 민주주의 인간 해방 등)을 추구하는 사람이라는 전제가 깔려 있다. 사르트르는 자기가 체득한 전문지식으로써 지배층의 이데올로기에 봉사하는 자를 가짜 지식인이라고 규정하고 이것이 직접적인 지식인의 적이라 본다. (김윤식, 「사르트르의 무덤을 찾아서」)

　세영은 생각한다.

　"여기가 프랑스라면, 아니 가까운 도쿄라도 된다면……(중략) 읽고 싶은 것들을 국립도서관에서 읽을 테니까 일부러 사고 빌리고 숨겨두지

　　　　　　　　　　　　　　　　　　별들의 감옥

않아도 되겠지.……(중략) 그러나 세영은 문득 다시 고쳐 생각하기 시작했다. 프랑스가 그렇게 되기 위해서 얼마나 많은 사람이 배낭을 메고 헤맸겠어. 시대를 거슬러 가는 사람은 어디나 어느 시대에나 있었을 거야."

그리고 대공정보2과장이 현우를 두고 '빨갱이'라고 하던 말에 고개를 젓는다. 지난 닷새 동안 자기가 아는 현우의 파편들을 줄곧 짜맞추어 본 결과 그를 하나의 빛깔로 가둘 수는 없다고 확고하게 결론을 내린다. 남편과 내 몫은 다르다고 생각했던 세영이, 남편을 이해하기 시작한 것이다. 세영은 그렇게 수난을 통하여 한 걸음 성장한다. 「어머니의 천국」의 어머니는 희생, 인내, 극기, 포용의 전통적 모성의 아이콘이라면 세영은 전통적 모성의 미덕을 지니면서도 자기 주체로 서서 지식인 남편을 객관적으로 바라보며 비상시국에 대처하는 지적 면모를 보이고 있다.

여성 지식인의 자기 서사

「5박 6일」은 이 「푸른 배낭을 멘 남자」에 이은 이야기로 신군부 시기 학생시위가 격렬해지면서 주인공이 시위의 배후로 찍혀 사표를 강요당하는 이야기다. 주인공의 인사이동에 따라 1980년 5월 전후 학생시위 현장과 지식인들의 수난이 현장감 있게 묘사된 증언적 성격이 강하다. 학보사 편집국장이던 진영은 직장에서 잘릴 위기를 느끼고 총장에게 직급을 낮춰도 좋으니 다른 부서로 옮겨

달라고 했다. 그러나 하필 학생처로 발령을 받았고, 끝내 학생 소요의 중심에 선 형국이 되고 만다. 학생시위의 격렬한 양상 묘사도 중요한 증언이거니와 끌려가는 학생들을 보면서도 슬슬 피하는 교수들의 비겁한 모습, 음대 학생의 자살소동이 기폭제가 되어 교수들의 비리가 폭로되는 과정 등 이 작품에서 눈여겨 보이는 것은 염량세태(炎凉世態)의 인간상이다. 유신시절 내내 서슬 푸르던 학생처장 민 교수가 이번에는 교수협의회 회장이 되어 만면에 웃음을 지으며 학생시위대에 줄 금일봉을 들고 무대에 오른 모습, 식당에서 만난 문인 교수 두 사람은 남편과도 아는 사이건만 시선 한 번 섞지 않고……서울지역 대부분의 대학에서 학생처장들이 붙들려 왔지만 유독 C여대에선 행정직 과장인 진영이 대신 끌려온 것 등 진영이 겪어야 했던 일들이 이어진다.

"남편의 죄가 그녀의 죄였다." 비상계엄하에서 그녀가 끌려간 곳은 전국의 교수들이 붙들려 와서 강제로 사표를 쓰게 하는 곳이었다. 수백 명의 교수들은 결국 모두 사표를 쓰고 나간다. 그녀에게 사표 쓰라는 강압을 견디게 한 것은 모성이었다. 노모와 아이들만 있는 집에 또다시 가택수색을 해서 가져온 자신의 일기장을 본 진영은 분노에 몸을 떤다. 그러나 자기 일기장에 해설을 쓰지 않으면 안 되었다. "내 나이 서른. 6·25때 우리 남매를 데리고 혼자 피난 길에 나섰던 어머니 나이도 서른이셨다. 아버지도 없이 우리를 업고 걸려서 홀로 피난을 나섰던 젊은 어머니도 나처럼 서러웠을 것이다……"라고 쓴 대목을 읽다가 진영은 통곡하고 만다. 진영은 목숨보다 더 사랑하는 자식들을 위해 결국 남편을 비난하는 배신 서약에 무인을 찍는다. 가족의 생존을 위해 견딘 5박 6일의 수난

별들의 감옥

은 그러나 끝난 것이 아니었다.

작가가 쓴 「나의 인생, 나의 문학……」(《한국소설》)에 의하면 작가는 실제로 자기를 밀어내려던 사람들 속에서 수십 년 직장생활을 버텨내야 했다. 그것은 "대추낭기는 그저 송아지를 매 놔야 잘 여는 기라. 니 아나? 어메 따라가고자퍼 송아지가 종일 용을 안 쓰나. 이상하대이. 딴 낭기는 안 그런데 대추낭기는 몬살게 굴어야 소출이 많다카이."(「푸른 배낭을 멘 남자」) 정도의 교훈적 상징으로 표현할 수 있는 성질의 것은 아니다. 앞에서도 언급했지만, 우리 여성사에는 남성과 함께 여성도 목숨을 걸고 독립운동을 했으나 남긴 자기 서사가 없어 묻혀버린 삶이 많다. 남성들의 그늘에서 묻히기 쉬웠던 여성의 삶이 여기에 그려있다는 점만으로도 이 소설은 소중하다. "졸지에 노인과 세 아이의 가장이 된 그녀는 남편과 함께 검거된 이들의 가족들이 하루아침에 이유도 없이 직장을 쫓겨나 헤매는 모습을 너무도 가까이에서 보고 있었다."(「5박 6일」) 그러나 작가 고경숙이 쓴 자기 서사와 같은 소설은 거의 나오지 않은 것으로 안다. 소중한 기록이다.

「새가 된 아이」의 택주는 책을 읽고 싶은 열정 때문에 옥상에서 떨어져 죽어야 했다. 이 소설은 강남 한복판의 소위 명문이라는 고교 울타리 안에서 일어난 도저히 있을 법하지 않은 비극을 그린 것이다. 자전적 소설로 판단되는데 그런 점에서 이는 거의 실화에 가깝다고 보아야 할 듯하다. 이 고교에서는 교사가 학생을 군대에서 군인 다루듯 온갖 체벌을 가하기로 유명했다. 심지어 격리된 방에 학생들을 여러 날 가두기도 한다. 이 학교의 고2 재학생 주인공은 임시 여교사 신정미 선생이 준 명단으로 학교가 금하는 독서회를 만든다. 그런데 독서회원인 전학생 인표가 대담하게도 교장 배척 데모를 주동하고, 주인공 몰래 아끼던 후배 회원 택주마저 여기에 동조한다. 주인공은 독서회의 노출이 염려되어 시위에 불참하지만 주인공 가정환경을 알고 있는 학교는 도리어 주인공을 시위 주범으로 몰아가며 독서회원 명단을 알아내려고 혈안이 된다. 그러나 공포 분위기에 지고 만 택주 어머니가 택주의 일기장을 찾다 학교에 바치는 바람에 독서회가 낱낱이 드러나고, 죄책감을 못 이긴 택주가 옥상에서 떨어져 자살한 것이다. 그 시각 정작 시위 주동자 인표는 제 어머니의 손에 잡혀 미국행 비행기를 탄다.

이 「새가 된 아이」는 오직 일류대학 입학률만을 중요시하며 학부모조차 자기 아이 교육에 발언권이 없다는 점 등 우리나라 교육의 현실을 날카롭게 지적, 고발한 문제작이다. 소설적 시간이 '지금'으로부터 어느 만큼 이전으로 설정되어 있기는 하지만 군사문화는 아직도 우리 사회 곳곳에 뿌리 깊고, 대입만을 목표로 비인간화를 조장하는 교육은 여전히 문제적이기 때문에 '지금 여기'의 문제를 다룬 수작이라 할만하다. 이 소설에는 아버지에게 부당하게 찍힌 빨갱이 낙인이 아들의 삶에까지 미치는 영향이 쓰이기도 해서 한 지식인이 목숨을 걸고 '옳다고 생각한 일'에 뛰어든다는 일이 우리 사회에서 얼마나 큰 희생을 동반하는지 확인하게 되는 소설이기도 하다.

60년대에 평론가 임헌영은 《세대》지에 실린 김붕구의 「작가와 사회」를 다음과 같이 비판한다. 김붕구가 참여의 종착역은 사르트르식 좌경(左傾)이라 한 데 대해 "현실 혹은 사회란 단어를 정치와 관련지어 생각"한다며 사회에는 정치보다 더 근본적인 문제가 있는데 그것은 윤리(倫理)라고 했다. 새로운 모럴이 새로운 사회를 구성하며 이 새로운 사회가 새로운 정치를 결정한다, 앙가쥬가 사르트르의 좌경뿐이라는 독단은 가장 졸렬한 거짓 문학이라고 했다. 그가 옳음이라고 지칭한 것은 정치적 의미가 아니라 윤리였던 것이나 그에게 찍은 낙인은 정치적인 것이었다.

소재의 확장 – 별들의 감옥

작가의 자기 서사는 계속된다. 운동권의 두 청춘이 결혼하는 「봄바람 부는 날」은 부모들의 반대 속에 어렵사리 이룬 결혼에 좋은 날씨, 오랜만에 동지들의 만남, 예상치 않은 신부 부모의 참석 등으로 해피엔딩을 보인 모처럼 행복한 이야기다. 주인공 찬옥은 마지막에서 어머니에게 자기가 책 싸 들고 다락방에 숨겨 달랄 때 안 된다고 해서 도로 갖고 오면서 막 울었다며 새 아이는 그렇게 울리면 안 된다고 오금을 박는다. 봄바람 부는 해피엔드에도 그런 아픔은 가시처럼 박혀있었다.

「슬픈 청첩장」의 주인공 '나'는 인혜와 중학교 시절부터 고등학교도 함께 다녔고 대학은 달랐으나 늘 함께했던 둘도 없는 친구였다. 그런 인혜와 등을 돌린 건 남편이 투옥된 다음 만나서 단도직입으로 남편을 비판하는 인혜와 정면으로 싸운 다음부터였다. 아무도 감춰주지 않던 책이 든 배낭을 머리에 이고 다락에 숨겨주던 인혜는 본래 독설가로 유명했다. 중학교 때 힘센 장학사 아버지를 둔 친구와 싸운 날, 담임이 오히려 상대방을 달래서 귀가시키고 자기에게 반성문을 쓰게 하자 억울하다며 밤이 되도록 울어댄다. 길동무인 주인공이 그치라고 아무리 달래도 듣지 않자 먼저 가겠다고 일어서는데, 인혜는 주인공에게 "뼈다구도 없는 가시나!"라고 퍼붓는다. 대찬 인혜의 독설이 그리워진 건 어른이 되어서 사람들이 모두 인혜와 다른 것을 알고부터였다. "한 자락을 깔고 짓는 그 우아한 몸짓들에 살아갈수록 넌더리가" 나서다. 그 인혜가 아들 결혼 청첩장을 보내 찾아갔는데 인혜는 암으로 운명한다. 인혜의 죽음은 염량세태, 바른말의 죽음을 은유한 것 같기도 하다.

「그 여름의 귀환」은 운동권 족집게로 소문난 이홍자 교수를 찾아가 용서를 빌며 친구 주명을 구하려 했으나 제자들을 도리어 고발해 고난을 겪은 이야기다. 동지 모두가 잡혀들어 갔고 그중 5년이나 옥살이를 하며 병든 진우를 강희가 자취방으로 데려갔으나 진우는 딸 승주 하나를 남기고 죽는다. 친정 식구가 있는 미국으로 가서 승주를 키운 강희가 오랜만에 한국에 다니러 왔는데 한국은 마침 광우병 쇠고기 수입 반대 촛불시위가 한창이었다. 미국의 친척들이 촛불시위에 대해서 비난하는 말만 듣던 승주는 축제 같은 촛불시위에 감동한다. 주명과 강희, 희원이 찾아가 본 이홍자 교수의 노후는 고급 요양원이었고 여전한 빨갱이 족집게 의식을 버리지 못하고 있다. 승주는 촛불시위에 함께 했다가 무릎 밑이 골절되었음에도 한국에 돌아오겠다고 조르고 강희 역시 한국으로 돌아오겠다고 마음을 먹는다. 촛불시위가 민주화운동으로 받은 상처를 치유하는 소설이라 하겠다.

별들의 감옥

작가는 지식인의 수난을 소재로 한 소설에 이어 청소년 문제 소설을 쓰고 있다. 작가적 관심의 변화는 작가의 노력을 보여주는 점이다. 「별들의 감옥」과 「두 번째 실수」가 그것인데 「별들의 감옥」의 주인공 승재는 종하에게서 값비싼 탁구채를 보고 잠시만 빌렸다 돌려주려 집으로 가져왔으나 탁구채에 락카를 발랐다가 완전히 망쳐 물어주어야 하는 궁지에 몰린다. 부잣집 아들 주제에 제 부모가 탁구채 값을 독촉하는 옆에서 한마디도 도와주지 않은 종하가 괘씸했는데, 시험 결과가 나올 적마다 형과 아버지에게 매타작을 받는 종하는 옥상에서 투신한다. 이 「별들의 감옥」에는 두 문제 어머니가 등장한다. 승재 어머니는 자기의 학력 콤플렉스로 승재 교육에 지나치게 집착하며, 종하 어머니는 "뾰죽하게 다듬은 형광색 손톱"에 "말은 촉새같이 잘하면서" 시험성적이 나쁘면 아빠나 형에게 심지어는 구두로까지 매를 맞는 종하를 말려주지 않는다. 별, 빛나는 생명으로 자라야 할 청소년들이 비인간적인 환경 속에 희생당하는 것을 그리면서 우리 사회는 곧 별들의 감옥이 아닌가, 작가는 묻고 있다.

　「두 번째 실수」의 주인공 병호도 슬프디 슬픈 별이다. 화자이자 상담원인 '그녀'는 3년 전 우연히 성당 앞을 지나다가 본 비행청소년 자원봉사 프로그램 포스터를 보고 상담원이 되었다. 기본교육을 받고 실습도 한 끝이었다. 2년이 지나 보호관찰소에서 상담을 맡겨왔다. 병호는 두 번째 아이였다. 가난하고 성적이 나쁜 아이들을 무시하는 교사가 반항하는 병호를 '너무나 아프게' 때리자 참지 못하고 교사를 때려 비행청소년이 된 경우였다. 병호는 아버지가 술만 들면 어머니를 때려 아버지가 어머니를 죽일까 봐 가출도 못한다. 그녀는 병호 어머니를 설득해 검정고시 준비를 하기로 해 희망이 생기는가 했는데, 병호는 다시 제 아버지에게 전치 8주의 상처를 입혀 소년원으로 넘어가고 만다.

작가의 이야기 솜씨가 능숙하게 펼쳐진 희극적 작품이 「대법원의 판례」이고, 「악연」은 돈을 좇다가 도리어 가난에 떨어져 사기꾼이 되고만 용주가 끝내 전철역에서 떨어져 무연고 주검이 되는 이야기다.

자전적 소설을 통해 중요한 자기 서사를 쓰고 소재의 확장에 이어지는 『별들의 감옥』 작품들을 읽으며 후생가외(後生可畏), 아끼는 작가의 다음 작품을 기대한다.